옛이야기 산책

부부가 될 청소년과 청년을 위한

# 옛이야기 산책

초판 1쇄 인쇄일 2017년 8월 23일
초판 1쇄 발행일 2017년 8월 31일

**지은이** 장만식 김보영
**펴낸이** 양옥매
**디자인** 박무선 송다희
**삽 화** 김윤아

**펴낸곳** 도서출판 책과나무
**출판등록** 제2012-000376
**주소** 서울특별시 마포구 방울내로 79 이노빌딩 302호
**대표전화** 02.372.1537   **팩스** 02.372.1538
**이메일** booknamu2007@naver.com
**홈페이지** www.booknamu.com
ISBN 979-11-5776-468-6(03810)

이 도서의 국립중앙도서관 출판시도서목록(CIP)은 서지정보유통지원 시스템
홈페이지(http://seoji.nl.go.kr)와 국가자료공동목록시스템
(http://www.nl.go.kr/kolisnet)에서 이용하실 수 있습니다.
(CIP제어번호 : CIP2017021315)

부부가 될 청소년과 청년을 위한

# 옛이야기 산책

장만식 · 김보영 지음

책과나무

# 가족은 사랑이고,
# 하나입니다

   가족, 우리에게 가족은 무엇인가요? 늘 흔들림 없이 우리 곁을 지
키고 있을 것만 같던 아버지, 어머니, 남편, 아내, 형제, 자매들이
지만 어느새 멈춰 버린 추억의 한 장면에 서면, 우리는 외로움과 아
쉬움에 몸서리칠 때가 많습니다. 회한과 회심의 순간에서야 가족만
큼 위안이 되고, 힘이 되고, 행복이 되는 기억이 없었음을 깨닫습니
다. 무너지는 가슴을 부여잡고 울음을 삼킬 때도 있습니다. 그럴 때
우리는 과거에 멈춰 멍하니, 우두커니 주저앉고 싶어 합니다.

   하지만 우리가 살아 있는 한, 우리의 삶은 지금 이곳, 현재에 있
습니다. 그리고 지금 이곳, 현재 나의 삶으로부터 다시 끊임없이
시작됩니다. 계곡을 따라 바삐 흐르는 물처럼 쉴 새 없이 우리의 삶
도 흘러가고 있습니다. 과거에 멈춰 멍하니, 우두커니 주저앉아 있
기엔 삶이 너무 안타깝습니다. 이때가 바로 '삶이 나에게 바라는 것
이 무엇인지'에 대한 물음에 응답할 때입니다.

   그리하여 이렇게 또 다른 출발점에 서서 달리 생각해 보면, 슬픔
도, 괴로움도, 외로움도, 미움도 또 다른 소중한 삶의 의미로 다가
오곤 합니다. 배움이 됩니다. 다시 시작할 수 있는 용기와 힘이 됩

니다. 사랑으로 행복으로 옵니다. 가족이 있기에 더욱 그렇습니다.

　이 책은 곧 '부부가 될 청소년과 청년'들이 가족을 이뤄 살아가는 과정에서 심리적 갈등과 문제적 상황에 직면할 때, 조금이나마 도움이 되기를 바라는 마음에서 엮었습니다. 우리 민족의 옛이야기를 새롭게 손보고, 저자의 삶의 경험과 사유, 배움과 깨달음을 바탕으로 해석하여 드리는 이야기를 덧붙였습니다. 현재의 가족이든 앞으로의 가족이든, 특히나 가족에서 중심이 되는 '부부가 될 청소년, 청년'들이 가족을 사랑으로 이뤄 내기를 바라는 마음으로 엮었습니다.

　글이 부족하여 염려가 되지만, 누군가에게는 기쁨이 되고, 또 누군가에게는 위로가 되고, 또 누군가에게는 행복이 되기를 간절히 소망해 봅니다. 그리고 많은 어려움에도 출판을 위해 노력해 주신 출판사에 고마운 마음 전합니다. 또한 이 책을 꼼꼼히 읽고, 재치 있는 삽화를 그려 준 가톨릭관동대 국어교육과 김윤아 학생에게도 고마운 마음 남깁니다.
　가족은 사랑이고, 하나입니다. 부부와 함께 가족 모두가 행복하기를 진심으로 바랍니다.


2017년 8월 강릉에서
장만식, 김보영

# 차례_

# 1. _

우리의 만남은 인연이었습니다
운명이었습니다
그리고 필연이었습니다

# 2. _

## 아니, 살다 보니
## 악연이라고 생각할 때가
## 더 많았습니다

# 3. _

## 하지만 지금은
## 행복한 인연도 운명도 필연도,
## 슬픈 악연도 소중합니다

1. _

우리의 만남은 인연이었습니다
운명이었습니다
그리고 필연이었습니다

# 1
# 오누이의
# 혼인

옛날 옛날, 어느 마을에 오누이가 살고 있었습니다. 오누이는 늘 붙어 다녔습니다. 일을 할 때도 놀이할 때도 늘 함께였습니다. 둘은 마음이 딱 맞았습니다. 그래서 더욱 서로를 아끼고 좋아했습니다. 그러던 어느 날, 오누이는 같은 꿈을 꾸었습니다. 그 꿈에서는 이 세상에 큰비가 와서 물로 가득 찰 테니 마을 뒤 높은 산으로 올라가라고 했습니다.

깜짝 놀라 깨어난 오누이는 일어나자마자 서로를 불러 찾았습니다. 오누이는 서로 꿈에 대해 말했습니다. 같은 꿈이었습니다. 밖에는 비가 오기 시작했습니다. 급했습니다. 오누이는 둘러볼 틈도 없이 서둘러 집을 나서 곧바로 산으로 올라갔습니다. 그때부터 비는 더욱 억수같이 내리기 시작했습니다.

　오누이는 더욱 서둘렀습니다. 오누이는 숨을 헐떡이면서도 앞서거니 뒤서거니, 서로 손을 잡아끌어 주고 밀어 올려주며 산을 올랐습니다. 그렇게 오누이는 산꼭대기에 거의 다다랐습니다. 그러는 동안 날이 벌써 샜습니다. 비는 이제 잦아드는 듯했습니다.

　'휴….'

　오누이도 한숨 돌렸습니다. 그러더니 어느새 비도 그쳤습니다. 오누이는 산꼭대기에 서서 주변을 돌아봤습니다. 그리고 깜짝 놀랐습니다. 깜깜할 땐 보지 못했는데, 날이 밝자 주변이 온통 물로 가득 차 있었던 겁니다. 세상이 모두 바다로 변해 버린 가운데 산꼭대기만 간신히 남아 있었습니다. 그러곤 잠이 들어 버렸습니다.

　얼마나 지났는지 모르겠습니다. 오누이는 몇 날 며칠을 산꼭대기에 있었는지 모르겠습니다. 기진맥진하여 잠이 들었던 겁니다. 둘이 꼭 껴안고 잠이 든 후, 물은 벌써 다 걷힌 후였습니다. 둘은 이제 어떻게 무엇을 해야 할지 몰라 어리둥절했습니다.

　오누이는 마음을 추스르고 산을 내려갔습니다. 마을로 내려와 보니 아무도 없었습니다. 집도, 밭도, 논도 모두 큰물에 쓸려 가 아무것도 남아 있지 않았습니다. 허탈한 오누이는 그래도 서로가 살아 있어서 매우 기뻤습니다. 다행이었습니다. '이제 다시 시작하면 된다.'고 마음먹었습니다.

오누이는 새로 집을 짓고, 밭을 일궈 나가기 시작했습니다. 오누이는 서로 질세라 열심히 일했고, 이내 다시 평온을 찾았습니다. 그리고 넉넉하진 않았지만, 행복했습니다.

그렇게 얼마가 지난 후, 다시 난처해졌습니다. 아무도 없었기 때문입니다. 만일 이대로 살다가 죽는다면, 사람의 씨가 끊어질 수밖에 없는 노릇이었습니다. 오누이는 한동안 어떻게 해야 할지 잘 몰라 서로 얼굴만 쳐다보곤 했습니다. 그러다 오누이는 말없이, 생각에 잠겼습니다. 한참 후, 동생이 말했습니다.

"누이, 우리가 혼인하지 않으면 사람의 씨가 끊어질 수밖에 없는 노릇이오. 그런데 그것을 우리가 함부로 결정할 수 없으니 하느님께 여쭤보는 건 어떻소?"

누이는 곰곰이 생각하더니 동생의 말에 동의했습니다.

"그래, 그런데 어떻게 하는 게 좋을까?"

"일단 맷돌을 산꼭대기에서 굴려 보는 게 어떻겠소?"

그래서 오누이는 산꼭대기에서 맷돌을 굴렸습니다. 동생은 수맷돌을 동쪽으로 굴리고, 누이는 암맷돌을 서쪽으로 굴렸습니다. 그러고 나서 산을 내려왔습니다. 그런데 산을 내려와 확인해 보니 이상하게도 동쪽과 서쪽에서 굴렸던 맷돌이 포개져 있는 것이었습니다. 오누이는 '이것은 분명 혼인해도 좋다는 하늘의 뜻'일 거라 생각했습니다. 하지만 한편으로는 '우연일지도 모른다'는 생각도 들었습니다.

오누이는 다시 한 번 시험해 보기로 했습니다. 이번에는 연기를

피워 올리기로 했습니다. 서로 마주 보고 있는 두 봉우리로 올라가 청솔가지를 모아 놓고 불을 질렀습니다. 양쪽 산봉우리에서는 연기가 곧게 피어올랐습니다. 높이높이 피어올랐습니다.

아니, 그런데 이게 어찌된 일일까요?

하늘하늘 높이 올라만 가던 연기가 점차 가까워지더니 결국 하나로 모이는 것이 아닙니까? 오누이는 너무너무 기뻤습니다. 이제 드디어 혼인할 수 있다는 믿음이 생겼기 때문입니다.

하지만 그래도 마음이 놓이지 않았던 누이는 마지막으로 딱 한 번더 하늘의 뜻을 확인받고 싶었습니다. 그래서 오누이는 마당에 있는 우물에 각자의 피를 세 방울씩 떨어뜨렸습니다. 피가 섞이면, 하늘이 허락하는 것이었습니다. 두근거리는 마음으로 조심스레 우물을 들여다본 오누이는 서로의 눈을 보며, 탄성을 질렀습니다. 역시나 피가 서로 합쳐지는 것이 아닙니까?

"이야!"

"신기하다."

"으응. 하느님의 뜻이야!"

"그래!"

이젠 확신이 들었습니다. 오누이는 정말 기뻤습니다. 행복했습니다. 그날, 오누이는 드디어 하늘의 축복을 받으며 혼인했습니다.

• • •

모든 만남은 우연이 아닙니다. 어쩌다 마주쳤다고 생각될 뿐입니다. 한정된 시간과 공간 속에서 자유롭지 못한 인간이기에 그럴지도 모릅니다. 게다가 만남의 시간도 짧을 수밖에 없기에 더욱 그럴지도 모릅니다. 하지만 기억의 저편을 넘어 더듬고 또 더듬어 넘다 보면, 우리의 만남이 그리 만만치만은 않음을 알 수 있습니다. 모든 것이 어쩌면 자로 잰 듯, 어떤 계기가 원인이 되어 마치 계획된 듯 짜 맞추어져 이뤄진 듯한 우리들의 만남이 아닌가 하는 의구심을 종종 갖기에 그렇습니다.

바람이 부는 것도, 바람 따라 흘러가던 구름이 그 바람 따라 흩어지는 데도 이유가 있고 목적이 있듯이 그렇습니다. 무수히 많은 잎을 피워 낸 나무가 그 바람에 나뭇잎 하나를 떨구더라도 말입니다. 내 삶을 스치고 지나가는 바람에도, 구름에도, 돌멩이 하나에도 그 이유와 목적이 있듯이 그렇습니다. 우리의 만남에도 그 이유가 있습니다. 목적이 있습니다. 뜻이 있습니다.

사람을 통해서든, 다른 것을 통해서든 그렇습니다. 하늘의 뜻이, 소망과 사랑이 담겨 있습니다. 하늘이 우리의 삶에 작용하여 내리는 선물 같은 것입니다. 그것이 곧 우리의 만남입니다. 그 속에 우리가 사는 이유가 있고, 목적이 있고, 소망이 있고, 사랑이 있습니다. 그것을 이루기 위한 고리 같은 것이 또한 우리의 만남입니다. 그래서 우리의 만남은 모두 운명이고, 필연입니다. 그러니 우리는 모두 모든 만남에 담담할 필요가 있습니다. 우리에게 내린 운명 같은 인연이 모두 소중하기 때문입니다. 그 이유와 목적, 소망과 사랑이 모두 하늘의 뜻이기 때문입니다. 다만, 우리에게 주어진 한순간 머물다 가기 때문입니다. 악연마저도 말입니다.

그런데 부부의 인연은 더욱 심오합니다. 우연히 마주쳐 맺었든, 누구의 소개든, 부모의 언약이었든 모두 다 그렇습니다. 심지어 시작이 원치 않았든 말입니다. 그렇지 않고서 부부의 만남은 너무나 '불가사의'한 사건이지 않나요? 그것이 어디 인간의 힘이나 노력에 의해서만 될 것인가요? 그것이 어디 한순간의 욕정에 의해서 될 수 있는 일이겠습니까? 혹은 머리 좋은 인간의 치밀한 계산에 의해서 될 수 있는 일인가 말입니다. 하늘의 뜻과 섭리가 있지 않고서는 어디 인간의 힘과 노력, 계산만으로 이뤄질 수 있는 만남이겠습니까?

아닐 것입니다. 우리 부부로서의 만남은 그렇게 쉽게 이뤄질 수 없는 것이라는 생각이 듭니다. 모든 생명이 바람과 햇빛과 비와 흙과 물과 온 우주의 꿈틀거림과 소망과 사랑으로 이뤄져 탄생한 것처럼 부부의 만남과 삶은 온 우주의 소망과 사랑이 깃들어 맺어진 것입니다. 그 생명의 탄생을 거부할 수 없듯이 부부의 만남과 삶도 숙명처럼 뿌리칠 수 없는 것입니다. 그래서 숙명으로 받아들이고 소명으로 간직하며 살아가는 만남과 삶인 것입니다. 묵묵히 말입니다. 그러니 부부의 만남은 더욱 운명입니다. 필연입니다. 소명입니다. 만나지 않을 수 없는 숭고한 섭리입니다.

 그렇게 만나 맺어진 부부는 오누이 같아집니다. 다른 뿌리에서 태어나 한 몸으로 붙어 각자의 삶을 사는 나무와 같아집니다.
 하지만, 부부의 첫 만남은 낯선 이방인이었습니다. 다른 뿌리에서 자란 자신과 다른 존재였습니다. 그러다 사랑을 하게 되면서 그립고 보고 싶어집니다. 함께 살고 싶어집니다. 그리하여 마침내 부부가 됩니다. 그러니 결혼식을 올렸다고 부부가 되는 것은 아닙니다. 몸을 함께 나눴다고 부부가 되는 것도 절대 아닙니다. 그립고 보고 싶어질 때, 한시도 떨어져 살고 싶지 않을 때, 그럴 때 진실한 부부가 되는 것입니다. 어렵고 힘든 삶이 태풍처럼 몰아쳐 올지라도 함께 살고 싶은 부부가 됩니다.

 이렇게 함께 살고 싶은 부부는 그제야 하나가 됩니다. 즐거움도, 힘겨운 삶도, 어려운 삶도 함께 겪으면서 하나가 됩니다. 벌거벗고 뒹굴며, 아무 거리낌 없이 한 몸이 되는 것입니다. 그래서 부부는

서로를 남보다 잘 알게 됩니다. 너와 내가 같은 존재로 다르지 않는 사이가 됩니다. 티격태격하면서도 결코 갈라놓을 수도, 끊을 수도 없는 사이가 됩니다.

  그렇게 한 몸으로 붙은 부부는 피붙이처럼, 오누이처럼 끊을 수 없는 사랑이 됩니다. 그렇게 부부는 오누이 같은 사랑이 됩니다. 남남으로 만나 오누이 같은 부부가 됩니다.

# 2
# 해님과 달님이 된
## 오누이

옛날, 아주 먼 옛날이었습니다. 그땐 해도 달도 없던 시절이었습니다. 깊은 산골에 한 떡장수 아주머니가 오누이와 젖먹이 아기와 함께 살고 있었습니다. 아주머니는 매일 떡을 해서 장에 나가 떡을 팔았습니다. 그 장은 고개를 여러 개 넘어야 할 만큼 아주머니 집에서 아주 멀었습니다.

이날도 아주머니는 보통 때와 마찬가지로 떡을 팔러 장에 갔습니다. 그런데 어쩐 일인지 그날따라 잘 팔리지 않았습니다. 장이 끝날 때까지 앉아 있었지만, 결국 아주머니는 다 팔지 못했습니다. 날이 어둑해지고, 장이 끝나자 아주머니는 팔다 남은 떡을 이고 집으로 향했습니다. 발걸음이 무거웠습니다. 그래도 아주머니는 오누이와 젖먹이 아기 생각에 힘을 내어 고개를 넘기 시작했습니다.

한 고개를 넘고, 두 번째 고개를 넘으려는데, 갑자기 호랑이가 앞을 딱 막아섰습니다.

"어흥, 떡 하나 주면 안 잡아먹지."

아주머니는 깜짝 놀랐지만, 침착하게 떡 광주리에서 떡을 꺼내 "옜다." 하면서 던져 줬습니다. 호랑이가 떡을 먹는 사이, 아주머니는 서둘러 고개를 넘었습니다. 그런데 또 한 고개를 막 넘으려고 하자, 또 그 호랑이가 나타났습니다.

"어흥, 떡 하나 주면 안 잡아먹지."

그래서 아주머니는 또 광주리에서 떡을 몇 개 꺼내 "옜다." 하면서 던져 줬습니다. 호랑이는 맛있게 떡을 받아먹었습니다. 떡도 이제 얼마 남지 않았습니다. 걱정이 된 아주머니는 더욱 부리나케 고개를 넘었습니다. 아, 그런데 또 한 고개를 막 넘으려고 하자, 또 그 호랑이가 나타났습니다.

"어흥, 떡 하나 주면 안 잡아먹지."

아주머니는 안 되겠다 싶어 남은 떡을 모두 던져 주고, 뛰었습니다. 그래서 한 고개 넘고 또 넘었습니다. 숨을 돌리고 또 한 고개를 넘으려는데, 아, 그놈의 호랑이가 또 앞을 딱 가로막고 섰습니다.

"어흥, 저고리 벗어 주면 안 잡아먹지."

아주머니는 얼른 저고리를 벗어 던져 주고 또 뛰어 한 고개를 넘었습니다. 그런데 또 한 고개를 넘으려는 찰나, 호랑이가 또다시 나타났습니다.

"어흥, 치마 벗어 주면 안 잡아먹지."

아주머니는 얼른 치마를 벗어 던져 주고 뛰었습니다. 가까스로 또 한 고개를 넘었습니다. 그런데 이번에도 또 호랑이가 나타났습니다.

"어흥, 속옷 벗어 주면 안 잡아먹지."

'이젠 속옷까지?' 속으론 기가 막혔지만, 아주머니는 얼른 속옷을 벗어 던져 주고 알몸으로 뛰었습니다. 그렇지만 한 고개를 넘고, 한 고개를 넘으려니 호랑이는 또 어김없이 나타났습니다.

"어흥, 팔 하나 주면 안 잡아먹지."

"어흥, 다리 하나 주면 안 잡아먹지."

결국 아주머니는 한 고개, 한 고개를 힘겹게 넘다가 결국 호랑이에게 잡혀 먹히고 말았습니다.

그런데 호랑이는 여기서 그치지 않았습니다. 아주머니의 옷을 입고 오누이가 있는 집으로 갔습니다.

"아가야, 엄마 왔다. 문 좀 열어 줄래?"

호랑이는 일부러 쉰 목소리로 말했습니다.

그러나 오누이는 "엄마 목소리가 아닌데."라고 하면서 열어 주지 않았습니다. 호랑이는 먼 길 오면서 찬바람을 쏘였더니 엄마가 목이 쉬었다고 둘러댔습니다. 오누이는 그래도 의심쩍어 '손을 내밀어 보라'고 했습니다. 호랑이는 할 수 없이 손을 내밀었습니다.

"우리 엄마 손은 이렇게 꺼끌꺼끌하지 않는데….."

"그래, 엄마 손은 부드러워."

오누이가 이렇게 의심 많은 소리를 하자, 호랑이는 '안 되겠다' 싶어 얼른 말했습니다.

"어, 그건 힘들게 떡 만들고, 장에 내다 파느라고 꺼끌꺼끌해진 거지."

"…."

그래도 아이들이 망설이자, 호랑이는 재촉했습니다.

"아이고, 힘들구나. 어서 문 좀 열거라."

그 말을 들은 오누이는 하는 수 없이 문을 열어 주었습니다. 호랑이는 문을 열자마자 방으로 얼른 들어갔습니다. 들어가자마자 호랑이는 울고 있는 젖먹이 아기를 안고 젖을 먹여야겠다고 하며, 윗목에 돌아앉았습니다.

"너희들도 배고프지. 저녁 차릴 테니 기다리거라."

호랑이는 아기를 안고 부엌으로 갔습니다. 그런데 호랑이가 부엌으로 가자마자, '오도독 오도독' 하는 소리가 들리는 것이었습니다. 수상한 생각이 든 오누이가 문틈으로 몰래 엿보니, 어둑한 부엌에서 엄마가 무엇을 먹고 있는 것이 보였습니다.

아, 아니 그런데, 자세히 보니, 그것은 엄마가 아닌 호랑이였습니다. 호랑이가 갓난아기를 잡아먹고 있는 것이 분명했습니다. 깜짝 놀라 눈이 똥그래진 오누이는 무서워서 덜덜 떨었습니다. 하이고, 이러다가는 다 잡아먹히게 생겼으니 큰일입니다. 오누이는 도망쳐야 했습니다. 다급했습니다.

"엄마, 똥 마려, 똥 누고 올게요."

하고, 오누이는 핑계를 댔습니다. 그러자 호랑이는 오누이가 혹시 도망칠 것 같아 '그냥 아랫목에 누라'고 했습니다. 오누이는 '여기서 누면 구린내가 나서 잘 수 없다'고 하며, '밖에서 누겠다'고 버텼습니다. 호랑이는 할 수 없이 '그럼 밖에서 누고 얼른 들어오라'고

부부가 될 청소년과 청년을 위한
옛이야기 산책

했습니다.

“….”

오누이는 밖으로 나오자마자 뛰었습니다. 그리고 우물가에 있는 큰 나무 위로 올라갔습니다. 잠시 후, 호랑이는 그새를 못 견디고 오누이를 찾으러 밖으로 나왔습니다. 마당 구석구석을 뒤지며 찾았습니다. 뒤로도 가 봤습니다. 그곳에도 없었습니다. 화가 난 호랑이는 혹시나 하고 우물 안을 들여다봤습니다. 오누이가 보였습니다.

‘옳거니 샘 속에 있었네.’

호랑이는 짐짓 태연한 척했지만, 사실 어찌해야 할지 몰랐습니다. 일단 불러 보았습니다.

“얘들아, 이리 나오너라.”

“….”

“아, 이리 나오래두.”

호랑이는 우물 안으로 손을 뻗어 오누이를 잡으려고 휘적휘적거렸습니다. 아무리 버둥거려봤지만 잡히지 않았습니다. 오누이는 그 꼴이 너무 우스웠습니다. 조용히 서로 보며 입을 막고는 조용히 웃었습니다.

“킥킥!”

그런데 이거 큰일 났습니다. 이 소리를 호랑이가 들어 버린 것입니다. 고개를 위로 획 돌린 호랑이는 벌컥 소리쳤습니다.

“야, 너희들 거기 있었니?”

“….”

"어, 어떻게 올라갔니?"

"…."

"왜 아무 말도 안 하는 거야, 찾았잖니?"

호랑이는 짜증났습니다. 당장이라도 달려들어 잡아먹고 싶었지만, 마음을 꾹꾹 누르며 이를 악물고 살살 말했습니다. 그러자 누이가 말했습니다.

"부엌에 있는 참기름을 바르고 왔지."

"아하! 그렇군!"

그 소리를 듣자마자, 호랑이는 당장 부엌으로 달려가 온몸에 참기름을 잔뜩 발랐습니다. 호랑이는 으르렁거리며 나무를 오르기 시작했습니다. 하지만 미끄러워 도저히 올라갈 수 없었습니다. 미끄러지고, 또 미끄러지고…. 속았습니다. 호랑이는 화가 치밀어 올라 더욱 으르렁거리며 펄쩍펄쩍 뛰었습니다. 그 모양이 너무 우스꽝스러웠습니다.

"하하하."

"호호호."

오누이는 통쾌하게 웃었습니다. 그때 동생이 비아냥거리며 말했습니다.

"바보 멍청이. 도끼로 찍으면서 올라와야지. 하하하!"

"…."

동생은 '아차' 싶었습니다. 누이도 가슴이 '철렁' 내려앉았습니다. 그러나 이미 늦었습니다. 다시 도망쳐야 했습니다. 호랑이가 벌써 도끼를 찾으러 갔기 때문이었습니다. 큰일 났습니다. 호랑이는 벌써 도끼를 찾아 나무를 찍으며 조금씩 다가오기 시작했습니다. 오누이는 나무 위로 조금씩 더 올라갔습니다. 그렇게 한참을 올라가자 더 이상 올라갈 때가 없었습니다. 이젠 영락없이 죽을 위기입니다. 오누이는 부둥켜안고 벌벌 떨면서 마지막으로 하느님께 빌었습니다.

"하느님, 우리를 살려 주십시오. 새 동아줄을 내려 주십시오."

"하느님, 우리를 살리시려거든 튼튼한 새 동아줄을 내려 주시고, 죽이시려거든 썩은 동아줄을 내려 주십시오."

오누이는 간절히 하느님께 빌고 또 빌었습니다. 그러자 하늘에서 동아줄이 내려왔습니다. 새 동아줄이었습니다. 새 동아줄을 잡은 오누이는 하늘로 올라갔습니다. 동아줄을 잡고 하늘로 올라가는 오누이를 보자, 호랑이도 하느님께 빌었습니다.

"하느님, 저를 살리시려면 새 동아줄을 내려 주시고, 죽이시려면 썩은 동아줄을 내려 주십시오."

그러자 하늘에서 동아줄이 내려왔습니다. 호랑이는 급한 마음에 새 동아줄인지 썩은 동아줄인지 확인도 하지 않았습니다. 얼른 동아줄을 잡고 하늘로 올라갔습니다. 그렇지만 호랑이가 얼마쯤 올라가자, 그 줄은 무게를 이기지 못하고 끊어지고 말았습니다. 결국 호랑이는 수수밭에 떨어져 수숫대에 똥구멍이 찔려 목숨을 잃었습니다.

하늘로 올라간 오누이는 달님과 해님이 되었습니다. 동생은 달님이 되고, 누이는 해님이 되었습니다. 해님은 달님을 바라보며 따뜻하고 밝은 빛을 달님에게 보냈습니다. 달님은 따뜻하고 밝은 빛을 품어 아름답게 빛났습니다. 해님과 달님은 행복했습니다.

◆◆◆

해와 달이 없던 시절에 오누이가 있었습니다. 그리고 힘들고 어려운 과정을 극복하고 해와 달이 되었습니다.

우리들의 삶에는 늘 '길흉화복(吉凶禍福)'이 같이 따라다닙니다. 그래서 인생은 안갯속일 때가 많습니다. 한 치 앞도 분간할 수 없는 안갯길입니다.

남녀의 사랑도 그렇습니다. 늘 순탄하지만은 않습니다. 대부분 우여곡절이 있습니다. 소설 같은 이야기가 있습니다. 설렘, 긴장과 놀람, 두려움, 아슬아슬함, 즐거움, 슬픔, 아름다움, 경이로움 등이 있습니다. 그중 어떤 사람들은 정말로 험난한 역경을 딛고 결국 아름다운 사랑에 도달하기도 합니다. 물론 다른 사람들이 보기에는 누구나 겪는 소소한 일들일 수도 있습니다. 하지만 당사자들에게는 엄청나게 커다란 시험이기도 합니다. 그렇기에 작든지 크든지 간에 모두에겐 한 편의 드라마입니다.

모두 다 그럴 테지만, 그때 일들을 가끔 다시 추억해 보면, 사실 그 과정 모두가 경이롭기 그지없을 때가 한두 번이 아닙니다. 박진

부부가 될 청소년과 청년을 위한
옛이야기 산책

감 넘치는 드라마 한 편입니다. 사실 들춰 보면, 특별한 사건이었든 아니었든 두 사람 사이에는 가슴 졸이며, 손에 땀을 쥘 만한 이야기가 늘 숨겨져 있습니다. 해와 달이 된 오누이처럼 말입니다.

호랑이 같은 무서운 위험이 있습니다. 아니, 호랑이보다 더 무서운 위험이 닥쳐왔던 적도 있었습니다. 참으로 지금 생각해 보면, 아슬아슬하였습니다. 하마터면, 그것에 대한 두려움에 서로에 대한 사랑과 믿음이 깨져 버렸을지도 모르는 일들도 있었습니다.

하지만 오누이처럼 그 어렵고 힘든 일들을 극복했습니다. 이젠 위험하고, 두렵고, 떨리던 일들이 다 지난 추억이 되었습니다. 그리하여 결국 해와 달이 되었습니다. 운명처럼. 마치 하나가 해가 되고, 하나가 달이 되려고 태어난 것처럼. 없어서는 안 될 운명처럼. 하늘의 보살핌으로 해와 달이 되었습니다. 꼭 만나야 할 운명처럼 부부가 되었습니다. 가족의 해가 되고, 달이 되었습니다.

# 3

# 내 복에 산다

옛날에 한 부자 영감이 살고 있었습니다. 그 부자 영감에게는 딸이 셋 있었는데, 하루는 세 딸을 앞에 앉혀 놓고 물었습니다.

"너희들은 누구 복에 잘 먹고, 잘 입고, 잘 산다고 생각하니?"

큰딸은 아버지 복에 잘 먹고, 잘 입고, 잘 산다고 했습니다.

"오오 그래. 그럼 그렇지. 우리 둘째 딸은?"

"호호, 누구 복에 잘 먹고, 잘 입고, 잘 살겠어요. 당연히 아버지 복에 잘 먹고, 잘 입고, 잘 살지요."

"오오 그래. 그렇고 말고, 하하하."

딸들의 말에 기분이 좋아진 아버지는 셋째 딸의 말도 얼른 듣고 싶었습니다.

"그래, 우리 셋째 딸은 어떻게 생각해?"

"누구 복에 잘 먹고, 잘 입고, 잘 살겠어요. 내 복에 잘 먹고, 잘 입고, 잘 살지요."

"네 복에 잘 먹고, 잘 입고, 잘 산다고?"

"…"

아버지는 셋째 딸의 말에 적잖이 서운했습니다. 아버지 복에 잘 먹고, 잘 입고, 잘 산다고 할 줄 알았는데, 그렇게 말하니 너무 실망스러웠습니다. 참고 있던 아버지는 이내 화를 버럭 내며 말했습니다.

"네 복에 잘 먹고, 잘 입고, 잘 산다면 넌 나가거라. 나가서 네 복에 잘 먹고, 잘 살아 보거라. 어서."

셋째 딸은 졸지에 쫓겨났습니다. 쫓겨난 셋째 딸은 하는 수 없이 마냥 정처 없이 발길 닿는 대로 걸었습니다. 가다 보니 어둑해지기 시작했습니다. 하지만 딸은 그저 걸을 뿐이었습니다.

그때 어떤 사람이 보였습니다. 앞쪽에서 한 총각이 걸어오는 것이었습니다. 숯 굽는 총각이었습니다. 숯 굽는 총각은 셋째 딸을 힐끗 보며 지나갔습니다. 그러자 셋째 딸이 휙 돌아 그 총각을 따라가기 시작했습니다. 아무 말도 없이 그냥 그 총각을 따라갔습니다.

총각은 덜컥 겁이 났습니다. 곱게 차려입은 예쁜 처녀가 아무 이유 없이 자신을 따라오자 겁이 났던 것입니다. 산길은 점점 더 어둑해지고, 처녀가 아무 말도 없이 계속 자신을 쫓아오자, 총각은 갑자기 머리가 쭈뼛 서는 것 같았습니다. 그래서 들고 있던 작대기를 혹시나 하고 집어 던졌습니다. 어찌하나 조마조마했습니다.

처녀는 깜짝 놀랐습니다. 잠시 멈칫하며, 총각을 의아하게 쳐다봤습니다.

'뭐지?'

총각은 눈이 마주치기라도 하면 큰일 날 듯이 고개를 휙 돌리고는 바삐 걸었습니다. 그러자 처녀도 작대기를 주워 들고 바삐 쫓아오는 것이었습니다. 뛰어오는 발자국 소리에 돌아본 총각은 철렁했습니다. 이제는 지게를 벗어 던지고, 뛰기 시작했습니다. '걸음아 나 살려라'고 뛰었습니다.

그런데 이게 웬 일입니까? 처녀가 그 지게도 지고 뛰어오는 게 아닙니까? 총각은 다리가 후들거렸지만, 죽을힘을 다해 도망쳤습니다.

집에 도착한 총각은 사립문을 벌컥 열었습니다. 어머니를 급하게 부르며 방 안으로 들어가 이불을 와락 뒤집어썼습니다. 그러곤 한동안 벌벌 떨었습니다. 겨우 죽었다 살아난 것 같았습니다.

"어, 어머니. 귀신. 귀신이요."

"뭐?"

어머니도 아들이 귀신이라는 말에 덜컥 겁이 났습니다. 그래서 얼른 방으로 들어가 문고리를 꼭 잡고 아들과 함께 숨죽이고 있었습니다. 잠시 후, 밖에서 소리가 들렸습니다.

"계세요?"

"…."

"계세요?"

여자 목소리였습니다. 아들은 귀신이 드디어 왔다고, 이불을 더 콱 뒤집어썼습니다. 어머니도 문고리를 더욱 세게 잡고 꼼짝없이 엎드려 숨을 죽였습니다.

"계세요? 누구 안 계세요?"

"…."

"계세요? 누구 안 계세요?"

여자가 계속해서 문을 두드렸습니다. 그렇게 얼마가 지나자 어머니는 누군지, 아니 무엇인지 궁금했습니다.

'뭘까?'

어머니는 문고리를 단단히 잡고서 문구멍을 냈습니다. 아니, 그런데 이게 뭔 일이랍니까? 마당에는 예쁜 색시가 서 있었던 것이었습니다. 어머니는 깜짝 놀랐지만, 자세히 살폈습니다. 처음에는 '귀신한테 홀린 게 아닌가?'라고도 생각했습니다. 하지만 눈을 비비고 다시 보니 귀신은 아닌 것 같았습니다. 그래서 무섭긴 했지만, 말을 걸어 봤습니다.

"누구요? 누군데 이 밤에 우리 집엔 왜 왔소? 귀신이면 썩 물러가시오."

"아, 예. 계셨군요."

"…."

"저는 귀신이 아니라 사람이에요."

'귀신이 아니라고?'

어머니는 귀신이 아니라 사람이라는 말에 조금은 안심이 되었지만, 그렇다고 문을 열고 나가는 것은 무서웠습니다. 그래서 다시 물었습니다.

"왜 오셨소? 여기는 처녀같이 예쁜 색시가 올 데가 아니오."

"예, 정처 없이 가다 보니 여기까지 왔네요."

"…."

"부디 여기서 살게 해 주세요."

'엥? 여기서 살게 해달라고?'

어머니는 귀를 의심했습니다. 하지만, 귀신은 아닌 것 같았습니다. 게다가 딱히 갈 데 없는 딱한 처지인 것 같았습니다. 그제야 어머니는 문을 열었습니다.

"들어오시오."

"고맙습니다! 고맙습니다."

처녀는 고맙다고 하며 연신 허리를 굽혀 인사를 하고선 들어가 앉았습니다. 한동안 침묵이 흘렀습니다. 아들은 아직도 이불 속에 숨어 눈치만 살폈습니다. 어색했습니다. 그러다 간신히 눈만 빼꼼히 내밀어 처녀를 봤습니다. 예뻤습니다. 총각의 벌렁거리던 가슴은 이내 두근거렸습니다.

어머니는 얼른 밥을 차렸습니다. 셋째 딸도 총각도 맛있게 먹었습니다. 밥을 먹은 뒤, 처녀는 그동안의 자초지종을 자세히 말했습니다. 결국 그날 저녁부터 처녀는 총각네 집에서 살게 되었습니다.

총각네는 숯을 굽는 집이었습니다. 지금까지 숯을 구워 팔아서 겨우 생계를 꾸려 나갔습니다. 어려운 살림이었습니다. 그런데도 같이 살게 해 준 것입니다. 셋째 딸은 고마웠습니다. 그래서 셋째 딸은 더욱 이 일 저 일 마다않고, 열심히 집안일을 거들었습니다. 얼마를 지내는 동안, 셋째 딸과 숯 굽는 총각은 서로 좋아하게 되었습니다. 마침내 셋째 딸은 숯 굽는 총각과 혼인하여 살게 되었습니다.

그렇게 몇 달이 지난 어느 날이었습니다. 그날은 숯을 굽는 날이었습니다. 셋째 딸도 숯 굽는 일을 도와주러 갔습니다. 신이 난 셋째 딸은 두리번거리며 즐거워했습니다. 이곳저곳을 마냥 기웃거렸습니다. 그러다 갑자기 셋째 딸이 깜짝 놀라 소리쳤습니다.

"에구머니나!"

"…"

"아니, 이게 뭐에요?"

"뭐가요?"

"이거요."

셋째 딸은 가마벽의 돌덩이를 가리켰습니다.

"하하. 이거요?"

"…"

"별거 아니구만."

"이거, 금덩이잖아요."

"응? 금덩이?"

"예."

"금덩이가 뭔데요?"

숯을 굽는 가마에 붙인 돌들이 모두 금덩이었던 겁니다. 셋째 딸은 숯 굽는 가마에 붙인 돌을 모두 빼라고 했습니다. 숯 굽는 총각은 펄쩍 뛰었습니다.

"안 돼. 이 돌을 빼면 우린 굶어 죽어요."

"아니요. 그렇지 않아요."

"…."

"내 말대로 어서 모두 빼서 집으로 가져가요."

숯 굽는 총각은 셋째 딸이 너무 자신 있게 말하자, 하는 수 없이 그 말대로 했습니다. 셋째 딸은 그 돌들을 깨끗이 씻었습니다. 그러고 나서 숯 굽는 총각에게 말했습니다.

"이것을 서울로 가지고 가서 팔아 오세요."

"으응?"

"꼭 제 값을 받고 팔아 오셔야 돼요."

숯 굽는 총각은 믿기지 않았지만, 알았다고 하고서 서울로 갔습니다. 숯 굽는 총각은 속으로 '이것을 어떻게 팔지? 이 돌이 정말 팔릴까? 얼마에 팔지?' 하면서도 일단 봇짐을 풀어 놓기는 했습니다. 그러자 얼마 안 돼 어떤 사람이 물었습니다.

"이거 파는 거요?"

"예. 파는 거요."

"아, 그럼 천 냥에 파시오."

"예에?"

숯 굽는 총각은 그 소리를 듣고, 기가 막혀 웃었습니다. 기껏 해야 두 푼이나 서 푼밖에 안 되는 이 돌덩이를 천 냥에 팔라고 하니 장난치는 것 같았습니다. 그래도 숯 굽는 총각은 참았습니다. 그리고 꼭 제값을 받고 팔아 오라는 아내의 말이 떠올라 말했습니다.

"허허 참. 무슨 소릴 그렇게 하십니까? 장난하십니까? 사시려면 제값대로 주고, 그렇지 않으면 가시구려."

그 사람은 자기가 값을 너무 적게 불러서 그런 줄 알고, 더 올려 말했습니다.

"아하, 그럼. 이천 냥 주겠소."

숯 굽는 총각은 더 기가 막혔습니다. 그래서 다시 피식 웃으며 말했습니다.

"누구 놀리십니까? 그러지 말고 제값대로 주시구려."

그러자 이 사람은 더 많은 값을 불렀습니다. 하지만 숯 굽는 총각은 계속 제값대로 주라고만 했고, 이 사람은 더 많은 값을 계속 불렀습니다. 그렇게 해서 숯 굽는 총각은 얼떨결에 많은 값을 받고 팔았습니다. 그 후, 셋째 딸과 숯 굽는 총각은 부자가 되어 어머니를 모시고 행복하게 살았습니다.

한편, 셋째 딸을 내쫓은 이후로 부자 영감의 살림살이는 점점 더 가난해졌습니다. 게다가 두 딸을 시집보내고 나니 더욱 살기 힘들어졌습니다. 그래서 부자 영감 내외는 딸들의 집에 가서 의탁하기로 했습니다. 하지만 딸네의 살림도 그렇게 넉넉지 못했습니다.

영감 내외는 하는 수 없이 다시 돌아와야 했습니다. 그러던 어느 날, 죽기 전에 셋째 딸을 찾아보고 싶었습니다. 셋째 딸이 어떻게 사는지도 몹시 궁금했습니다. 그날부터 영감 내외는 셋째 딸을 그리워하며 온 나라를 돌아다녔습니다.

그러다 어느 마을에 도착했습니다. 여기 말고는 이제 더 이상 갈 마을도 없었습니다. 저녁이 다 되어 도착한 영감 내외는 너무 허기가 졌습니다. 더 이상 걷기도 힘들었습니다. 그래서 그 마을에서 가장 큰 기와집으로 가 문을 두드렸습니다. 부잣집이라 하룻밤 신세지며, 밥 한 술 얻어먹을 수 있을 것 같았습니다.

"뉘시오?"

누군가 문을 열고 물었습니다. 영감 내외는 사정을 이야기했습니다. 그러자 그 사람은 안으로 들어가 물어보고 오겠다면서 들어가더니 다시 나와 말했습니다.

"자, 들어오시오."

"고맙습니다."

영감 내외는 고맙다며 주인께 인사를 드리겠다고 했습니다. 그 사람은 그러지 않아도 되니 괜찮다고 했습니다. 하지만 영감 내외는 그럴 수 없다고 했습니다. 하는 수 없이 그 사람은 들어가서 물어보고 오겠다고 했습니다. 일단 밥을 먹고 있으라고 했습니다. 영감 내외가 알았다고 하며, 일단 방 안으로 들어갔습니다.

밥을 다 먹고 나자, 아까 그 사람이 따라오라고 했습니다. 영감 내외는 옷매무새를 가다듬고 나서 서둘러 따라갔습니다.

그런데 이게 웬일입니까? 영감 내외가 안채로 들어서자마자, 갑자기 안쪽에서 셋째 딸 목소리가 들리지 않겠습니까. 영감 내외는 깜짝 놀라 멈추어 섰습니다. 고개를 들어 소리 나는 쪽을 쳐다보았습니다. 그랬더니 버선발로 셋째 딸이 뛰어오고 있는 것 아니겠습니까? 셋째 딸이 영감 내외에게 와락 안기자, 세 사람은 서로 부둥켜안고 한참을 '엉엉' 울었습니다. 영감은 눈물을 흘리면서 셋째 딸에게 말했습니다.

"그래, 네가 너 복으로 잘 먹고, 잘 입고, 잘 사니 다행이구나. 정말 다행이구나. 정말 다행이구나."

"…."

"정말 고맙구나."

✦✦✦

　우리 삶은 순간순간마다가 선택의 순간입니다. 이쪽으로 갈 것인지, 저쪽으로 갈 것인지 아니면 해야 할지, 하지 말아야 할지 매순간 고민과 갈등의 연속입니다. 미리 살아 볼 수 있다면, 되돌릴 수 있다면, 최소한 어렴풋이라도 알 수만 있다면, 이런 고민과 갈등도 없을 것입니다. 언제나 새롭고, 연습 없는 삶이기에 망설여집니다. 주저하게 됩니다. 고통스럽기까지 합니다. 그래서 포기하고 싶기도 합니다. 그래서 벗어나고 싶습니다.

　하지만 그런 삶이 우리들의 삶입니다. 어찌할 수 없는 우리들의 삶입니다. 받아들여야만 하는 우리들의 삶입니다.

　그렇지만 삶의 주인은 우리 자신입니다. 누가 대신 살아 줄 수 있는 것이 아닙니다. 자신만이 자신의 이야기를 쓸 수 있는 것입니다. 자신만이 자신만의 삶의 이야기를 쓸 수 있는 것입니다. 아무리 멍석을 잘 깔아 주어도, 그 멍석 위에서 놀 수 있는 사람은 결국 자신이기 때문입니다.

그렇기에 자신의 삶의 길은 자신이 선택해야 합니다. 아무리 누가 뭐래도 결국은 자신이 선택하는 것입니다. 그리고 오직 자신만이 선택할 수 있는 것입니다. 주위의 권유 또는 필요의 압박, 어쩔 수 없는 불가항력적인 선택이었을지라도 그렇습니다. 결국 자기 삶의 모든 결정은 자신이 할 수밖에 없습니다. 자신만이 할 수 있는 것입니다. 죽기를 선택하든 살기를 선택하든, 이쪽을 선택하든 저쪽을 선택하든, 이것을 하든 하지 않든, 슬픔도 기쁨도, 외로움도, 그리움도, 우울함도 모두 그렇습니다. 그것을 자신의 운명처럼 순순히 따르든, 거슬러 운명에 도전하든 그것은 오직 자신만의 선택인 것입니다.

그리고 그대로 이뤄집니다. 자신이 소망하는 대로, 믿는 대로, 사랑하는 대로 이뤄지기 마련입니다. 간절한 소망대로, 절실한 믿음대로, 애절한 사랑대로 이뤄집니다. 그만큼의 마음과 정성, 노력만큼 이뤄지는 것입니다. 이뤄지지 않았다면 그것은 우리가 간절하지 못하였기에, 절실하지 못하였기에, 애절하지 못하였기에 그런 것이지, 다른 이유는 없을 겁니다.

그러니 모든 것이 자신의 선택이며 자신의 책임입니다. 부모 때문도, 형제 때문도, 남편 때문도, 아내 때문도, 자식 때문도, 나의 조건 때문도, 나의 환경 때문도 아닙니다. 자신이 마음먹기 나름입니다. 제 탓입니다. 제 할 탓입니다. 제 복입니다.

자신이 마음먹은 대로, 뿌린 대로 거두기 마련인 것입니다. 자신에게서 나와 자신에게로 멀리 돌아오는 것입니다. 그렇기에 간절하게, 절박하게, 애절하게 마음과 정성, 노력을 기울이면, 결국 이뤄집니다. 소망하고, 믿고, 사랑하면 이뤄집니다. 그때는 마침내 슬픔도, 서글픔도, 설움도, 외로움도, 그리움도 모두 녹아 애틋한 사랑으로 흐를 것입니다. 마침내 기쁨으로 행복으로 흐를 것입니다. 자신의 삶의 주인은 오직 자신뿐입니다.

부부가 될 청소년과 청년을 위한
옛이야기 산책

# 4
# 서동과
# 선화공주

　옛날 백제시대였습니다. 어느 마을에 한 청년이 홀어머니를 모시고 살고 있었습니다. 그는 그의 어머니가 부여궁 남쪽에 있는 큰 연못가에 집을 짓고 살 때, 그 연못의 용과 정을 통한 후 낳은 아들이었습니다. 그의 이름은 서동이었습니다.

　서동은 어렸을 때부터 가난하게 살았습니다. 매일매일 마를 캐어 그것을 장에 내다 팔아서 생활하였습니다. 서동은 어려서부터 성실했고 속이 깊었습니다. 어른들도 헤아리기 어려운 생각을 했을 뿐만 아니라 무엇보다 어머니의 마음을 헤아려 거스르지 않았습니다. 서동은 재주도 뛰어났습니다. 사람들은 그런 서동을 매우 기특해했습니다.

　어느 날이었습니다. 그때도 서동은 마를 캐어 장에서 팔고 있었습니다. 그날따라 마가 잘 팔려서 서동은 일찍 집으로 가려고 짐을 정리하고 있었습니다. 그때 솔깃한 이야기 소리가 들렸습니다. 옆에서 함께 장사하는 사람들의 말이었습니다.

"아, 신라 있잖여."

"뭐?"

"아, 그 신라왕이 말이야."

"으응, 그래."

"그 왕이 딸이 셋인데, 셋째 공주가 제일 예쁘대. 이름은 선화래."

"이름도 예쁘구면."

"아, 셋째 딸은 보지도 않고 데려간다는데, 그렇게 예쁘기도 하단 말이야?"

"하하, 누군 좋겠네."

"복 받은 거지 뭐."

"그러니 이생이고 전생이고 덕을 쌓아야지."

"그러게 말이야. 하하하!"

서동은 셋째 공주 선화 이야기를 듣고 왠지 모르게 가슴이 두근거렸습니다. 그날부터인가 서동은 늘 선화공주가 보고 싶었습니다. 한 번도 보지 못한 선화 공주가 그리웠습니다. 생각만 해도 설렜습니다. 급기야 잠 못 이룰 때가 점점 많아졌습니다. 선화공주에 대한 그리움 때문이었습니다. 선화공주가 보고 싶어 견딜 수가 없었습니다.

그렇게 얼마가 흘렀는지도 모르겠습니다. 서동은 마침내 머리를 깎았습니다. 선화공주와 함께 살고 싶었습니다. 서동은 굳은 결심을 하고 신라의 서울로 향했습니다. 하지만 서동은 매우 조심스러웠습니다. 자칫하면 간첩으로 몰려 죽을 수도 있었기 때문입니다.

일단 서동은 집 근처에서 캐온 마를 팔며 동정을 살폈습니다. 그리고 선화공주에 대한 이야기에 귀를 쫑긋 세우고 다녔습니다. 역시나 선화공주는 많은 사람들의 총애를 한 몸에 받고 있었습니다. 선화공주에 대한 이야기는 늘 화기애애한 웃음꽃을 피워냈습니다. 서동은 더욱더 선화공주를 마음속으로 사모하게 되었습니다.

마침내 서동은 결심을 굳혔습니다. 서동은 계획대로 아이들에게 마를 공짜로 나눠 주었습니다. 아이들은 마냥 좋아했고, 서동을 좋아하며 따랐습니다. 서동은 자신의 마음을 담은 노래를 지었습니다. 그 노래를 아이들에게 가르쳤습니다. 아이들은 서동이 좋았기에 아무런 의심 없이 신나게 부르며 놀았습니다.

선화 공주님은
선화 공주님은
남몰래 남몰래
시집간대요

밤마다 밤마다
서동이를 품에 안고
품에 안고서 잠을 잔대요

아이들의 노래는 얼마 가지 않아 온 장안에 가득 퍼졌습니다. 아이들이 어찌나 신나고 재미있게 불렀던지 어른들조차 콧노래를 부

부부가 될 청소년과 청년을 위한
옛이야기 산책

를 정도였습니다. 그러자 결국 동요는 궁궐에까지 알려졌습니다. 동요를 들은 신하들은 모두 깜짝 놀라 말했습니다.

"세상에 어찌 이런 일이, 발칙한 놈들."

"어떻게 이런 노래가 퍼졌단 말입니까?"

"왕실에 대한 모독입니다. 당장 잡아들여야 합니다."

"노래를 지은 놈뿐만 아니라 퍼뜨리는 자도 엄하게 다스려야 합니다. 너무 망측스럽습니다. 나 원 참, 험!"

급기야 신하들은 왕에게 간청했습니다.

"폐하, 이 노래가 분명 사실이 아니겠지만, 백성들의 귀감이 되어야 할 왕실의 권위를 위해서 공주님께서도 어느 정도 책임을 지셔야 할 것입니다."

"… ."

"폐하, 그렇습니다. 망측스럽게도 공주님에 대한 노래입니다. 사실이 아니든 그렇든 공주님에게도 책임이 있다고 감히 여쭙니다."

"그렇습니다, 폐하. 사실이지는 않겠지만, 백성들에게 비친 공주님의 모습일지도 모릅니다."

"그러니 폐하, 공주를 귀양 보내십시오."

"폐하. 공주를 귀양 보내십시오."

"폐하."

신하들은 한목소리로 공주를 귀양 보내라고 말했습니다. 가만히 듣고만 있던 왕은 할 말이 없었습니다. 어찌할 수 없이, 신하들의 말에 수긍할 수밖에 없었습니다. 그것이 왕실과 나라를 위하는 일이라 여겼던 것입니다. 결국 선화공주를 먼 곳으로 귀양 보내기로 결정하였습니다. 선화공주는 그 소식을 듣고 펄쩍 뛰었습니다. 매우 억울했습니다. 하지만 아버지를 위해 묵묵히 따라야 했습니다.

공주가 떠나던 날, 왕후만 배웅을 나왔습니다. 왕후는 눈물을 흘렸습니다. 막을 수 없기에 더욱 안타까웠습니다. 공주도 눈물을 흘리며 슬퍼했습니다. 한참이 지나, 이제 더 이상 지체할 수 없는 시간이 되었습니다. 왕후는 공주에게 순금 한 말을 옷 보따리에 싸서 몰래 여비로 주었습니다.

공주는 옷 보따리를 꼭 안고, 천천히 길을 떠났습니다. 그렇게 한참을 걷다 보니 어느덧 경주를 벗어났습니다. 귀양지는 며칠이나 더 가야 했습니다. 공주는 다리가 아프고 힘들었습니다. 그래도 공주는 꿋꿋하게 걷고 또 걸었습니다.

그렇게 걷던 어느 날이었습니다. 공주는 그날도 말없이 걷고 있었습니다. 그런데 갑자기 한 젊은이가 길가 숲에서 걸어 나와 선화공주 앞을 막아서는 것이었습니다. 공주는 약간 당황했지만, 흐트러지지 않았습니다. 아름다웠습니다. 이내 젊은이는 가까이 다가와 정중히 인사를 하였습니다. 그러고선 자신이 공주를 호위해 주겠다고 말했습니다. 아무런 머뭇거림도, 거리낌도 없었습니다.

선화공주는 왠지 좋았습니다. 스스럼없이 다가온 그 젊은이가 편하게 느껴지고 마음에 들었습니다. 비록 그가 어디서 온 사람인지, 어떤 사람인지는 잘 몰랐지만, 왠지 미더웠습니다. 하지만 선화공주는 아직 그가 어떤 사람인지 알지 못했습니다. 그래도 일단은 함께 가기로 했습니다. 그때부터 그 젊은이와 선화공주는 서로를 좋아하게 되었습니다.

얼마 후, 선화공주는 그 젊은이가 서동이란 사실을 알고서 기뻐했습니다. 그 노래가 정말 신통하다면서 노래대로 이뤄졌다고 하며 즐거워했습니다. 그렇게 서동과 선화공주는 며칠을 함께 지내며, 백제에 도착했습니다. 집에 도착한 서동과 선화공주는 먼저 어머니께 인사를 드리고, 지금까지 있었던 일들을 낱낱이 말씀드렸습니다. 이야기를 듣는 내내 어머니 얼굴엔 기쁨이 가득했습니다. 어머니는 웃음 가득한 얼굴로 선화공주의 손을 잡았습니다. 선화공주는 이제 아내로서, 며느리로서 살아야겠다고 다짐했습니다.

그 후로 행복한 나날들이 쏜살같이 '휙' 지나갔습니다. 선화공주도 이젠 백제 생활에 익숙해졌습니다. 그래서 서동에게 앞으로 새롭게 살림을 차릴 계획에 대해 의논하자고 했습니다. 서동은 흔쾌히 그러자고 했습니다. 잠시 후, 선화공주가 옷장 구석에서 보따리를 꺼내어 놓고 앉자, 서동이 말했습니다.

"이게 무엇이오?"

"예, 이것은 어머니가 주신 황금이에요."

"어디 좀 봐도 되겠소?"

선화공주는 보따리를 풀어 젖혀 서동에게 황금을 보여 주며 말했습니다.

"아마 이 정도면 한평생 남부럽지 않게 살 수 있을 거예요."

"이것이 황금이란 말이오?"

황금을 본 서동은 의아해하며 말했습니다.

"예, 이것이 바로 황금이에요."

"… ."

"왜, 그러세요?"

"아, 아니, 이것은 내가 어려서부터 마를 캐던 곳에 엄청나게 많아요.

"… ."

"그곳에는 이런 것이 흙덩이처럼 쌓여 있는걸."

"그래요?"

"예-에!"

"아니, 이런 보물이 흙덩이처럼 쌓여 있다고요?"

"그렇고 말고요."

서동과 선화공주는 급히 그곳으로 가 보았습니다. 그랬더니 서동의 말대로 황금이 흙속에 파묻혀 쌓여 있는 것이었습니다. 선화공주는 매우 기뻤습니다.

'부모님들께서 이 사실을 아신다면 얼마나 기뻐하실까?'

선화공주는 뛸 듯이 기뻤습니다. 서동이 매우 자랑스러웠습니다. 그동안 부모님께는 늘 걱정거리였던 선화공주는 이런 서동을 부모님께 얼른 자랑하고 싶었습니다. 그래서 선화공주는 잠시 머뭇거리다가 서동에게 말했습니다.

"이 보물들을 부모님의 궁궐에도 보내 드리고 싶어요. 부모님들을 기쁘게 해 드리고 싶어요."

"…."

"부모님께 제가 서동님을 만나 행복하게 잘 살고 있다는 것을 보여 드리고 싶어요."

"하하하. 그래요? 나도 좋아요. 그렇게 하지요."

서동은 흔쾌히 동의했습니다. 서동은 말이 끝나기 무섭게 열심히 황금을 모았습니다. 그랬더니 황금덩이들이 마치 구릉처럼 쌓였습니다. 그리고 나서 서동은 집 근처에 있는 용화산 사자사의 지명법사에게 가서 금을 옮겨 달라고 부탁했습니다. 부탁을 받은 지명법사는 사정을 듣더니 흔쾌히 승낙하며 말했습니다.

"그럼 여기로 황금을 가져오십시오. 그러면 제가 옮겨 놓겠습니다."

"예, 법사님 감사합니다. 그럼 가져오겠습니다."

서동은 서둘러 가서 쌓아 두었던 황금을 모두 가져다 놓았습니다. 그러는 사이 선화공주는 편지를 썼습니다. 부모님께 보낼 편지였습니다. 혹 부모님들께서 깜짝 놀라 병이라고 나실까 봐 공주는 정성껏 그간의 일들을 소상히 적었습니다.

마침내 하룻밤 사이에 신라의 궁궐에는 산더미처럼 황금이 쌓였습니다. 신라왕과 왕비는 편지를 읽고 적지 않게 놀랐습니다. 하지만 선화공주가 잘 살고 있다는 편지를 보고 마음이 놓였습니다. 그리고 서동에 대해서도 고맙고 반가웠습니다. 그때부터 왕과 왕비는 딸과 사위를 늘 염려하고 그리워하는 마음을 편지로 써 보냈습니다.

이러한 일로 말미암아 서동은 신라와 백제에 큰 인심을 얻었습니다. 그리하여 마침내 왕위에까지 오르게 되었습니다.

◆◆◆

우리는 대부분 과거보다 더 나은 미래를 꿈꿉니다. 미래를 가슴에 품고, 현재와 미래가 혼재된 삶 속에서 삽니다. 그리고 마침내 이룰 금의환향을 꿈꿉니다. 보란 듯이 잘돼서 어렵고 힘들었던 삶에 어깨를 한껏 펴 보이고 싶기도 합니다. 부족하기도 했던 자신의 삶, 못나고 좌충우돌했던 삶의 아프고 서글픈 추억에 금빛 옷을 입고 당당히 나타나고 싶기도 합니다.

서동과 선화공주도 마찬가지입니다. 사랑하기에 목숨을 걸었습니다. 사랑하기에 어렵고 힘든 길을 택했습니다. 어찌 보면, 위험한 모험이고 도박이었습니다. 하지만 사랑하기에 자신의 모든 것을 버렸습니다. 그러나 인정받지 못했습니다. 왕이라고 생각하는 아버지에게, 장인에게 인정받지 못했습니다. 돌아갈 수도 없었습니다. 그래서 늘 마음 한구석은 뻥 뚫려 있었습니다.

하지만 포기할 수는 없었습니다. 꿈이 있었기 때문입니다. 이런 어렵고 힘든 삶 뒤에 올 자신의 위대한 미래를 꿈꿨기 때문입니다. 다행히 길이 있었습니다. 황금을 찾은 것입니다. 그것도 자신과 아주 가까운 곳에서 말입니다. 자신의 삶 속에서 그저 흙덩이와 같이 흔하디흔한 것이 보물이었던 것입니다. 아무도 몰랐습니다. 자신과 자신의 삶에서 이처럼 귀한 보물이 있을 줄은 아무도 몰랐습니다. 그렇지만 함께 마음을 맞대고 꿈을 꿨기에, 그것을 이루기 위해 노력했기에, 결국 찾은 보물입니다.

우리에게도 보물이 있습니다. 우리와 우리 삶 어딘가에 있지만, 온통 정신이 다른 곳에 팔려 있기에 찾지 못하고 있는 보물이 분명히 있습니다. 다만 너무 멀리만 보고 있기 때문입니다. 그것에 눈이 멀어 찾지 못하고 있을 뿐입니다.

우리 자신만이 가지고 있는 보물, 마음을 다하고 정성을 다해 노력하면, 이룰 수 있는 우리 삶의 꿈. 그런 보물들이 우리와 우리 삶에 가득합니다.

# 5
# 살려 준
# 잉어의 보은


옛날에 어떤 사람이 있었습니다. 나무를 해서 팔아 사는 사람이었습니다. 나무를 팔기 위해서는 집에서 강을 따라 한참을 가야 했습니다. 그래도 그 사람은 매일매일 하루도 빠짐없이 나무를 해서 팔아야 했습니다.

하루는 나무를 팔고 집으로 돌아오는 길이었습니다. 늘 다니던 대로 강을 따라 주욱 이어져 있는 길을 따라 걸어가고 있었습니다. 얼마쯤 지나자, 강가에서 물고기를 잡고 있던 아이들끼리 서로 싸우고 있었습니다.

"이것은 내 거야."

"아니야, 이것은 내 거야."

사정은 알 수 없었지만 잉어 한 마리를 가지고서 서로 자기 것이라며 싸우고 있었습니다. 그 사람은 그러지 말고 자기한테 팔고 돈을 나누어 가지라고 했습니다. 그러자 아이들은 그렇게 하겠다고 하며, 잉어 한 마리를 그 사람에게 주었습니다.

부부가 될 청소년과 청년을 위한
옛이야기 산책

　잉어 한 마리를 받아든 그 사람은 어떤 잉어인지 궁금해 물끄러미 잉어를 내려다봤습니다. 아, 그런데 그 잉어가 눈물을 흘리고 있는 게 아닙니까? 눈을 깜빡거리고 비벼 봐도 분명 눈물을 흘리고 있었습니다. 그 순간 그 사람은 잉어가 너무 불쌍했습니다. 그래서 얼른 그 잉어를 그냥 놓아주었습니다.

　그다음 날도 그 사람은 나무를 해서 팔고 돌아오는 길이었습니다. 그런데 어딘가에서 자기를 부르는 소리가 들렸습니다. 강에서 들려오는 소리가 틀림없었습니다. 겁도 났지만, 그 사람은 조심스레 가 보았습니다.

　'어? 뭐지?'

　'어엉?'

　무슨 일인지 물고기가 한 마리가 물 위에 떠 있는 것이었습니다.

　'희한하구만. 뭔 일이다냐?'

그 사람은 신기해서 더 가까이 다가갔습니다. 자세히 보니 어제 놔준 잉어였습니다.

"허허허!"

반가웠습니다. 반가워서 웃음이 나왔습니다. 잉어도 반갑다는 듯이 물 위로 펄쩍펄쩍 뛰어올랐습니다.

"아니, 네가 어제 그 잉어니?"

잉어는 다시 펄쩍 뛰어올랐습니다. 그러더니 이내 말을 하는 것이었습니다.

"죽을 목숨을 살려 주셔서 감사합니다."

"… ."

"그 은혜는 죽어서도 잊지 못할 겁니다."

"하하, 고맙긴 뭘. 괜찮아. 이렇게 살아 있으니 반갑기 그지없구면. 하하하."

"어제 일을 부모님께 얘기했더니 부모님께서 은혜를 갚아야겠다고 하시며, 은인을 모시고 오라고 해서 왔습니다."

"… ."

"사양하지 마십시오."

잉어는 말을 하자마자, 등에 타라는 듯 뒤로 돌았습니다.

"아, 아니, 뭘."

그 사람은 머뭇거렸습니다. 하지만 계속 재촉하는 잉어의 간곡한 청을 거절할 수 없었습니다. 하는 수 없이 잉어의 등에 올라탔습니다. 그러자 잉어는 물속으로 들어갔습니다. 신기하게도 아무렇지도

않았습니다. 숨도 쉴 수 있었고, 물에 젖지도 않았습니다.

깊은 물속으로 한참을 들어가니 큰 기와집이 나왔습니다. 궁궐처럼 엄청나게 큰 기와집이었습니다. 기와집 앞에는 벌써 잉어의 부모가 나와 있었습니다. 잉어의 부모는 그 사람을 무척이나 반갑게 맞이했습니다. 그 사람을 얼싸안고, 고맙다는 인사를 얼마나 많이 했는지 모르겠습니다.

잠시 후, 잉어의 부모는 잔치를 크게 벌였습니다. 마음 편하게 구경하고, 실컷 놀며 지내라고 말했습니다. 그 사람은 한동안 매우 어리둥절했습니다. 신기해하면서도 기쁘고 신나기도 했습니다.

그렇게 며칠이 흘렀는지 모르겠습니다. 얼마 후, 그 사람은 이제 돌아가 봐야겠다고 잉어에게 말했습니다.

"너무 오래 지체했나 봐. 이제, 가 봐야겠어. 일도 해야 하고. 하하하."

"너무 걱정 마세요."

"….."

"여기는 인간 세상과 시간이 달라요."

"그래?"

"예. 더 있다가 돌아가도 되어요."

"하하, 그래도 너무 폐를 끼치는 것 같아."

"괜찮아요. 제 은인인걸요."

잉어는 간곡히 말했습니다.

"아니야. 아무래도 돌아가 봐야겠어."

잉어는 너무 아쉬웠습니다. 그래서 잉어는 한 가지 귀띔을 했습니다. 돌아갈 때 자신의 부모가 선물을 하려고 하면, 꼭 연적을 달라고 하라는 것이었습니다.

"아니, 벌써 가시다니요. 더 있다가 가시지요."

"아, 아닙니다."

"……."

"저는 매일매일 나무를 해서 팔아먹고 살고 있습니다. 그런데 너무 오래 있었습니다. 얼른 돌아가 나무를 해야 합니다."

"하하하, 여기 시간은 인간 세상과 다릅니다. 너무 걱정 안하셔도 됩니다."

"아닙니다. 여기서 너무 오래 머무르면 폐를 끼치는 것 같아 마음이 편치 않습니다. 지금까지도 너무 넘치는 대접을 받았습니다."

"허허허. 은혜에 비하면 아무것도 아닙니다."

잉어의 부모는 섭섭하여 계속 만류했지만, 그 사람은 그래도 가봐야겠다고 말했습니다. 그러자 잉어의 부모는 더 이상 만류할 수 없었습니다.

"그러면 은혜에 보답하는 뜻에서 선물을 드리겠습니다."

"……."

"우리 집에서 제일 마음에 드는 것을 말씀해 주십시오. 드리겠습니다."

그 사람은 잠시 망설이더니 잉어가 알려 준 대로 말했습니다. 그러자 잉어의 부모는 잠시 생각하더니, 이내 연적을 꺼내 주었습니다. 그 사람은 고맙다고 하며 연적을 받아 들고는 잉어 등에 타고 물 위로 올라왔습니다. 그 사람은 잉어와 작별의 인사를 하자마자 집이 걱정되어 급히 집으로 갔습니다. 그런데 집은 그대로였습니다. 물속으로 들어갈 때와 똑같았습니다.

다음 날, 그 사람은 늘 하듯이 나무를 하러 갔습니다. 그리고 열심히 나무를 해서 장에 내다 팔았습니다. 그러고선 콧노래를 부르며 느릿느릿 집으로 돌아왔습니다.

아, 그런데 이게 웬일입니까? 집에 도착한 그 사람은 깜짝 놀랐습니다. 방 안에 진귀한 음식이 가득한 상이 놓여 있었던 것이었습니다. 그 사람은 두리번두리번 집안을 구석구석 살펴봤습니다. 아무도 없었습니다. 변한 것도 하나 없었습니다. 그대로였습니다.

'이상하다. 별일이네.'

수상했습니다. 하지만 배가 몹시 고팠던 때라, 설마 무슨 일이 있겠나 싶어 그냥 맛있게 먹었습니다. 그런데 다음날도, 그다음 날도 또 그다음 날도. 돌아와 보면 방 안엔 맛있는 음식을 가득 차린 상이 놓여 있었습니다.

"하하, 뭔 일이래?"

그 사람은 몹시 궁금해졌습니다. 그래서 그다음 날은 나무하러 갔다가 일찍 내려와 문구멍을 뚫어 방 안을 숨죽이며 지켜봤습니다.

아, 그랬더니 이럴 수가. 심장이 쿵쾅쿵쾅 뛰었습니다. 연적에서 어떤 색시가 나오는 것이었습니다. 너무나 예쁜 색시였습니다. 하지만 어떻게 해야 할지 떠오르지 않았습니다. 그냥 꾹 참고 지켜봐

야만 했습니다. 그런데 갑자기 벽으로 들어가더니 순식간에 음식이
가득한 상을 들고 나오는 것이었습니다.

'아, 그랬구나!'

그제야 왜 '연적을 달라'고 시켰는지 알았습니다. 바로 그때, 색시
가 다시 연적으로 들어가려 했습니다. 그 순간 무슨 생각이었는지,
그 사람은 방문을 벌컥 열고 뛰어 들어갔습니다. 그러고선 색시를
꽉 잡았습니다. 막 연적으로 들어가려던 색시는 화들짝 놀랐습니다.

색시를 붙잡더니, 그 사람은 다짜고짜 같이 살자고 했습니다. 자
기는 절대로 놓지 않겠다고 했습니다. 완강했습니다. 그러자 색시
도 더 이상 뿌리치지 않았습니다. 왠지 더 이상 뿌리칠 수 없었습니
다. 그렇게 하자고 했습니다.

'와아.'

그 사람은 색시를 와락 안았습니다. 이렇게 그 사람과 색시는 함
께 살게 되었습니다.

그런데 그날부터 그 사람은 나무를 하러 나가지 않았습니다. 돌
아서면 보고 싶어 색시 옆에 붙어서 어쩔 줄을 몰라 했습니다. 색시
는 무안했습니다.

"그러시면 어떡해요."

하지만 그 사람은 막무가내였습니다. 색시 곁을 도저히 떠날 수
없다고 버텼습니다. 그러던 어느 날, 색시가 말했습니다.

"그러면 내 얼굴을 똑같이 그려 줄 테니, 내가 보고 싶을 때마다
그림을 보면서 일하세요."

"….”

"알았지요?”

"하하, 알았어요.”

그 사람은 마지못해 그렇게 하겠다고 했습니다. 그날부터 그 사람은 색시의 그림을 나뭇가지에 걸어 놓고, 쳐다보며 나무를 했습니다. 아쉽지만 그래도 신났습니다. 그런데 그때 갑자기 돌개바람이 세차게 불었습니다. 그 바람에 그림이 펄럭, 펄럭거렸습니다. 아슬아슬했습니다. 그러더니 돌개바람과 함께 '휙!' 하늘 높이 날아가 버렸습니다. 손쓸 새도 없었습니다. 순식간에 벌어졌습니다.

"어이쿠. 그 그림이 어떤 그림인데…. 아이고.”

그 사람은 맥이 탁 풀려 버린 나머지 주저앉아 땅을 치며 후회했습니다. 더 이상 일할 마음이 없어진 그는 하는 수 없이 집으로 돌아왔습니다. 하지만 그림을 잃어버린 이야기는 차마 할 수 없었습니다. 속으로만 끙끙거렸습니다.

그런데 그 그림은 하늘 높이 날아가 왕궁에 떨어졌습니다. 마침 뜰을 거닐고 있던 왕은 하늘에서 떨어진 그림을 주워 들고 감탄했습니다.

"아, 이렇게 아름다운 여인이 있단 말인가? 너무나 아름답구나."

"……."

"여봐라. 당장 이 그림 속 여인과 똑같은 사람을 찾아오너라."

　왕은 색시 그림을 보자, 그림 속에 있는 아름다운 여인을 자신의 아내로 삼고 싶었습니다. 그래서 왕은 당장 찾아오라며, 신하들에게 명령했습니다. 신하들을 보내고 나서도 왕은 조바심이 났습니다. 신하들을 재차 다그쳤습니다. 안달이 나 가만히 앉아서 기다릴 수만도 없었습니다. 급기야 신하들을 쫓아 나섰습니다.

　얼마 후, 어느 마을에 도착한 왕과 신하들은 그림 속 여인과 같은 색시를 찾았습니다. 색시는 베를 짜고 있었습니다. 그 모습을 본 왕은 그토록 보고 싶었던 색시를 실제로 보고선 너무 아름다운 모습에 홀딱 반해 버렸습니다. 하지만 색시에게는 남편이 있었고, 둘의 모습은 무척 행복해 보였습니다. 왕은 몹시 화가 났습니다. 뺏어야겠다고 생각했습니다. 결국 신하들을 불러 모아 계략을 짜기 시작했습니다.

　이윽고 왕은 그 사람을 불러, 내기를 하자고 제안했습니다. 색시를 걸고 말입니다. 그 사람이 이기면 많은 상금을 주겠다고 했습니다. 그 사람은 싫다고 했습니다. 하지만 왕은 막무가내였습니다. 다 죽이겠다고 협박을 하는 통에 어쩔 수 없이 왕이 하자는 대로 해야 했습니다. 왕은 말을 타고, 큰 강을 건너뛰는 내기를 하자고 했습니다.

그 사람은 왕의 말을 듣자마자 울고 말았습니다. 아무래도 색시를 빼앗길 것만 같았기 때문입니다. 말도 없을뿐더러 큰 강을 뛰어넘을 말은 더더욱 구할 수 없었습니다. 집으로 가면서 하염없이 눈물만 흘렸습니다.

"어머, 울어요. 당신?"

색시는 놀라며 무슨 일이냐고 물었습니다.

"으응, 왕이 내기를 하재."

"무슨 내기요?"

"색시를 걸고 내기를 하재."

"… ."

"큰 강을 말을 타고 뛰어넘으래."

"그래서요?"

"지면 색시를 빼앗아 가겠대."

그러자 색시는 다급히 조그만 종이에 글을 몇 자 썼습니다. 그것을 강에 던져 놓으면 무슨 수가 생길 것이라고 말했습니다. 그래서 그 사람은 색시가 시키는 대로 했습니다. 그랬더니 신기하게도 물속에서 말이 나왔습니다.

다음 날, 그 사람은 말을 타고 왕한테 갔습니다. 왕은 가소로운 듯 웃었습니다. 그 사람은 조마조마했습니다. 심장이 두근거렸습니다. 그렇더라도 출발선에 서야만 했습니다.

이윽고 출발 신호가 울렸습니다. 왕은 괴성을 지르며 달렸습니다. 그 사람도 이를 악물고 달렸습니다. 이내 강에 이르러 말과 함께 동시에 뛰어올랐습니다. 그 사람의 말은 강을 힘차게 날아올라 아무 탈 없이 잘 건넜습니다. 하지만 왕의 말은 그러지 못했습니다. 펄쩍 뛰어올랐지만 중간쯤에서 강물에 풍덩하고 빠져 버렸습니다. 왕은 허우적대며 살려 달라고 했지만, 구하려 드는 사람은 아무도 없었습니다. 그 뒤로 왕을 본 사람은 없었습니다.

◆◆◆

우리는 누구나 행복하고 싶습니다. 행복하고 싶지 않은 사람은 아무도 없을 겁니다. 우리는 행복을 위해 끊임없이 노력하는 존재입니다. 행복하기 위해 열심히 노력하며 산다고 할 수도 있습니다. 살기 위해 노력한다고는 하지만, 행복하지 않다면 열심히 노력하면서 살 이유가 없기 때문입니다. 개똥밭에 굴러도 이승이 좋은 것처럼 말입니다. 아무리 고달픈 삶 속에서도 행복이 있기에 그렇습니다.

그렇기에 모든 선택은 행복을 위한 행복한 선택입니다. 선택하기 전의 고민과 갈등이 비록 힘들고 괴롭고 외로운 싸움의 과정이지만, 선택한 순간만큼은 행복하기 때문입니다. 자신의 행복이든, 자신이 행복하게 해 주고 싶은 존재의 행복이든, 현재의 행복이든 미래의 행복이든 행복을 위한 선택이기 때문입니다. 그래서 선택한 순간에는 행복합니다. 비록 자신을 힘들고 어렵게 하는 고난의 선택일지라도, 외로운 선택일지라도, 위험한 선택일지라도 그렇습니다.

그리고 모든 선택이 행복한 선택인 것은 결심이 섰기 때문이기도 합니다. 마음을 먹었기 때문입니다. 닥쳐올 어렵고 힘든 위기도 무릅쓸 결심을 했기 때문입니다. 모든 선택에 대한 책임과 의무에 대해 참고, 견디어 낼 각오가 되었기 때문입니다. 각오가 되었기에 평화로울 수 있는 것입니다.


하지만 모든 선택은 행복을 위해 무릅쓴 희생이기도 합니다. 비록 그 행복이 고된 삶을 불러올지라도 그 선택에 행복할 수 있을 것만 같기에 무릅쓴 희생이기 때문입니다. 예측할 순 없지만 미래의 언젠가 올 행복을 위해 오늘의 힘겨운 삶의 선택에서 희망을 품고 웃을 수 있기 때문입니다. 알아주지 않을지라도 자신의 희생을 통해 행복하다면 또 행복할 수 있기에 할 수 있는 행복한 '고난'을 선택한 것이기 때문입니다.

그래서 그 순간, 우리는 슬플 때가 많습니다. 두려울 때가 많습니다. 알 수도 없는 제 운명의 손길이 몹시도 두렵습니다. 겁이 납니다. 그래서 조마조마합니다. 두근두근합니다. 철렁철렁합니다. 하지만 운명처럼 자신도 모르게 그렇게 할 때가 많습니다. 그러다 어느 순간 자신도 모르게 받아들여진 삶을 살 때도 있습니다. 도저히 뿌리치고 싶지 않기에 뿌리칠 수 없는 운명처럼, 절대로 거부하고 싶지 않기에 거부할 수 없는 운명처럼. 그럴 때가 있습니다. 그렇지만 두렵습니다.

하지만 후회하지 말아야 합니다. 어떤 어려움과 고통이 닥쳐오더라도 우리는 절망하지 말아야 합니다. 함께 소망하고, 서로에 대한 믿음과 사랑으로 굳건히 버티어 살아야 합니다. 그러면 결국 행복할 겁니다. 아니, 어쩌면 그 삶의 과정이 행복한 삶일 수도 있습니다. 서로에 대한 믿음과 사랑으로 소망을 이뤄 나가는 그 자체가 바라던 행복한 삶일 수도 있을 것입니다. 그렇기 때문에 삶 속의 모든 선택은 행복한 선택일 수 있는 것입니다. 행복을 위한 선택일 수 있는 것입니다. 행복을 위한 자신의 결단일 수 있는 것입니다.

그러니 믿음을 잃지 말아야 합니다. 희망을 잃지 말아야 합니다. 사랑을 잃지 말아야 합니다. 사랑하는 사람을 잃지 말아야 합니다. 지켜야 합니다. 믿음을, 희망을, 사랑을, 사랑하는 사람을…. 모든 것은 마음먹기에 달려 있습니다.

# 6
# 마십굴

옛날, 어느 산골 마을에 '마십'이 살고 있었습니다. 마십은 너무 순박한 탓에 다른 사람이 도움을 요청하면 거절하지 못하여 낭패를 볼 때가 많았습니다. 그래서 어떤 때는 사람들로부터 바보 취급을 받기도 했습니다. 그래도 마십은 예쁜 아내와 함께 늘 행복했습니다.

마십은 매일매일 나무를 했습니다. 그날도 나무를 하러 산에 갔습니다. 마십은 예쁜 아내를 생각하며 올라가자마자 부지런히 했습니다. 벌써 내려갈 생각에 콧노래도 절로 나왔습니다. 마십은 금세 나무 한 짐을 뚝딱 해치웠습니다.

그때였습니다. 어디선가에서 신음 소리가 들렸습니다. 마십은 눈을 동그랗게 뜨고 주위를 살펴봤지만 아무것도 보이지 않았습니다. 마십은 더욱 온 신경을 곤두세우고, 처음 소리 났던 쪽으로 귀를 기울여 봤습니다. 하지만 이제 더 이상 아무 소리도 들리지 않았습니다.

'내가 잘못 들었나?'

마십은 다시 지게를 짊어지려 했습니다.

그때! 다시 신음 소리가 들렸습니다. 마십은 지게를 받쳐 놓고, 신음 소리가 나는 쪽으로 갔습니다. 산은 무척 가파랐습니다. 자칫하면 굴러 떨어질지도 모를 정도였습니다. 하지만 마십은 위험을 무릅쓰고 신음 소리를 쫓아갔습니다.

이윽고 아슬아슬한 모퉁이를 돌자, 마십은 드디어 한 남자를 발견했습니다. 발을 헛디뎌 굴러 떨어진 모양이었습니다. 부상도 심한 듯했습니다. 마십은 서둘러 번쩍 들어 올려 업고, 새끼줄로 묶었습니다. 그러고 나서 다시 그 아슬아슬한 모퉁이를 돌았습니다. 돌자마자 숨 돌릴 틈도 없이 마십은 그길로 남자를 지게에 싣고 산을 내려왔습니다.

마십 내외는 그 남자를 잘 보살폈습니다. 그 덕분인지 얼마쯤 있다가 그 남자는 기운을 차렸습니다. 그 남자는 원님 아들이었습니다. 마십은 얼른 마을 사람들에게 알리고, 관아에도 알렸습니다. 그러자 마을 사람들도 오고, 관아에서도 사람이 왔습니다. 하지만 어찌된 영문인지 원님 아들은 돌아가지 않았습니다.

마십은 내심 불안했습니다. 아내도 불안하기는 마찬가지였습니다. 하지만 원님 아들이기에 어쩔 수 없었습니다. 그렇게 불안불안한 나날이 며칠 지나갔습니다. 원님 아들은 아랑곳하지 않았고, 마십과 아내도 겉으로는 아무렇지도 않은 듯 했습니다.

그러던 어느 날이었습니다. 원님 아들이 결국 본색을 드러냈습니다. 마십이 집을 비우자, 아내를 유혹하기 시작한 것이었습니다.

"이보오. 나랑 같이 가지 않겠소?"

"… ."

아내는 깜짝 놀랐습니다. 가슴이 철렁 내려앉았습니다. 다리도 후들거렸습니다. 결국 우려했던 일이 터지고 만 것입니다. 하지만 대놓고 화를 낼 수는 없었습니다. 두려웠습니다. 자칫하면, 무슨 일을 당할지 모르기 때문이었습니다. 아내는 아무 말도 못하고, 부들부들 떨기만 했습니다. 원님 아들은 이런 아내에게 음흉한 미소로 다가갔습니다.

"내가 호강시켜 주겠소."

그러면서 아내를 낚아채듯 껴안았습니다. 아내는 강하게 몸부림치며, 뿌리치려고 했습니다. 하지만 그럴수록 원님 아들은 더욱 강하게 옥죄었습니다. 아내는 더 이상 참을 수 없었습니다.

"악, 사람 살려! 도와주세요."

아내는 악을, 악을 썼습니다. 그러자 이웃 사람들의 소리가 들리기 시작했습니다. 그제야 원님 아들은 아내를 놓아주었습니다. 그러고서는 서둘러 방 안으로 들어갔습니다.

잠시 후, 이웃 사람들은 쓰러져 있는 아내를 보고 다가와 무슨 일이냐고 물었습니다. 하지만 아내는 아무 말도 못하고 울기만 했습니다. 이윽고, 방 안으로 들어간 원님 아들은 아무 일 없었다는 듯 다시 나왔습니다. 그리고 나서 모른 척 집을 나갔습니다.

그런 뒤, 얼마가 지나 마십이 왔습니다. 하지만 아내는 아무 말도 하지 않았습니다. 마십도 침묵했습니다. 그렇게 며칠이 지났습니다.

아니 그런데 이게 웬일. 적반하장도 유분수지! 원님 아들이 포졸들을 이끌고 와서는 아내를 강제로 끌고 가는 것이 아닙니까?

"내가 뭘 잘못했다고 그러는 거요?"

"….."

"잡아가려면, 저놈을 잡아가야지!"

아내는 포졸들에게 삿대질을 하며 따져 물었습니다. 하지만 소용없었습니다. 이런 상황에선 이웃들도 웅성거릴 뿐 감히 나서는 사람이 하나도 없었습니다. 이때, 일하고 있던 마십이 소식을 듣고 급하게 달려와 거칠게 항의했습니다.

"야, 이 개만도 못한 놈아. 다 죽어 가는 걸 살려 줬더니, 이렇게 배신을 해?"

"….."

"천벌을 받을 놈. 당장 풀지 못해?"

하지만 이내 포졸들에게 잡혀 원님 아들 앞에 무릎을 꿇리고 말았습니다. 원님 아들은 가소로운 듯이 미소를 띠며 마십에게 말했습니다.

"하하하. 살려 준 것은 고맙다."

"….."

"하지만 네 아내는 내 말을 거역했다. 그 죄를 치르는 것이다. 알았느냐? 하하하."

그 말을 들은 마십과 아내는 황당했습니다.

"배은망덕한 놈. 천벌을 받을 것이다."

"하하하."

"이 나쁜 놈. 죽일 놈."

마십은 주먹을 불끈 쥐고 몸부림쳤지만, 포졸들이 팔을 꺾고 강하게 누르는 통에 어찌해 볼 수가 없었습니다. 마십은 치가 떨렸습니다. 부릅뜬 눈은 핏발에 벌겋고, 이 악문 얼굴은 분노로 울부짖고 있었습니다.

"이놈. 감히 어따 대고 눈깔을 치켜뜨는 거야? 눈깔을 확 뽑아 버릴라. 여봐라! 저, 저놈을 박살내 버려라."

원님 아들의 말에 포졸들은 마지못해 마십을 몽둥이로 마구 패기 시작했습니다. 마십은 끝내 피를 토하며 쓰러지고 말았습니다.

"네 이놈. 잘 들어라."

"…."

"네가 아내를 찾으려거든 저 바위산을 뚫거라. 그리하면, 내가 네 아내를 풀어 주겠다."

"…."

"하하하. 하하하."

이웃들은 다들 혀를 찼습니다. 그 바위산은 이쪽에서 반대쪽까지 작게 잡아도 50리나 되는 큰 산이었기 때문입니다.

'무슨 수로 그 산을 뚫는단 말인가?'

'쯧쯧쯧.'

'안됐구만.'

원님 아들이 돌아간 뒤 한참이나 지나서야, 마십은 겨우 몸을 가

누고 일어났습니다. 이웃들에게 원님 아들의 말을 전해 들은 마십은 곧바로 삽과 곡괭이를 들고 굴을 파기 시작했습니다. 원님 아들의 말을 곧이곧대로 들었던 겁니다. 아니, 그것만이 유일한 희망이었던 겁니다. 그래서 마십은 먹지도 자지도 않고 굴을 파고, 또 팠습니다. 이웃 사람들의 만류도 뿌리치고, 파고 또 파 나갔습니다.

며칠이 지나자, 이웃 사람들은 혀를 차며 그를 비웃기 시작했습니다.

"어이구. 미친놈."

"먹지도, 자지도 않고, 웬."

"백날 파면, 뚫리겠다. 쯧쯧쯧. 불쌍한 놈. 마누라 살리겠다고."

그런데 갑자기 그 말을 들은 마십이 흥분하여 말했다.

"백날 파면, 뚫린다고요?"

"······"

"진짜 백날 파면, 뚫리냐고요?"

"그래, 백날 파면 뚫리겠다. 이놈아! 너 이제 완전히 미쳤구나. 미쳤어."

"그래요? 나 미쳤소. 내가 백날 파겠소. 내가 꼭 해 낼 것이오. 꼭 되찾을 것이오. 두고 보시오."

"아니, 그러지 말고 포기해. 일단 살아야 할 것 아니야."

"하하하. 걱정 마시오. 내가 꼭 해낼 테니···."

마십은 이를 콱 깨물었습니다.

'백날 파면, 뚫린다고 했으니, 내가 꼭 해 낼 거요. 꼭 해내고 말

거요.'

마십은 굴파기를 멈추지 않았습니다. 마십은 밤낮으로 열심히 굴을 파 나갔습니다. 그런데도 굴 파기는 그다지 진척이 없었습니다. 바위산이기에 굴 파기는 더욱 힘겨웠습니다. 그렇게 99일이 흘렀습니다. 하지만 마십은 쉬지 않았습니다.

'내일이면, 100일이다.'

마십은 더욱 힘을 내어 열심히 파 나갔습니다.

드디어 100일이 되었습니다. 이웃 사람들도 궁금해 모여들었습니다. 마십은 쉬지 않았습니다. 파고 또 파고, 있는 힘을 다해 또 파고 있었습니다. 하지만 바위굴은 뚫리지 않았습니다. 저녁이 되어도 뚫리지 않았습니다. 그래도 마십은 멈추지 않았습니다. 꼭 뚫릴 것이라고 되뇌며, 파고 또 파나갔습니다. 바위굴이 뚫릴 때까지 멈추지 않을 작정이었습니다. 꽤 시간이 흐르자, 이웃 사람들은 고개를 절래절래 흔들며 돌아가 버렸습니다. 이내 마십은 또 혼자 남았습니다.

그때였습니다. 갑자기 '쾅쾅쾅'하는 소리가 나기 시작했습니다. 산이 무너지는 소리 같았습니다. 마십은 눈을 감고 순간 이 바위굴에서 죽는구나하고 생각했습니다. 마십은 아내를 그렸습니다. 아내가 행복하게 웃는 모습을 떠올렸습니다. 그러자 그리움에 눈물이 났습니다. 미안했습니다.

'여보!'

마십은 마지막으로 불러보고 싶었습니다.

아니 그런데 이게 웬 일입니까? 그때, 그때였습니다. '쾅쾅쾅'거리던 소리가 더 이상 들리지 않았습니다. 갑자기 잠잠해졌습니다.

'혹시나'

마십은 가슴이 두근거렸습니다. 눈을 뜨기가 두렵기도 했습니다. 마십은 다시 한 번 나지막이 '여보'하고 아내를 그리면서 가만히 눈을 떠봤습니다.

'아!'

마십은 가슴이 벅차오르며 눈물이 왈칵 쏟아졌습니다. 바위굴이 뻥 뚫린 것이었습니다.

"드디어 해냈다."

단번에 50리길이 뻥 뚫린 것이었습니다. 마십은 굴속을 있는 힘껏 달렸습니다. 굴은 아내가 잡혀 있는 관아까지 뚫려 있었습니다. 굴 끝에 도달하자, 마십은 아내가 그곳에서 치성을 드리고 있는 모습을 보았습니다.

"하하하. 여보. 마누라."

"아니, 여보. 어떻게 된 거예요?"

"하하하. 여보, 내가 당신을 구하려고 바위산을 뚫었소."

"예―에?"

아내는 반가움과 놀라움에 눈물을 글썽거렸습니다. 마십은 아내의 손을 굳게 잡고, 말했습니다.

"내가 다시는 이 손을 놓지 않겠소."

"여보, 고마워요."

아내는 또 한 번 고마움에 눈물을 글썽거렸습니다. 마십은 한참 동안 아내를 꼭 안고나서, 모여든 원님과 원님 아들, 그리고 관원들에게 우렁찬 목소리로 외쳤습니다.

"내 색시 데리고 간다. 이 개 같은 놈들아!"

"….."

"하하하. 하하하."

마십이 아내를 데리고 다정하게 굴속으로 들어가자, 원님 아들은 분통을 터트렸습니다. 그리고 나서 포졸들과 함께 내외를 쫓아갔습니다.

"저 연놈들을 놓치지 마라. 나를 욕보인 저놈들의 사지를 찢어 죽여 버리겠다."

하지만, 하늘은 더 이상 가만있지 않았습니다. 원님 아들과 포졸들이 굴속으로 들어가자마자 굴은 무너지기 시작했습니다. 그리고 내외를 제외하고는 아무도 살아 나오지 못했습니다.

◆◆◆

'우공이산(愚公移山)'이란 사자성어가 있습니다. 90세나 되었던 우공이라는 사람의 이야기입니다. 두 개의 높은 산이 집을 에워싸 북쪽으로 가는 길이 막혀 늘 마음이 편치 않았던 우공이 세 아들과 결국 산을 옮겼다는 이야기입니다. 그런데 산을 실제로 옮긴이는 우공과 세 아들이 아닙니다. 우공과 세 아들이 정말로 산의 돌을 깨고 흙을 모두 파서 버린 것은 아니라는 얘기입니다. 물론 이야기는 거기까지 이르지 않습니다. 곰곰이 생각해 보면, 사실은 우공이 이웃에게 한 말 때문이었습니다.

아내와 이웃들이 보기에 오르기도 힘든 높은 산의 돌들을 모두 정으로 두드려 깨고 흙을 파서 삼태기에 담아, 그것도 왕복 1년이나 걸리는 바다에 버린다고 하니 어이없을 수밖에 없었을 것입니다. 그래서 아내뿐만 아니라 이웃들도 어리석은 짓이라며 우공을 타박했습니다. 하지만 그때도 우공은 굴하지 않았습니다.

"비록 나는 죽더라도 자식은 남아 있을 것이고, 내 자식은 또 손자를 낳을 것이고, 그 손자는 또 자식을 낳을 것이 아닌가? 자자손손 대를 이어 하다 보면 언젠가는 산이 옮겨질 것 아닌가?"

그런데 이때 산신령이 이 말을 엿듣고 있었던 것입니다. 이 말을 들은 산신령은 두려움에 떨렸습니다. 그래서 바로 하느님께 우공이 하는 일을 당장 그만두게 해 달라고 호소하였습니다. 아무리 어려운 일이라도 끈기를 가지고 계속 노력하면 마침내 이룰 수 있다는 굳은 믿음을 지니고 있었던 우공이 두려웠던 것입니다. 그렇게 해서 하느님이 드디어 우공을 본 것입니다.

'지성이면 감천'이라고 했나, 우공을 본 하느님은 그 마음과 정성에 감동해서 두 산을 번쩍 들어 옮겨 주었다고 합니다.

그런데 이 이야기는 실화는 아닙니다. 옛날이야기입니다. 그렇기에 우리는 '그냥 옛날이야기일 뿐이지 뭐'라는 생각을 가질는지도 모릅니다. 요즘 세상에 '그런 사람이 있을까?'라는 의문이 들지도 모릅니다. 있다손 치더라도 과연 가능한 일일까 하는 의구심이 심각하게 올지도 모릅니다. 그런데 그러한 일이 인도에서 실제로 일어났습니다. 그것도 두 번이나 말입니다.

한 이야기는 '망치와 정'만으로 14년간 터널을 판 남자의 이야기입니다. 2009년에 있었던 실화입니다. 53세의 이 남자는 「서울신문」 2009년 12월 7일에 나온 기사의 주인공입니다. 이 남자는 망치와 정만 갖고 바위가 듬성듬성 박혀 있는 산에 혼자서 터널을 냈습니다. 터널을 완성하는 데 걸린 시간은 장장 14년입니다. 집념의 남자가 터널을 낸 이유는 자동차를 집 앞에 주차하기 위해서였습니다.

집에 가려면 산을 넘어야 했는데, 길이 없어 매일 몇 킬로나 떨어진 곳에 차를 세우고 집에 가야 했던 그는 자동차를 너무 멀리 세워두면 도둑을 맞을 수 있어 겁이 났던 것입니다. 남자는 이때부터 스스로 터널을 내기로 했습니다. 도구는 망치와 정뿐이었습니다. 집념만으로 시작한 터널공사는 최근에야 완성됐다고 합니다. 비록 망치와 정으로 뚫은 것이지만, 폭 4.2m 규모의 번듯한 터널이 완성됐다고 합니다.

그런데 더 놀라운 이야기는 인도의 한 노인 이야기입니다. 그 노인에게는 몸이 아픈 아내가 있었습니다. 산 때문에 병원에 한번 가보지 못하고 돌아가셨다고 합니다. 응급치료를 받기 위해 70㎞나 떨어진 병원에 아픈 부인을 데리고 가려고 했지만, 가던 그 길에서 돌아가셨다고 합니다. 거리가 너무 멀어 치료를 받지 못한 채 죽고 말았던 것이었습니다. 그래서 아내 장례를 치른 후, 화가 난 할아버지는 22년간 산을 깎아서 결국 길을 만들었다고 합니다.

노인은 이웃들이 자신의 부인과 같은 일을 겪게 하지 않기 위해서 산을 깎기 시작했다고 합니다. 아무도 산을 깎아 새로운 길을 만들 수 있으리라 생각하지 못했습니다. 하지만 그 노인은 오로지 망치와 정만 가지고 22년 동안 산을 깎았습니다.

그래서 이제 병원은 가까워졌다고 합니다. 예전엔 거리가 55㎞나 되었지만, 길이 생긴 뒤에는 15㎞로 줄어들었다고 합니다. 그러고 나서 그는 80세를 일기로 2007년 세상을 떠났다고 합니다.

이처럼 '우공이산'과 같은 일이 실제로, 그것도 요즘 시대에 벌어지고 있습니다. 아무리 어려운 일이라도 끈기를 가지고 계속 노력하면 마침내 이룰 수 있는 것이 또한 인간사라는 것을 새삼 느낄 수 있는 사건들입니다. 하느님이 감동해서든지, 인간의 지극한 정성으로 노력해서든지 그렇습니다. 모두 중간에 그만두지 않으면, 언젠가는 이뤄질 것이라는 믿음과 간절하고 절박한 마음이 하늘을 감

동시켜 결국 기적이 일어나게 한 것입니다.

기는 놈 위에 뛰는 놈 있고, 뛰는 놈 위에 나는 놈 있다는 말이 있습니다. 그리고 타고난 사람보다 노력하는 사람이 뛰어나게 되고, 노력하는 사람보다 좋아하는 사람이 더 뛰어나게 되고, 좋아하는 사람보다 미친 사람이 더 뛰어나게 된다는 말도 있습니다. 하지만 나는 놈보다, 미친놈보다 더 뛰어날 수 있는 사람이 있습니다.

그것은 바로 절박한 사람입니다. 절박한 사람만큼 그 마음과 생각과 온몸의 힘을 하나로 모을 수 있는 사람은 없기 때문일 것입니다. 바꿔 말하면, 아마도 절박한 사람만이 자신의 절박함에 온 힘과 정성을 다해 노력하기 때문일 것입니다. 그 절박함 속에는 스스로 갖는 믿음과 간절함이 있기에 더욱 가능해진다는 것입니다.

그렇기에 우리의 삶에서 나서는 모든 문제는 우리가 어떻게 믿고 마음을 먹느냐에 따라 그 결과가 달라질 가능성이 높아진다고도 말할 수 있습니다. 우리 각자의 삶의 문제이든, 가족의 문제이든, 마을의 문제이든, 사회의 문제이든, 나라의 문제이든지 말입니다.

결국 이러한 생각과 마음, 서로에 대한 사랑과 믿음이 있다면, 그 절박함과 간절함이 우리에게 있다면, 우리는 기적을 스스로 맞이할 것입니다. '도끼로라도 바늘을 만들' 수밖에 없는 절박함과 간절함으로 아무리 어려운 일이라도 끈기를 가지고 계속 노력하면 마침내 '도끼로 바늘'을 만들어 낼 수 있다는 굳은 믿음은, 반드시 우리를 기적과 마주하게 할 것입니다. 사람이 마음을 먹으면 해내지 못할 일은 없습니다.

부부가 될 청소년과 청년을 위한
옛이야기 산책

# 7
# 두더지
# 사위 삼기

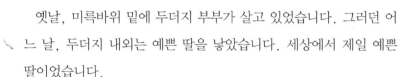

옛날, 미륵바위 밑에 두더지 부부가 살고 있었습니다. 그러던 어느 날, 두더지 내외는 예쁜 딸을 낳았습니다. 세상에서 제일 예쁜 딸이었습니다.

예쁜 딸은 자라 혼인을 할 때가 되었습니다. 두더지 내외는 걱정이 컸습니다. 그중 어미 두더지는 걱정이 더욱 컸습니다. 세상에서 제일 예쁜 딸에 걸맞는 가장 훌륭한 배필을 구해 주고 싶었습니다.

어느 날 어미 두더지는 해에게 혼인시켜야겠다고 생각했습니다. 하늘의 해가 가장 높은 데 있어서 제일 힘도 세고 훌륭해 보였기 때문에 세상에서 제일 예쁜 딸에게는 해가 딱이라고 생각했습니다. 그래서 두더지 내외는 해에게 찾아갔습니다. 해는 두더지 내외의 갑작스런 혼인 말을 듣고 깜짝 놀라며 말했습니다.

"제가 비록 가장 높은 데서 온 세상을 훤하게 비춰 주니 훌륭하게 보이지만, 그렇지 않습니다. 어르신."

"…."

"구름이 나와서 저를 덮어 버리면 저는 그만 빛을 잃고 컴컴해집니다. 그러니 구름이 저보다 더 힘이 세고 훌륭하지요."

해의 말을 가만히 듣고 있던 두더지 내외는 그 말이 맞는 것 같았습니다. 구름이 끼면 해를 볼 수 없었기 때문이었습니다. 그래서 두더지 내외는 구름을 찾아갔습니다. 구름도 두더지 내외의 말을 듣고는 난처했습니다. 어떻게 말해야 할지 몰라 당혹스러웠습니다. 그렇다고 허락할 수도 없었습니다. 잠시 침묵이 흘렀습니다.

"…."

곰곰이 생각하던 구름은 바람이 자신보다 더 힘이 세고 더 훌륭하다고 말했습니다. 바람이 불면 자신은 휙 날아가 버리기 때문이었습니다. 두더지 내외도 고개를 끄덕였습니다.

그래서 바람을 찾아갔습니다. 두더지 내외는 몹시 고달프고 힘들

었지만 예쁜 딸을 생각하며 참고 이겨 냈습니다. 두더지 내외는 이제 더욱 진지해졌습니다. 해보다 더 세고 훌륭한 그런 구름보다도, 더더욱 세고 훌륭한 바람이니 그럴 수밖에 없었습니다. 두더지 내외는 바람에게 찾아가 혼인해 달라고 부탁했습니다. 하지만 바람도 자신보다 더 센 것이 있다고 말했습니다.

"제가 비록 해를 뒤덮어서 빛을 잃게 하는 구름을 불면 구름은 꼼짝 못하고 날아가 버리니 제가 제일 힘이 더 세고 훌륭한 것 같지만, 그렇지 않아요."

"…."

"제가 아무리 바람을 불어도 날아가지 않고 떡 버티어 있는 미륵바위가 그래요. 그 미륵바위는 제가 어떻게 불어도 넘어뜨릴 수가 없어요. 그러니 미륵바위가 제일 세지요."

구름도 두더지 내외와 같이 꽤 심각한 표정으로 말했습니다. 다 듣고 보니, 실제로 그런 것 같았습니다. 실망스러웠습니다. 이번에도 아니었습니다. 하지만 두더지 내외는 이내 꿈에 부풀었습니다. 해보다 구름보다 바람보다 더 힘이 세고 훌륭한 신랑을 구해 줄 수 있었기 때문이었습니다. 두더지 내외는 다시 너무너무 기뻐하며, 힘을 내어 미륵바위한테 찾아갔습니다.

그런데 두더지 내외는 미륵바위의 말을 듣고 깜짝 놀라 뒤로 자빠질 뻔했습니다. 왜냐하면 바람에도 끄떡없는 미륵바위가 자기 바로 밑에 사는 두더지가 세상에서 가장 무섭다고 말했기 때문이었습니다. 두더지 내외는 할 말을 잃었습니다. 미륵바위는 두더지 내외가

가만히 듣고 있자, 계속해서 말했습니다.

"제 발밑에 사는 두더지가 땅을 파면 저는 바로 넘어지고 말아요. 그러니 두더지가 저보다 힘이 세고 더 훌륭하지요."

그러면서 얼른 두더지한테 가서 신랑을 구하라고 말했습니다. 두더지 내외는 미륵바위가 말을 마치고 한참이 지나서야 고개를 끄덕였습니다.

"아하, 그렇군."

아무리 센 미륵바위일지라도 우리 두더지가 땅을 파 구멍을 내면 별수 없었을 것입니다. 두더지 내외는 미륵바위의 말이 정말 옳다고 생각했습니다. 그리고 보니 두더지 자신들이 이 세상에서 가장 힘이 세고, 훌륭한 존재였습니다. 그것도 모르고 괜히 다리만 아프고 힘만 들었던 것이었습니다.

그리하여 두더지 내외는 마침내 이 세상에서 제일 힘세고 훌륭한 두더지를 사위로 삼았습니다.

◆◆◆

부러워하면 지는 것입니다. 부끄러우면 지는 것입니다. 후회하면 지는 것입니다. 열등감에 지는 것입니다. 다른 누구에게도 아닌 스스로에게 지는 것입니다. 자신의 잘못이 아닌데도, 자신이 모자란 것도 아닌데도 스스로를 구석으로 몰고 마는 것입니다. 이렇게 우리는 많은 시간을 부러워하기도 하고, 부끄러워하기도 하며 지냅니다. 후회하면서 눈물을 삼키기도 합니다. 자신의 잘 못이 아닌데도, 자신이 모자란 것도 아닌데도 그렇습니다.

나는 왜 하필 그렇게 태어났을까? 나는 왜 하필 그런 사람을 만났을까? 나는 왜 하필 그렇게 했을까? 나는 왜 그렇게 하지 못했을까? 나는 왜 그렇게 살지 못했을까? 나는 왜 그 모양이었을까? 나는 왜? 왜? 왜?

그렇게 스스로를 나무라며 밤을 애태우며 지새웠을지도 모릅니다. 아무리 해도 바꿀 수 없는 자신의 삶의 흔적, 아픈 상처로밖에 남지 않은 과거의 삶은 그 밤 내내 아직도 유령처럼 따라다니며 우리를 괴롭힙니다. 불쑥불쑥 나타나 스스로를 난도질하고 갑니다.

'왜 그럴까? 잊혀 질 때도 됐는데…'

그런 생각이 들면, 이내 스스로가 가여워지고, 서글퍼집니다. 피투성이가 되어 처참하게 쓰러진 스스로를 불쌍해하며, 애달파합니다.

우리는 어렸을 때부터 지금까지도 자신의 삶의 가치에 대해 생각하는 데에 낯섭니다. 세상에 의해 주어진 삶의 기준에 맞춰 살아야만 했기에 더욱 그렇습니다. 누구든 세상의 시간표대로 분주히 살아야만 했기에 그렇습니다. 예외 없이 그랬습니다. 그런데 그것이 오히려 우리의 삶을 굉장히 단순하게 만들기에 좋았을지도 모릅니다. 시키는 대로 따라 살기만 해도 되었기에 우리에게는 더 이상 다른 고민을 하는 고통이 따르지 않았을지도 모르기 때문입니다.

하지만 그런 삶의 끄트머리에 놓인 우리들은 모두 부러워하면서 살게 되었습니다. 부끄러워하면서 살게 되었습니다. 후회하면서 살게 되었습니다. 자신의 잘못이 아님에도, 모자라지도 않는데도 그랬습니다. 다른 사람들과 늘 비교당하면서 살아왔기 때문에 그랬습니다. 세상이 주는 기준에 의해 미달된 우리는 늘 비교당하면서 살아왔기 때문에, 우리의 삶의 가치를 상대적으로 비교당하면서 살아왔기 때문에 그래야만 했습니다.

그래서 우리는 그 위세에 눌려 자신의 진정한 가치를 찾아볼 틈도 더욱 없었습니다. 그것이 무슨 죄라도 된 것처럼 그랬습니다. 하지만 찾았더라도 꺼내어 볼 여력조차 없었을 겁니다. 눌려서. 주변의 차가운 시선에 눌려서 그랬을 겁니다. 세상이 중요하게 생각하는 기준을 받아들여야 할 뿐, 자신의 소중한 삶을 꺼내 볼 용기조차 낼 수 없었습니다. 늘 부러워하면서, 부끄러워하면서, 후회하면서 그랬습니다.


그런데 이제 부러워하지 말아야 합니다. 부끄러워하지 말아야 합니다. 후회하지 말아야 합니다. 자신을 위해서 그래야 합니다. 아무도 바꿀 수 없는 과거를 위해서가 아니라, 나의 삶을 위해서 그렇습니다. 희망차게 열어젖힐 행복한 나의 현재와 미래를 위해서 당당해야 합니다. 우리 자신의 삶은 언제나 이제부터입니다. 우리들 자신의 진정한 삶은 늘 지금부터입니다.

시간은 누구에게나 똑같이 주어지지만, 똑같은 시간을 사는 것은 아닙니다. 어떻게 사는가에 따라 시간의 농도는 달라집니다. 한

순간을 살아도 아름답게 피어날 꽃봉오리처럼 산다면, 시간은 아주 짧게 느껴질 겁니다. 짧지만 깊은 행복으로 돌아오기 때문입니다. 무엇과도 바꾸지 않을 행복한 삶의 추억으로 간직되기 때문입니다.

게다가 그 한순간으로 우리 삶은 달라집니다. 그 나머지 삶 모두가 꽃을 피우기 위한 거름으로 느껴질 테니까요. 한여름의 뙤약볕도, 비바람처럼 우리 삶의 시련도 고통도 꽃을 피우기 위한 가치로운 삶일 테니까요. 그러니 삶의 모든 기억들이 추억이 되고, 감사함이 되고, 은혜로운 선물이 됩니다.

그렇기에 이제부터라도 늦지 않은 것입니다. 늘 지금부터인 것입니다. 자신의 진정한 가치와 삶의 지향을 찾아 사는 행복한 삶은 언제나 지금부터입니다. 희망이 늘 삶에 있듯이 늦을 수 없는 까닭입니다. 그래서 마음이 가난한 사람은 행복합니다. 행복한 내일이 반드시 다가오기 때문입니다.

2. _

아니, 살다 보니
악연이라고 생각할 때가
더 많았습니다

# 1

# 첫날밤

　옛날에 바보가 하나 살고 있었습니다. 어느 날, 그 바보가 장가를 가게 되었습니다. 그런데 바보의 어머니, 아버지는 마냥 기쁘지만은 않았습니다. 바보가 첫날밤부터 실수를 하지는 않을까하는 걱정 때문이었습니다.

　"애야, 첫날밤에는 절대 실수해서는 안 된단다."

　어머니는 바보가 첫날밤부터 실수할까봐 두 번 세 번 신신당부했습니다.

　"뭘요?"

　"으응, 첫날밤에는 색시를 꼭 벗기고 자야 한단다. 알았지?"

　"예예, 알아요. 제가 그것도 모를까 봐서요? 헤헤."

　아들은 쑥스러운 듯 피식 웃으면서 자신 있게 얘기했습니다. 아들은 그러면서 무엇을 떠올렸는지, '첫날밤' 준비하러 나간다고 신이 나서 나갔습니다. 어머니는 일단 그렇게 얘기하는 아들이 잘 알아들었을 것이라고 생각했습니다. 아들은 어머니의 말을 되뇌며 무

**90**

엇인가를 찾았습니다.

"벗기고 자야 한다. 벗기고 자야 한다."

아들은 이내 접히는 작은 칼을 품속에 잘 감춰 두었습니다. 그런 후, 또 신나게 되뇌었습니다.

"벗기고 자야 한다. 벗기고 자야 한다."

다음 날, 신랑은 신부의 집으로 갔습니다. 이윽고 혼인식이 끝나고 신랑과 신부가 한방에 들어갔습니다. 신랑은 어머니의 말대로 신부의 옷을 먼저 벗겼습니다. 그러고 나서 신랑은 품속에 감춰 두었던 작은 칼을 꺼내어 벗기기 시작했습니다.

"아이고, 아야. 아파요."

신부는 아팠습니다. 하지만 신부는 어머니가 첫날밤엔 신랑이 어떻게 하든 참으라고 신신당부를 했기 때문에 억지로 참았습니다.

"…."

이때, 밖에선 신부의 어머니가 노심초사하며 서성이고 있었습니다. 그런데 난데없이 아프다는 소리가 들리자 깜짝 놀라 '무슨 일이 있나?' 하고 귀를 기울였습니다. 그러자 신부의 신음 소리가 들렸습니다. 분명히 신부가 아파서 내는 신음 소리였습니다.

"아아, 아야. 아파요. 아파 죽겠어요."

신부는 처음에는 참았지만, 얼마나 아팠는지 소리쳤습니다. 그렇지만 어머니는 신랑이 급하게 덤비는 줄 알았습니다. 속으로 '이거, 뭐라고 얘기해 줘야 할 텐데….' 하면서 망설였습니다. 그러다가 점점 신음 소리가 더 커지자, 급기야 신부를 부르며 말했습니다.

"아가, 첫날밤에는 다 그렇단다. 참고 견뎌야 한단다."

"…."

잠시 후, 신방이 조용해졌습니다. 그러자 신부의 어머니는 안도의 한숨을 내쉬며, 안방으로 들어갔습니다.

이튿날 아침, 신방은 조용했고, 딸도 나오지 않았습니다.

'얘가 너무 피곤해서 아직도 자고 있나?'

신부의 어머니는 걱정이 되어 신방 앞과 안방 마루를 왔다 갔다 했습니다. 하지만 해가 높게 떠도 나오지 않았습니다. 어머니는 조바심이 났습니다. 더 이상 기다릴 수 없었습니다. 그래서 어머니는 문구멍을 내고 들여다봤습니다. 그러곤 깜짝 놀라 기절하고 말았습니다.

그 후론 신방을 차릴 때마다 문구멍을 뚫고 신방을 들여다봤다고 합니다.

•••

무엇이든지 처음이 있습니다. 누구든 처음이 있습니다. 그리고 처음엔 누구나 서툽니다.

인생 또한 늘 서툽니다. 인간이 날마다 숨을 쉬는 순간마다에도 똑같은 삶이 아니기 때문입니다. 아니, 더 짧은 찰나에도 우리의 삶은 그냥 그대로 있지 않고 시간도, 주변도, 몸도 마음도 모두 늘 새로운 시간과 공간과 만남과 관계 속으로 흘러가기 때문입니다. 그리고 어느 것도 다시 되돌아오지 않기 때문입니다.

그래서 인생은 온통 서툽니다. 새로 사는 삶이기 때문에, 태어나서 다시 돌아갈 때까지 새롭게 살기 때문에, 그 시간을, 그곳에서 그 삶을 처음 살기 때문에 늘 서툽니다.


그래도 우리는 늘 잘하려고 노력합니다. 잘해 보려고 곰곰이 생각합니다. 고민하며 밤잠을 설치기도 합니다. 하지만 막상 닥치면, 머리가 하얘질 때가 많습니다. 우왕좌왕하지 않기만 해도, 오히려 성공할 때가 많습니다. 그렇게 실수투성이입니다.

게다가 실수라도 하는 날에는 하루가 온통 우울합니다. 화가 나기도 합니다. 그래서 마음이 조급해집니다. 성급히 서둘러집니다. 미리 준비하지 못하면 어쩌나, 잘하지 못하면 어쩌나 하고 불안해하고 걱정합니다. 그럴수록 더 어렵습니다. 얼굴이 화끈거리고, 땀이 납니다.


'첫날밤'도 마찬가지입니다. '첫날밤'은 긴장됩니다. 설레기도 하지만, 기쁘기도 하지만, 굉장히 고민스럽습니다. 처음이기에 더욱 어찌해야 할지 걱정됩니다. 온통 신경이 곤두서기도 합니다. 벗은 몸으로 만나는 첫날이기에 더욱 그렇습니다.

'첫날밤'은 그래서 조심스럽습니다. 실수할까 봐 두렵습니다. 조금 불편해도 참고, 괴로워도 참고 상대를 위해 참습니다. 부부 모두가 다 그렇게 만납니다.

상대에게 잘해 주고 싶은 마음뿐입니다. 사랑해 주고 싶은 마음뿐입니다. 그래서 상대에 맞춰 무슨 일이든 잘하고 싶습니다. 하지만 처음은 누구나, 무슨 일이나 다 서툽니다. 대개 다 그렇습니다. '첫날밤'도 그렇습니다. 다른 사람에게 이야기할 수 없는 쑥스러운 말과 낯선 몸짓과 당혹스러운 눈빛이 있습니다. 그래도 마음만은 알아줘야 합니다. 서로를 배려하려는 마음을, 이해하려는 마음을, 더 행복하게 해 주고 싶은 마음을, 사랑하고 싶은 마음을 인정해 줘야 합니다.


비단 '첫날밤'만이 아닙니다. 부부로서의 삶도 마찬가지입니다. 늘 새롭습니다. 인생이 새로운 것처럼 부부로서의 삶도 다시 돌아오지 않습니다.

그래서 늘 서툽니다. 티격태격 상대의 마음을 잘 알아채 주지 못하고 잘 이해해 주지 못할 때가 많습니다. 어떻게 말해야 할지, 어떻게 사랑해야 할지 잘 모를 때가 많습니다. 잘못한 이도, 받아들이는 이도, 당하는 이도, 서툽니다. 인정하는 것도 서툴고, 받아들이는 것도 서툽니다. 당하는 것도 서툽니다. 그때마다 서운합니다. 섭섭합니다. 밉기도 합니다. 그것 때문에 더 크게 다투기도 합니다.

하지만 지나고 보면, 그 마음을 압니다. 이해합니다. 모두 부족한 인생이기 때문에 벌어졌음을, 모두 처음이기 때문에 벌어졌음을, 상대의 마음이 그게 아니었다는 것을, 각자의 방식으로 했던 사랑이었음을….

그러니 우리는 비록 마음이 편치 않지만, 그 사람의 마음만은 인정해야 합니다. 서툴지만 사랑하는 마음만은 받아주어야 합니다.

더 나아가 우리는 너그러운 마음을 가져야 합니다. 누구나 다 처음이기에 그렇습니다. 나도 너도 우리 모두가 그렇기에 넉넉한 마음으로 감싸 줘야 합니다. 서툴기에 그렇습니다.

인생은 늘 새롭습니다. 모두 처음입니다. 처음 겪는 일입니다. 그래서 우리 인생이 온통 서툽니다. 서툰 인생이기에 서운하고, 섭섭하고, 괴롭기까지 하고 그렇습니다. 그러니 용서가 필요합니다. 화해가 필요합니다. 더 큰 사랑이 필요합니다. 우리 모두에겐 늘 용서가, 화해가, 사랑이 필요합니다.

# 2
# 36바퀴 긴
# 부부

옛날에 한 사람이 있었습니다. 집이 매우 가난해서 단칸방에서 살았습니다. 하지만 이들에게는 아들이 다섯이나 있었습니다.

그런데 문제가 있었습니다. 내외가 재미를 좀 보려고 해도, '아, 이 아들놈들' 때문에 통 재미를 볼 수 없었습니다. '아, 재미를 좀 볼라치면, 이놈들이 꼭 깨서 법석거리는 바람에 당할 수가 있어야지요.' 뭘 안 듯이 낄낄거리며, 속닥거리니 말입니다.

그래서 하루는 내외가 약속을 했습니다.

"임자, 내가 마실 가서 한참 있다가 올 테니 기다리구려."

"언제 오시려고요?"

"아, 이놈들이 깊숙이 잠잘 때쯤 올 테니까 자는 척하고 기다리구려."

마누라는 호호호 반기며 말했습니다.

"알았어요. 호호호."

"아, 그리고 내가 돌아오는 기척이 있거든 그때 벽에 바짝 붙어서 나한테로 오소. 애들 깨지 않게 나도 자네한테로 갈 테니 중간쯤에서 만나자구. 알았지?"

"예, 알았어요. 걱정 마요."

내외는 이렇게 약속을 해 놓고, 마냥 신났습니다.

그날 밤, 남편은 마실 가서 한참 만에 돌아왔습니다. 어두워 잘 보이진 않았지만, 아이들은 자고 있는 것 같았습니다. 마누라가 먼저 남편이 온 기척이 나자 벽에 딱 붙어서 살살 기어갔습니다. 남편도 마누라한테 간다고 벽에 딱 붙어 기어갔습니다.

그런데 한 바퀴, 두 바퀴…. 아무리 돌아도 부부는 만날 수 없었습니다. 어두워 잘 보이지 않아 그랬는지, 부부는 같은 방향으로 기어갔던 것이었습니다. 그것도 모르고 부부는 서로 만나기 위해 쉬지 않고 계속해서 기었습니다.

그렇게 자꾸 기어서 방 안을 돌더니 결국 막내아들놈 손가락을 꽉 밟고 말았습니다. 그러자 아들놈이 깨면서 비명을 질렀습니다.

"아이구, 아야. 내 손가락 깨지네."

그러니까 다른 아들놈들이 또 깨면서 말했습니다.

"둘이 만나려면 한 사람은 이리 가고, 또 한 사람은 저리 기어야지. 둘 다 같은 방향으로 기니 어디 만날 수 있나."

"그러게 말이야."

그러자 제일 큰놈이 소리쳤습니다.

"야, 이놈들아, 조용히 안 해. 니들이 말하는 바람에 다 들통 났잖아. 날 샐 때까지 기었으면 아마도 2백 바퀴는 돌았을 텐데 말이야. 이제 겨우 서른여섯 바퀴밖에 안 되잖아."

◆ ◆ ◆

   사랑이 있기에 부부는 가난한 중에도 행복합니다. 서로 사랑하기 때문입니다. 그래서 늘 마음만큼은 가난하지 않습니다. 그저 함께 있어 주는 것만으로도 마음이 넉넉해지기 때문입니다. 아무리 어렵고 힘들어도 혼자가 아니기 때문입니다. 언제나 함께해 주는 지원자이기에 더욱 뿌듯한 마음뿐입니다.

   더군다나 서로 남들처럼 많은 것을 해 주지 못해 미안해하기도 합니다. 자신의 잘못인 양 미안해합니다. 더 해 주고 싶어도 해 줄 수 없는 마음에 서로 안타깝습니다. 그래서 더욱 애틋해집니다.

   그런데 가끔은 서로 어긋날 때가 있습니다. 실수도 있습니다. 서로가 눈치 없이 서로의 마음을 몰라줄 때도 많습니다. 그럴 땐, 무척 서운합니다. 벌판에 혼자 있는 듯 외롭습니다. 온 우주에 오직 홀로 고독한 듯 괴롭기도 합니다. 화가 나기도 합니다. 그래서 이전의 행복한 삶도, 가난했지만 행복했던 삶도 서글퍼집니다. 눈물이 납니다.

   서로가 모자라기 때문입니다. 서로 다른 시공간 속에서 살면서 안 좋은 추억이나 상처가 있을 수도 있습니다. 그렇게 부부는 모자람 속에서 만난 것입니다. 그래서 부부는 서로에게 위로를 받고 싶습니다. 다른 사람이 아닌 당신에게서, 당신의 알뜰한 위로를 받고 싶습니다. 당신의 살뜰한 아낌과 보살핌을 받고 싶습니다. 다른 사

부부가 될 청소년과 청년을 위한
옛이야기 산책

람 누구도 대신할 수 없는 알콩한 사랑을 받고 싶습니다. 달콩한 사랑도 받고 싶습니다.

아무리 부모이고 자식일지라도, 피를 나눈 형제자매일지라도, 부부만 한 살붙이는 없기 때문입니다. 부부만이 온 우주를 통틀어 가장 가까이 함께할 수 있는 살붙이기 때문입니다. 그래서 그것은 내가 채워 주고 위로해 주고 치유해 주며 감당해야 할 부분입니다. 왜냐하면, 부부이기 때문입니다. 하나이기에 혼자서는 절대로 행복해질 수 없는 부부이기 때문입니다. 자신의 행복을 위해서든 당신의 행복을 위해서든 서로를 채워 주고, 아껴 주고, 위로해 줘야 합니다. 책임져야 합니다.

그렇게 부부는 익어 갑니다. 맛있는 부부가 되어 갑니다. 멋있는 부부가 되어 갑니다. 아름다운 사랑이 되어 갑니다.


하지만 부부간에도 알력이 있습니다. 경쟁자이기도 합니다. 알게 모르게 시샘의 대상이 되기도 합니다. 그래서 어느 정도의 긴장이 흐릅니다. 서로 밀치기도 하고 당기기도 하면서 티격태격하기도 합니다. 그러면서 서로의 생각과 마음을 맞춰 나갑니다.

약간의 알력과 약간의 경쟁과 약간의 시샘은 서로의 생각을 파악하고 이해할 수 있는 계기가 되어 서로의 생각과 마음을 맞춰 나가는 데 좋은 영향을 줍니다. 게다가 그 속에서 가지는 약간의 긴장, 약간의 밀고 당기기, 티격태격하기 등도 사실 서로의 사랑을 확인하고, 더 성장시키는 데 긍정적인 영향을 주는 것이 사실입니다.

그러나 그 이상은 아닙니다. 그것도 상대의 기준으로 볼 때, 그 이상은 아닌 것입니다.

물론 부부간의 갈등이 당연시되기도 합니다. 티격태격하면서 어느 정도의 긴장이 부부관계를 더 좋게 한다고도 말합니다. 밀고 당기고를 잘해야 금슬이 좋아진다고도 합니다.

하지만 문제는 그 '어느 정도'가 제각기 다르다는 것에 있습니다. 자신의 기준으로 볼 때의 '어느 정도'가 절대로 아니기 때문입니다. 상대의 생각과 마음, 처지와 입장이 어떠하냐에 따라 달라지기 때문입니다.

상대의 생각과 마음속에 알지 못했던 연약한 개구리가 숨어 있었을지도 모르기 때문입니다. 장난으로 던진 돌에 상처입고, 피 흘리며 죽어 갈지도 모르는 상대의 여리고 약한 생각과 마음이 있을지도 모르기 때문입니다. 또한 문제는 그 중심에 인간의 못된 습성과 욕망도 있다는 사실 때문입니다. 지고 싶지 않는 마음을 넘어 보다 유력한 위치에 서서 군림하고자 하는 마음과 욕망도 있다는 사실 때문입니다. 인간이기에, 인간의 본능적 욕망을 벗어날 순 없다는 사실 때문입니다.

물론 아니라고 할지도 모릅니다. 모른다고 할지도 모릅니다. 하지만 밀당 속에서 느끼는 야릇한 쾌감을 모두 모른 척할 수는 없을 겁니다. 농담 속에서, 너스레를 떨면서 자신도 모르게 으스대는 자

부부가 될 청소년과 청년을 위한
옛이야기 산책

신의 속마음을 모른다고 할 수는 없을 겁니다. 우위에 서서 자신의 의도대로, 바라는 대로 상대를 요리할 수 있을 것 같은 요상한 쾌감을 모두 모른 척할 수는 없을 겁니다.

그것들 모두가 인간이기에 가지는 본능적 쾌감일 수도 있다는 것입니다. 연약하고 선한 심성을 뚫고 나온 약육강식의 동물적 욕망일 수도 있다는 것입니다.

만약 그렇다면, 결국은 유익할 수 없습니다. 서로에게 독이 될 수밖에 없습니다. 괜한 낭비이기도 합니다. 그러니 그럴 수 있다면, 그럴 시간이 있다면 더 사랑해야 합니다. 상대의 생각과 마음이 되어 노력해야 합니다. 그럴수록 사랑스러워지기 때문입니다. 행복해지기 때문입니다.

# 3
# 까치 잡아먹고
# 낳은 아들

옛날, 아주 옛날이었습니다. 어느 마을에 갓 시집 온 새댁이 있었습니다. 그 집은 몹시 가난해서 하루 두 끼 먹기도 힘들었습니다.

그러던 어느 날이었습니다. 그날도 하루 종일 겨우 한 끼밖에 먹지 못한 날이었습니다. 새댁은 배가 너무 고팠습니다. 그래서 마당 구석에 있는 우물에서 물 한 바가지를 떠 벌컥벌컥 마셨습니다.

"아이고, 시원하다."

새댁은 참 맛있게 물을 먹었습니다. 물 한 바가지 먹고 나니 조금 나았습니다. 그제야 우물 옆 울타리에 있는 거미줄이 보였습니다. 이때껏 보지 못했던 아주 큰 거미줄이었습니다. 그런데 거미는 보이지 않았습니다.

'이렇게 큰 거미줄을 친 걸 보면 매우 커다란 거미일 텐데, 어디 있지?'

이상했습니다. 약간 겁도 났습니다. 그래서 새댁은 조마조마한 마음으로 주변을 조심스레 둘러봤습니다. 눈을 동그랗게 뜨고 요리

조리 살펴봤지만 아무리 보고 또 봐도 거미는 없었습니다.

"왜 안 보이지? 거미가 커서 보일 텐데….."

새댁은 중얼거리며, 한참을 더 찾다 포기했습니다.

"어휴, 그래 봤자 크면 얼마나 크겠어. 괜히 시간만 낭비했구만."

새댁은 툴툴대며 돌아섰습니다. 그때였습니다. 새가 한 마리 날아오더니, 어느새 '탁'하니, 거미줄에 걸리는 것이었습니다. 까치였습니다. 거미줄에 걸린 까치는 푸드덕거렸습니다. 빠져나오려고 안간힘을 쓰고 있는 것 같았습니다. 하지만 까치가 그러면 그럴수록 온몸이 거미줄로 뚤뚤 말렸습니다. 그래도 거미는 나타나지 않았습니다. 어디 숨어서 지켜보고 있는지도 모르겠습니다.

갑자기 이 광경을 지켜보고 있던 새댁은 무슨 생각났는지 쏜살같이 부엌으로 들어갔습니다. 부엌으로 들어간 새댁은 부지깽이를 들고 뛰어나왔습니다. 그리고 잠시 머뭇거리다가 거미줄에 걸려 있는 까치를 부지깽이로 탁 쳤습니다. 그러자 거미줄에 걸려 있던 까치가 툭 떨어졌습니다. 정신을 잃었는지, 까치는 움직이지 않았습니다.

새댁은 까치를 얼른 주워 들고 부엌으로 들어갔습니다. 들어가자마자 새댁은 끓은 물속에 까치를 푹 담갔습니다. 새댁은 남이 볼 새라 급한 나머지, 어떻게 잡아먹었는지도 모르게 그렇게 까치를 잡아먹었습니다.

얼마 후, 새댁은 아기를 가졌습니다. 새댁은 매우 기뻤습니다. 그런데 그때부터 배가 더 고팠습니다. 배는 고팠지만 일을 안 할 수는 없었습니다. 편히 쉴 수도 없었습니다.

그렇게 세월은 흘러 배는 점점 더 불렀고, 드디어 열 달이 되었습니다. 딱 열 달이 되던 어느 날, 새댁은 아기를 낳았습니다. 아들이었습니다. 새댁은 너무너무 기뻤습니다. 먹고살 일이 걱정이었지만 기뻤습니다.

그 후, 아기는 무럭무럭 잘 자랐습니다. 젖도 잘 먹었습니다. 하지만 너무 잘 먹어서 탈이었습니다. 젖이 모자랐는지 아기는 늘 칭얼거렸습니다. 나오지 않는 젖을 빡빡 빨다가 지쳐서 잠든 적도 많았습니다. 보채기도 많이 보챘습니다.

'젖만 떼면 괜찮겠지.'

그렇게 엄마는 늘 피곤하고 힘들고, 고달팠지만, 참고 기다렸습니다.

아니, 그런데 이게 어찌 된 일입니까? 아무리 참고 기다려도 젖을 떼지 못하는 것이었습니다. 엄마가 아무리 젖을 떼려 해도 뗄 수가 없었습니다. 아들은 끼니때마다 엄마 젖만 빨아 먹었습니다. 그 외에는 아무것도 먹지 않았습니다. 엄마는 그때마다 괴롭고 힘들었습니다. 젖꼭지가 너무 아팠고 몸살도 여러 번 났습니다.

그런데도 아들은 젖을 떼지 못했습니다. 다섯 살이 되어도, 아홉 살이 되어도 엄마 젖만 먹었습니다. 징글징글하게 엄마 젖만 먹었습니다. 열다섯 살이 되었는데도 엄마 젖만 먹었습니다. 시도 때도 없이 젖 달라고 조르는 것이었습니다.

"애그머니나, 이제 그만 좀 하거라."

"… ."

"징그럽다야."

엄마가 피해 도망을 쳐도 아들은 막무가내였습니다. 엄마를 잡아 젖혀 놓고 젖을 빨아 먹었습니다. 엄마는 속수무책이었습니다. 힘으로도 못 당하겠습니다. 가족들뿐만 아니라 온 마을 사람들도 그 소리를 듣고 깜짝 놀랐습니다.

"세상에 이럴 수가."

"어찌 이런 놈이 다 있어?"

"어찌해야 할까?"

가족들과 마을 사람들은 타일러도 보고, 야단도 쳐 봤습니다. 그래도 아들은 변함이 없었습니다. 가족들과 마을 사람들은 '뭐가 잘못되어도 크게 잘못된 놈'이라며 포기하고 말았습니다. 이런 소리를 들을 때마다 엄마는 더 괴롭고 힘들었습니다. 하지만, 그래도 포기하지 않았습니다. 언제나 아들 걱정뿐이었습니다.

'애가 어렸을 때 잘 못 먹어 그런가? 아니면 무슨 병이 있어 그런가? 아니면, 내가 뭘 잘못했나?'

그러던 어느 날이었습니다. 한 스님이 시주를 받기 위해 마을에 왔습니다. 마을 집집마다 들러 시주를 받던 스님이 엄마네 집에도 들렀습니다. 스님이 오시자, 엄마는 미리 준비해 두었던 쌀을 시주하러 부엌으로 들어갔습니다. 들어가서 쌀이 듬뿍 담긴 그릇을 들고 나와 정성스럽게 스님께 드렸습니다. 스님은 엄마의 고마운 마음에 인사를 하며 집을 둘러봤습니다. 그러고 나서 스님이 말했습니다.

"허허, 혹시 집안에 무슨 일이 있습니까?"

"아니, 어떻게 아셨어요?"

엄마는 깜짝 놀라며 말했습니다.

"허허, 참 이상한 기운이 집안에 들어차 있는 것 같아서 말입니다."

그 말을 듣자 엄마는 근심이 가득한 얼굴로 대답했습니다.

"예, 스님. 어찌할지 모르겠습니다."

"허허, 말씀해 보시지요."

엄마는 한숨을 푹 내쉬며, 아들이 아직 젖을 떼지 못한 것과 그동안 있었던 일들을 자세히 스님께 말씀드렸습니다. 스님은 묵묵히 듣고 나서 잠시 생각하는 듯하더니 말했습니다.

"자, 내 말을 잘 듣고 꼭 그대로 해야 합니다."

"예, 스님. 당연히 그대로 하고 말고요."

스님은 엄마에게 단단히 일렀습니다. 아무도 찾기 어려운 집안

어딘가에 꼭꼭 숨으라는 것, 아들이 와서 어떻게 해도 절대 나오지 말고 그냥 꼼짝 말고 숨어서 지켜보기만 하라는 것이었습니다. 그러고 나서 부엌에 있는 부지깽이로 아들을 있는 힘껏 때리라는 것이었습니다. 그러면 다시는 그런 일이 없을 것이라 말하고, 스님은 눈 깜짝 할 새에 사라져 버렸습니다.

스님이 가시자, 엄마는 서둘러 숨을 곳을 찾았습니다. 엄마가 막 숨자마자 아들이 들어왔습니다. 역시나, 들어오자마자 엄마를 찾았습니다.

"엄마, 엄마."

"… ."

"어디 있어요? 어디 있냐 말이에요."

"… ."

아들은 더욱 다급하게 찾았습니다. 그래도 엄마는 스님 말대로 꼼짝 않고 숨어 가만히 지켜보기만 했습니다. 아들은 점점 더 흥분했습니다. 미치광이처럼 집안 구석구석을 이리저리 날뛰었습니다. 그렇게 한참을 찾아도 나타나지 않자, 아들은 집안의 물건들을 닥치는 대로 던져 버리는 것이었습니다. 집안 살림살이들이 마당에서 처참하게 나뒹굴었습니다. 그릇들은 와장창 박살이 났습니다.

그래도 엄마는 꼼짝 않고 숨어서 아들을 지켜보기만 했습니다. 이젠 두려움에 덜덜 떨렸습니다. 예전의 아들이 아니었습니다. 젖을 못 뗄망정 아들이 늘 사랑스럽기만 했던 엄마는 어느새 치가 떨렸습니다.

그렇게 집안을 아예 난장판으로 만들더니, 더 이상 던질 것이 없자 마당에 뒹구는 살림살이들을 발로 차고 짓밟으며 거칠게 말했습니다.

"이년 어디 갔어?"

"… ."

"에이, 이 죽일 년 어디 갔어. 어디 갔냐구?"

"… ."

"다 파먹고 날려 보내 버리려고 했는데."

"…… ."

"다 파먹고 날려 보내버리려고 했는데. 말이야. 이 죽일 년 어디 갔어? 엉? 어디 갔어?"

한참을 이렇게 소리치며 난리를 치던 아들은 잠시 머뭇거리다 이내 씩씩거리며 털썩 주저앉았습니다. 그러더니 느닷없이 펄쩍 재주를 넘는 것이었습니다. 아니! 그런데 이건 또 뭔 일입니까? 거미였습니다. 그것도 아주 커다란 거미였습니다. 아들이 거미였던 것이었습니다.

"으악!"

엄마는 깜짝 놀라 비명을 질렀습니다. 자신도 모르게 소리를 내고 말았습니다. 이거 큰일 났습니다. 들키고 만 것입니다. '어쩌나' 하며, 가슴이 마구 뛰었습니다. 하지만 그 거미는 급히 나가려는 듯 빠르게 기어갔습니다. 난데없이 '악' 소리가 나서 잠시 멈칫했지만, 뭐가 그렇게 급한지 더 빠르게 기어갔습니다.

부부가 될 청소년과 청년을 위한
옛이야기 산책

'아.'

그때 마침 스님의 말이 떠올랐습니다. 그러자 엄마도 다급했습니다. 놓쳐 버릴 것만 같았습니다. 그래서 엄마는 용기를 내어 후다닥 뛰어나가 들고 있던 부지깽이로 거미의 머리를 냅다 후려쳤습니다. 마침내 부지깽이로 맞은 거미는 비틀거리며 풀숲으로 들어가 버렸습니다. 그러더니 그날부터는 더 이상 보이지 않았습니다.

◆◆◆

거미는 앞발로 먹이를 잡고 앞니로 체액을 남김없이 깔끔하게 빨아 먹습니다. 빨아 먹고 빈껍데기만 남깁니다. 남겨진 껍데기는 버려집니다. 하지만 다시 흙이 됩니다. 그 마음도 남아 소망이 됩니다. 그래서 다시 생명이 됩니다.

부모 자식도 마찬가지입니다. 자식은 맡겨 놓은 듯이 다 앗아가고, 부모는 다 주고 난 뒤 사랑과 소망만을 남기고 가벼워진 마음으로 돌아가기 마련입니다. 하지만 자식은 늘 부족하고, 부모도 감당하기 어려운 경우가 많습니다. 그러다 보니 미처 서로에게 힘이 되어 주지 못합니다. 서로의 행복한 삶을 북돋아 주지 못합니다. 그때야말로 사랑과 믿음과 소망과 힘을 북돋아 주어야 할 때인데도, 서로의 미칠 것 같은 삶의 질곡에 빠져 허우적대느라 하지 못합니다.

인간은 홀로 존재하는 듯하지만, 홀로 존재할 수 없습니다. 탄생에서부터 죽음에 이르기까지 그리고 그 이상까지도 홀로 떨어져 존재하지 않습니다. 아니, 존재할 수 없습니다. 타인뿐만 아니라 처음부터 끝까지 늘 온 우주 만물의 사랑과 소망과 믿음이 함께하기 때문입니다. 탄생에서부터 죽음에 이르기까지 온 우주의 신비가 깃들기 때문입니다. 그래서 비록 그 모양은 다를지라도 인간과 온 우주 만물은 마음으로 하나가 되기 때문입니다.

그런데 부모 자식 간에야 오죽하겠습니까? 부모 자식 간에야말로 더 신비로운 관계가 아니겠습니까? '피'로도, '마음'으로도 함께하기에 더욱더 그러할 것입니다. 많은 시간 속 가장 가까운 곳에서 서로의 삶을 함께 나누며, 기쁨도, 슬픔도, 괴로움도, 가난함도, 행복함도, 불행함도, 미움도, 사랑도 함께 나눴기 때문일 것입니다.

하지만 인간은 누구나 감당할 만큼의 짐만을 지고 싶어 합니다. 자신이 감당할 수 있는 것보다 더 크고 많은 짐은 자신의 삶을 짓눌러버리기 때문입니다. 하지만 비록 혼자만의 삶일지라도 적당한 만큼의 짐을 지고 산다고 생각하는 사람은 거의 없습니다. 무엇보다 스스로가 적당한 삶의 무게라 생각하지 않기 때문입니다. 그렇기 때문에 대개 인간은 모든 경우 자신만이 가장 큰 짐을 진 듯이 살아가곤 합니다. 물론 사람에 따라 다르긴 하지만, 얽히고설킨 인연으로 인한 무게가 더해지기도 합니다. 따로 뚝 떨어진 혼자만의 삶은 없기 때문입니다. 그러한 경우 삶의 무게는 더욱 가혹하고 무겁게 느껴집니다.

그러니 어렵고 힘들지 않은 인생이 어디 있겠습니까? 어느 인생이 고단하지 않고 바쁘지 않겠습니까? 마찬가지로 부모의 삶도 그렇지 않겠습니까? 어렵고 힘들지 않겠습니까? 부모도 자식과 같은 인간이니, 성장해 가고 있는 나약하고 부족한 인간이니 그렇지 않겠습니까? 모든 인간이 다 그렇듯이 어렵고 힘든 자신의 삶을 견디며 살고 있는 것 아니겠습니까? 버티고 또 버티며 살아가고 있는 것 아니겠습니까?

하지만, 부모는 자식만큼은 책임지고 싶어 합니다. 자신의 몸과 마음을 바쳐서라도 사랑하고 싶어 합니다. 자신의 삶의 무게조차 감당하기도 쉽진 않지만, 이를 악물고 버티어 삽니다. 보듬고 감싸며 사랑하려 합니다. 그렇지만 자식은 부족합니다. 화가 납니다. 밉습니다. 스스로의 삶이 불행하다고도 생각합니다. 부모의 힘들고 어려운 삶이, 환경과 조건이 원망스럽습니다. 미칠 것 같습니다. 그런데 그것을 지켜보는 부모는 어찌할 수 없어 더욱 괴롭습니다. 어찌할 수 없어 더 괴롭고, 미칠 것 같습니다.

부모 자식은 늘 하나이기에 그렇습니다. 가족은 늘 하나이기에 그렇습니다. 함께 고통스럽고, 함께 슬프고, 함께 외롭습니다. 마음으로 하나이기에 그렇습니다.

이젠 함께 기뻐하고, 함께 즐겁고, 함께 행복하려고 해야 합니다. 늦지 않았습니다. 시간은 누구나에게 똑같지 않습니다. 행복이 시간에 비례하지 않듯이, 마음과 정성을 다한 삶의 시간 속에서 맛보는 사랑과 행복은 시간과 비례하지 않습니다. 지금 이 시간이면

충분합니다.

　가족은 하나입니다. 떨어져 존재할 수 없는 하나입니다. '피'로도 하나이고, 함께한 '삶과 생각과 마음'도 크게 하나입니다. 그래서 더욱 가족은 홀로 있지 않습니다. 늘 하나입니다. 떨어져 있지만, 마음으로 하나입니다. 가족은 그냥 곁에 있는 것만으로도 힘이 됩니다.

# 4

## 진정한
## 친구

옛날 어느 마을에 한 아들이 있었습니다. 아들은 무럭무럭 커서 청년이 다 되었습니다. 아버지는 친구들과도 별 탈 없이 잘 지내는 아들을 보며 내심 흐뭇해했습니다.

그런데 어느 날부턴가 아들은 거의 매일매일 또래 친구들과 어울려 다녔습니다. 아들은 친구들이 있어서 즐거웠습니다. 술도 마시고, 사냥도 하고, 멀리 여행도 갔습니다. 그래서 아들은 정말 좋은 친구가 자기한테는 아주 많다고 아버지에게 자랑하며 떠들어 댔습니다. 정말로 아들은 늘 많은 친구들과 어울려 다녔습니다.

언젠가부터 아버지는 아들의 얼굴조차 보기 힘들어졌습니다. 아들은 친구들과 어울려 다니느라 늘 바쁘게 지냈기 때문입니다. 아들의 얼굴조차 보기 힘들어지자, 아버지는 아들이 너무 걱정스러웠습니다. 하지만 가끔 마주칠 때마다 아들은 정말 좋은 친구들과 함께 있으니 걱정 말라고 말하곤 했습니다. 아버지는 예전의 자신을 보는 듯도 했습니다. 하지만 별로 달갑지는 않았습니다.

날이 갈수록 아버지는 아들을 볼 수 없었습니다. 집에 들어오기가 무섭게 나갔기 때문입니다. 아예 들어오지 않은 날도 많아질 정도로 도무지 집에 있지를 못했습니다. 이렇게 되자, 아버지는 너무 걱정이 되었습니다. 더 이상 지켜만 볼 수가 없었습니다. 그래서 생각 끝에 어느 날, 아버지는 아들에게 내기를 하자고 했습니다.

"아들아, 아버지랑 내기 한번 안 할래?"

"무슨 내기요?"

"으응, 누가 더 진실한 친구가 많은지 말이야. 내기에 이기면 소원 하나 들어주기, 어때?"

"진실한 친구?"

"응."

"어떻게요?"

"겁나?"

"겁나긴요. 내가 친구가 얼마나 많은데. 내가 이길걸요."

"그래 좋아, 그럼 하는 거다."

"그래요. 뭐. 하하. 내가 이길 건데, 뭐."

아버지는 먼저 돼지를 잡아 자루에 넣고 멍석으로 둘둘 말아 지게에 실었습니다. 그런 후, 아들에게 짊어지게 했습니다.

"자, 이 지게를 지고, 친구들에게 가면 돼."

"그래서요?"

"가서, 내가 어떻게 하다가 사람을 죽였는데, 같이 묻으러 가자고 부탁하면 돼."

"아, 그렇군요. 그거 좋네요. 하하하.

아들은 제일 먼저 제일 친한 친구에게 갔습니다. 집 앞에 가서는 문을 두드리며 다급한 목소리로 친구를 불렀습니다. 예상대로 친구는 급하게 나왔습니다. 아들은 속으로 쾌재를 불렀습니다. 친구가 나오자마자 아들은 심각하게 말했습니다.

"야, 큰일 났어. 내가 어떻게 하다가 사람을 죽여 버렸어. 네가 도와줘야겠어."

"어엉, 무슨 소리야?"

"내가 어떻게 하다가 사람을 죽였단 말이야. 남들이 보기 전에 얼른 묻어 버려야 해."

"…."

"좀 도와줘. 부탁한다."

아들 친구는 깜짝 놀라 눈이 휘둥그레져 쳐다보다 당황스럽게 말했습니다.

"야, 그게 무슨 말이야? 네가 사람을 죽이다니? 이거, 진짜 큰일이네."

"…."

"하지만 난 도와줄 수 없어. 다른 일이라면 몰라도 그런 일은 도와줄 수 없어. 그러다 발각되면 나까지 큰일 나. 미안해."

아들 친구는 말이 끝나자마자 문을 쾅 닫고 들어가 버렸습니다. 아들은 제일 철석같이 믿었던 친구가 이렇게 나오자 몹시 실망스러웠습니다. 하지만 여기서 질 수는 없었습니다. 아들은 또 다른 아주 친한 친구 집으로 갔습니다. 친구 집 문 앞에 도착한 아들은 다시 문을 두드리며 다급하게 말했습니다.

"친구야, 친구야."

잠시 후, 친구가 나왔습니다.

"무슨 일이니? 이 밤중에…. 무슨 재미있는 일이라도 생긴 거야?"

"아니, 그게 아니라. 내가 어떻게 하다 사람을 죽여 버렸어."

"어엉. 그게 무슨 소리야?"

"내가 사람을 죽였단 말이야. 네가 좀 도와줘야 해."

"무슨 소리야. 내가 어떻게, 뭘 도와줘?"

"이 시체를 묻어 버리려고, 아무도 모르게 말이야."

"…."

"빨리 나와. 동트기 전에 묻어 버려야 해."

"하이구, 이거 진짜 큰일이네. 어떡하지?"

친구가 망설이자 '안 되겠다' 싶어 친구에게 매달려 더욱 사정사정했습니다. 발을 동동 구르며, 너밖에 없으니 제발 부탁이라고 말했습니다. 친구는 어떻게 할지 몰라 안절부절못했습니다. 하지만 이내 냉정하게 말했습니다.

"야, 네가 죽였으니 네가 책임져야지. 왜 나까지 못 살게 구니?"

"……."

"난 안 되겠다. 네가 알아서 해."

아들 친구는 말하자마자 쏜살같이 집안으로 들어가 버렸습니다. 이번에도 아들은 적잖이 실망했습니다. 이 모습을 끝까지 지켜본 아버지는 다가와 다른 친구들에게도 가 보라고 말했습니다. 아들은 이제 자신이 없었습니다. 하지만 다른 친구들의 집을 하나씩 하나씩 방문해 봤습니다. 역시나 하나같이 거절했습니다. 어떤 친구는 잠시 기다려 보라고 하면서 들어가더니, 아예 문을 걸어 잠그고 한참을 기다려도 나오질 않았습니다. 마침내 아들은 맥이 탁 풀리며, 풀이 팍 죽었습니다.

　이젠 아버지 차례입니다. 아버지도 지게를 지고 친구 집 문 앞에 도착하자, 문을 두드리며 다급한 목소리로 말했습니다.

　"어이 여보게 친구. 여보게 친구."

　아버지 친구는 무슨 일이 있나 싶어 문을 벌컥 열며 말했습니다.

　"아니. 이 밤중에 웬일인가? 무슨 일이 있는가?"

　"여보게 큰일 났네. 내가 어쩌다가 사람을 죽여 버렸네. 이를 어쩐단 말인가?"

　"아니, 그게 무슨 말인가?"

　아버지가 사람을 죽였다는 소리에 깜짝 놀란 아버지 친구는 일단 얼른 들어오라고 말하며, 다시 천천히 말해 보라고 했습니다.

　"이를 어쩐단 말인가? 내가 실수로 사람을 죽여 버렸다네. 이 지게에 실린 게 죽은 시체라네."

　"이거 큰일 이구만, 큰일이야."

　"…."

　"이보게 이거 잠시만 기다리게, 천천히 이야기하며 방도를 찾아보세."

"아이고 고맙네. 하지만 동이 트기 전에 얼른 묻어야겠네. 얼마 남지 않았네. 사람들이 보면 일이 더 커질지 모르잖나."

"그렇군. 그럼 이렇게 하세. 일단 우리 집 뒤에 있는 밭에 묻고 나서 천천히 생각해 보세."

"하이고, 정말 고맙네. 하하하. 하하하"

갑자기 아버지가 큰 소리로 웃자, 아버지 친구는 의아해했습니다. 하지만 이내 아버지가 지게에서 돼지를 내려 보여 주자, 아버지 친구도 큰 소리로 웃었습니다. 두 친구는 얼싸안고 기뻐했습니다.

"하이고, 이 사람아. 이렇게 사람을 놀리면 어떡하나. 간 떨어질 뻔했네. 아직도 심장이 벌렁벌렁하구만. 하하하."

"미안하이. 미안해. 우리 아들 때문에 그랬다네."

"하여튼 십년감수했구만. 하하하."

아들은 머쓱하여, 환하게 웃는 두 사람을 부러운 듯한 표정으로 묵묵히 지켜봤습니다.

◆◆◆

부부에겐 자식이 늘 걱정입니다. 물가에 아기를 내 놓은 것처럼 애가 탑니다. 나이가 차, 자신보다 키도 크고 건강하더라도 마음은 늘 그렇습니다. 하지만 언제까지나 함께 머물 수 없다는 것에 더욱 안타깝습니다.

그래서 부부는 진정한 벗, 가장 소중한 동반자, 진실한 짝을 찾기를 바랍니다. 아무리 살인을 저지르고 왔더라도 함께할 수 있는 그런 친구, 모든 것을 함께 책임지는 하나밖에 없는 친구를 찾기 바랍니다. 언제까지나 부부가 함께해 줄 수 없기에 더욱 기쁠 때 함께 기뻐해 주는 친구, 특히나 슬플 때 함께 울며 다독여 주는 속 깊은 친구, 힘겨운 일, 괴로운 일도 마다하지 않는 친구가 곁에 있어 든든한 버팀목이 되어 주기를 바랍니다.

그런데 자식은 자신이 넘칩니다. 걱정하지 말라며, 손사래를 칩니다. 하지만 삶이 그렇게 호락호락하지 않다는 것을 부부는 압니다. 어느 누구도 쉽지 않은 삶을 살고 있다는 것을 알기에 부부는 자식의 호기가 마냥 기쁘지만은 않습니다.

물론 막을 수도 없고, 억지로 끌어 앉혀 놓을 수 있는 것도 아닙니다. 어떤 부부도 자식을 이기진 못합니다. 게다가 부부가 자식을 위해 애써 마련한 어떠한 대비책마저도 한순간에 사라져 버릴 수 있는 허망한 것이기에 그저 걱정만 할 뿐입니다.


자식이 점점 어른이 될수록, 부부는 급속히 늙어 갑니다. 하지만 어찌할 수 없습니다. 그저 기도할 뿐입니다. 어렵고 힘들 때, 괴롭고 슬플 때, 외로울 때 도와 달라고 기도할 뿐입니다.

그래서 부부는 진정한 벗, 가장 소중한 동반자, 진실한 짝을 찾기를 간절히 바랍니다. 하지만 이것도 꼭 바라는 대로 이뤄지지 않는 경우가 다반사입니다. 무언가 부족하고 아쉽습니다. 어떻게 잘 헤쳐 나갈지 안심할 수 없습니다.

역시나 자식의 인생도 호락호락하지 않습니다. 부부처럼, 다른 모든 사람들처럼 쉽지 않은 삶을 살게 마련입니다. 그러니 맡겨야 합니다. 그 정도면 되었습니다. 자식의 인생은 자식이 주인입니다. 주인답게 자신의 삶을 영위해 나갈 수 있도록 격려할 뿐입니다. 언제까지나 함께 살아가 주지 못합니다. 다만 마음을 놓고 기도할 뿐입니다. 사랑하는 마음으로 기도할 뿐입니다.

# 5
# 금강대사와
# 묘향선사

임진왜란 때의 일입니다. 금강대사와 묘향선사가 있었습니다. 묘향산에 있는 선사는 도술로는 자기가 천하제일이라고 자처하고 있었습니다. 그런 묘향선사를 그 일대의 많은 사람들이 우러러 떠받들었습니다.

그런데 어느 날, 금강산에 은거하고 있는 금강대사라는 분이 자기보다 낫다는 소문을 들었습니다. 묘향선사는 이번 기회에 금강대사를 도술로써 눌러 버려야겠다고 다짐했습니다. 그래서 자기가 제일임을 분명하게 확인해 보여야겠다고 생각했습니다.

드디어 묘향선사는 금강산을 향하여 길을 떠났습니다. 금강대사는 미리 이 일을 알고 있었습니다. 묘향선사가 도착할 즈음 금강대사는 자기 제자 한 사람을 불러 마중을 가도록 했습니다.

"오늘 묘향산에서 손님이 올 것이니 산중턱까지 마중을 나가 주게."

제자는 이 말을 듣고 당황하여 말했습니다.

"예? 한 번 본 적도 없는 제가 어찌 알고…."

그러자 금강대사는 말했습니다.

"그 사람은 시냇물을 거슬러 올라가게 하면서 올 것이다. 그러니 곧 알 수 있을 것이다."

"예, 알겠습니다."

제자는 시냇물을 따라서 길 마중을 하러 나갔습니다. 한참 내려가고 있는데, 문득 시냇물이 거슬러 올라오고 있는 것을 보고 깜짝 놀랐습니다. 멈춰서 아래를 내려다보니 한 사람이 걸어오고 있는 것이 보였습니다. 제자는 그가 묘향산에서 오는 손님인 줄 알아채고 공손히 기다렸습니다.

"마중을 나왔습니다."

묘향선사가 가까이 오자 제자는 말했습니다. 묘향선사는 내심 깜짝 놀랐으나, 오히려 마중 나올 줄 알고 있었다는 듯이 태연하게 말했습니다.

"아니, 이렇게 고마울 때가 있나."

이윽고 암자에 이르러서 금강대사를 보자 묘향선사는 먼저 날아가는 참새 한 마리를 잡아 손아귀에 꼭 쥐고는 말했습니다.

"이 참새가 죽겠습니까? 살겠습니까?"

하고 물었습니다. 그때 마침 금강대사는 묘향선사를 맞아들이고자 방 밖에 한 발을 내딛던 참이었습니다. 금강대사는 그렇게 묻는 묘향선사를 부드럽게 미소를 짓고 바라보며 말했습니다.

"그럼 제가 지금 나가겠습니까? 아니면 들어가겠습니까?"

그러자 묘향선사는 내심 '역시, 만만히 볼 상대가 아니군.' 하면서도 겉으로는 껄껄껄 웃었습니다. 그렇게 두 사람은 비로소 첫 인사를 했습니다.

"대사님, 대사님의 높으신 이름을 듣고 찾아왔습니다. 역시 소문대로이십니다."

"하하하, 뭘 말입니까? 그냥 제 몸 닦기도 바쁜 산중에 땡추일 뿐입니다."

"아닙니다. 대사님, 가르침을 내려 주십시오. 부탁합니다."

"하하하. 이거 참. 하하하."

묘향선사는 방으로 들어가 금강대사에게 큰절을 올리며, 대사를 살폈습니다. 금강대사도 방심하지 않았습니다. 잠시 후, 금강대사는 차를 내오게 하였습니다.

"….."

"….."

두 사람은 아무 말 없이 찻잎을 넣고, 뜨거운 물을 붓고 조심스레 찻잔을 놓고 있는 제자를 물끄러미 응시하며 앉아 있었습니다. 어느덧 제자가 물러나고 찻물이 우러날 시간쯤이 흘렀습니다. 금강대사는 가만히 손을 뻗어 찻주전자를 잡고 물을 따르기 시작했습니다.

아니, 그런데 이게 어찌된 일인지? 금강대사는 찻주전자를 높이 들고 묘향선사의 찻잔이 차고 넘쳐 찻상마저 넘쳐 방바닥에 흘러내리도록 따르기를 멈추지 않았습니다.

'옳거니!'

묘향선사는 놓치지 않았습니다. 이때다 싶어 벼락같이 떠나갈듯

버럭 소리를 질렀습니다.

"아니, 뭐 이런, 무례함이 있습니까?"

"… ."

"가르침을 바라고 멀리서 온 사람에게 이게 뭐하는 짓입니까?"

라고, 화를 내면서 주변에 있는 사람들이 다 듣도록 고래고래 소리를 지르며 자리를 박차고 일어났습니다.

그러자 금강대사는 그제야 태연하게 말했습니다.

"하하하, 진정 내게 가르침을 바라고 온 것이오?"

"… ."

"당신의 마음은 찻물이 가득 찬 찻잔과 같소. 작고 가득 찬 찻잔엔 아무리 찻물을 더 부어 담으려 해도 흘러넘치기 마련이오. 그러니 더 이상 날 희롱하려 들지 말고 내려가시오."

그 말을 들은 묘향선사는 기가 막히다며 말했습니다.

"좋소. 그럼 이왕 이렇게 되었으니 나와 내기를 합시다. 그래서 누가 더 뛰어난지 분명하게 가립시다."

"하하하. 하하하."

금강대사는 고개를 끄덕이며, 크게 웃었습니다.

"좋소."

잠시 후, 금강대사는 항아리에 물을 떠 왔습니다. 항아리를 놓고 대사는 다시 자리에 앉아 묘향선사에게 말했습니다.

"이 항아리에는 물고기가 있소. 물고기를 먹되, 먹고 난 후, 산 채로 그대로 내놓으면 되오."

라고 말하고는 항아리에서 물고기를 몇 마리를 꺼내 먹기 시작했습니다. 맛있게 먹은 뒤, 조금 있다가 대사는 물고기를 토해 다시 뛰놀게 했습니다. 그러자 묘향선사도 태연히 먹고 토했습니다. 그러나 물고기는 살아 있지 않았습니다.

"하하하. 어떻소?"

"…."

이에 묘향선사는 달걀 쌓기를 하자고 했습니다. 먼저 금강대사가 땅 위에서부터 하나씩 쌓기 시작하였습니다. 그러자 묘향선사는 미소를 지으며 공중에서 차차 쌓아 내려오기 시작했습니다. 그것을 본 금강대사는 몹시 당황했고 언짢았습니다. 이번 기회에 크게 눌러 정신을 바짝 차리게 해서 돌려보내고 싶었기 때문이었습니다.

내기는 팽팽하게 진행되었습니다. 승부가 좀처럼 쉽게 나지 않았습니다. 그렇게 엎치락뒤치락하는 사이 점심때가 되었습니다. 그래서 금강대사는 사발에다 바늘을 가득히 담아와 묘향선사 앞에 한 그릇 떡 내놓고는 말했습니다.

"점심때가 됐소. 맛은 비록 없을지 모르나, 많이 잡수시오. 국수요."

그러나 묘향선사는 잘 먹을 수가 없었습니다. 그렇다고 질 수도 없었습니다. 때마침 건너편 산중턱에 화전을 일구어 사는 농부가 있었습니다. 황소 한 마리와 검은 소 한 마리도 밭 근처 풀밭에 앉아 있었습니다. 묘향선사는 금강대사에게 물었습니다.

"어느 소가 먼저 일어날지 맞춰 보시오."

금강대사는 황소가 먼저 일어난다고 했습니다. 그러나 묘향선사가 이번에는 이겼습니다. 검정 소가 먼저 일어난 것입니다.

이렇게 서로 한 번씩 과제를 내면서 앞서거니 뒤서거니 했습니다. 그럴수록 금강대사와 묘향선사는 오기가 생겼습니다. 그러니 끝날 줄을 모르고 계속 내기가 진행되었습니다. 두 사람은 내심 서로의 뛰어남에 놀라워하면서도, 어떻게든 지지 않으려는 상대가 점점 더 안쓰럽기까지도 했습니다. 그러나 아무도 선뜻 인정하려고 하지 않았습니다. 멈추려고 하지 않았습니다.

◆◆◆

부부는 어떤 때는 경쟁자이기도 하지만, 가장 소중한 벗입니다. 아무리 살인을 저지르고 왔더라도 함께하는 진정한 친구입니다. 모든 것을 함께 책임지는 하나밖에 없는 친구입니다.

기쁠 때 함께 기뻐해 주는 친구, 슬플 때 함께 울며 다독여 주는 속 깊은 친구입니다. 즐거운 일이 있으면 기꺼이 축하해 주고, 힘겨운 일, 괴로운 일도 마다하지 않습니다. 함께 감당해 내는 가장 든든한 버팀목입니다.

부부 같은 사이가 어디 있겠습니까? 진정으로 친구 아닙니까? 말 그대로 오래 친한 사이, 친구 아닙니까? 서로를 참고 견디며 사는 친구 아닙니까? 서로의 삶을 위로하고 격려하며 함께 참고 견디어 내는 친구 아닙니까? 아무리 험한 일, 고통 속에서도 언제나 곁에

부부가 될 청소년과 청년을 위한
옛이야기 산책

있는 사이 아닙니까?

부부만 한 친구가 또 어디 있겠습니까? 부부가 서로의 몸과 마음과 생각을 함께 나누고, 온 삶을 함께 나누어 온 세월은 누구와도 비교할 수 없습니다. 이 세상, 아니 온 우주에서 가장 진실한 사이입니다.

그런데 우리는 이런 소중한 친구를 함부로 대하기도 합니다. 너무 가까워서? 스스럼없어서? 아니면, 너무 쉬워서? 만만해서? 아마 그럴 수도 있습니다. 공기가 흔하니 공기의 고마움을 모르듯이 그렇습니다. 물이 흔하니 물의 고마움을 모르듯이 더욱 그렇습니다. 자신의 생명인 줄도 모르고, 함부로 대합니다. 소중히 다루지 않습니다.

혹시 우리도 그런 것은 아닙니까? 상대가 너무 가깝고, 스스럼없어서 그런 것은 아닙니까? 늘 마음만 내키면 볼 수 있고, 말 할 수 있고, 만질 수 있기에 그런 것은 아닙니까?

하지만 공기 같은 존재입니다. 물과 같은 존재입니다. 없으면 살수 없는 존재입니다. 부부는 서로 생명입니다.

"마음의 근원을 이루고 있는 성(性)은 모든 사람이 공통으로 가지고 있는 것이므로 마음을 기준으로 판단하면, 사람은 모두 하나이므로 남을 자기처럼 여기는 마음을 가져야 한다."
라고 '맹자'가 말했습니다.

　마음을 기준으로 판단하면, 사람은 모두 하나라는 것입니다. 사람의 마음이 모두 같다는 것입니다. 사람의 몸을 중심으로 본다면, 사람은 모두 서로서로 다릅니다. 하지만 마음을 중심으로 본다면, 사람은 모두 하나라는 것입니다. 그렇기 때문에 마음을 중심으로 본다면, 남과 내가 다르지 않다는 것입니다. 마음으로 하나라는 것입니다. 내 마음이나 너의 마음이나 모두 하나로 연결되어 있다는 것입니다.

　그렇기 때문에 남을 자기처럼 여기는 마음을 가져야 한다고 합니다. '나처럼 너를', '너처럼 나를' 소중히 여기는 마음을 가져야 한다고 합니다. 왜냐하면 자신이 아닌 다른 사람에게 한 것이 결국 자신을 위한 것이기 때문입니다. 멀리 돌아 결국 자신에게 돌아올 마음이라는 것입니다.

　사랑하는 마음이라면 사랑으로 돌아올 것이고, 증오하는 마음이라면 증오로 돌아올 것이라는 뜻입니다. 살리고자 한다면 생명으로 돌아올 것이고, 죽이고자 한다면 죽음으로 돌아올 것이라는 뜻입니다.

부부가 될 청소년과 청년을 위한
옛이야기 산책

그러니 먼저 용서하십시오. 화해의 손을 내미십시오. 용서하면 사랑이 돌아옵니다. 화해하면 행복이 돌아옵니다. 생각한 대로, 말한 대로, 뿌린 대로, 가꾼 대로 돌아옵니다. 모두 돌아 더 크게 옵니다. 그 모든 것을 자신에게 하듯 생각하십시오. 말하십시오. 사랑하십시오. 그 생각이, 말이, 사랑이 결국 나에게로 돌아옵니다. 멀리 돌아 더 크게 옵니다.

우리는 모두 나그네입니다. 삶이 고단한 나그네입니다. 부족해서 더더욱 고단한 나그네입니다. 부족하기에 서로 부딪혀 멍들게 하고 상처 내는 괴로운 나그네입니다. 그래서 늘 부족한 삶을 아쉬워하며 사는 불완전한 나그네입니다.

그래도 우리는 하루하루를 함께 살아가는 동무입니다. 머물러 잠시이지만, 이 시간을, 이 지구별과 함께 살아가는 동무입니다. 넓고 넓은 우주에서 소중하게 만나 함께 살아가는 소중한 동무입니다. 각자의 길은 달라도 각자가 모두 나름의 하늘 뜻을 품고 온 소중한 사람입니다. 하늘의 믿음과 사랑을 품고 온 소중한 사람입니다. 바로 당신입니다. 그 사람이 바로 당신입니다.


부부가 서로 존중해 주고, 배려해 주고, 믿고, 의지하고, 감싸 주고, 위로해 주며, 사랑해 주는 그 모든 것이 자녀들에게도 그대로 흐릅니다. 주변의 가족들에게도 넘쳐흐릅니다. 그것이 다시 사랑으로 돌아옵니다. 행복으로 몰려옵니다. 그러니 서로 진정으로 믿고 사랑해야 합니다. 진정한 친구로, 오누이로, 부부로 믿고 사랑해야 합니다. 그러면 그 믿음과 사랑이 다시 사랑으로 돌아옵니다. 행복으로 몰려옵니다.

사랑만큼 행복한 것은 없습니다. 나처럼 당신을, 나처럼 당신을, 멀리 돌아 자신에게 옵니다. 상처도, 사랑도, 행복도⋯. 사랑은 모두를 행복하게 합니다.

# 6
# 암곰과
# 나무꾼

충남 공주 웅진동 곰나루에 가면 곰사당이 있습니다. 40여 년 전 그러니까 1972년, 곰나루 부근에서 발굴된 높이 34㎝, 폭 29㎝ 크기의 돌곰을 모신 사당입니다. 예전엔 무성한 잡초 속에 덩그러니 돌덩이 하나만 놓여 있었습니다. 곰나루 전설의 슬픈 사연처럼 외로이 서 있었습니다. 전해 내려오는 이야기는 이렇습니다.

아득한 옛날, 어떤 나무꾼이 살고 있었습니다. 어느 날 나무꾼은 강 건너편에 있는 연미산으로 나무를 하러 갔습니다. 그런데 한참 열심히 나무를 하고 있는데, 갑자기 곰이 나타났습니다. 나무꾼은 너무 무서워 도망치지도 못했습니다. 발바닥이 땅에 얼어붙은 듯 꼼짝을 할 수 없었습니다. 곰은 가까이 다가와 냄새를 맡았습니다. 그러더니 두 발을 높이 들며 크게 소리를 냈습니다.

'죽는구나.'

나무꾼은 그 소리에 기절하고 말았습니다.

얼마나 시간이 지났을까, 나무꾼이 정신을 차려 보니 캄캄한 동굴 속이었습니다. 곰에게 잡혀 온 것이었습니다. 암곰이었습니다. 곰은 그때부터 나무꾼을 굴에 가두고 먹을 것을 가져다주었습니다. 곰은 먹이를 구하러 나갈 때는 커다란 바위로 입구를 막아 버렸습니다. 온 힘을 다해 힘껏 밀어도 꿈쩍도 하지 않을 정도였습니다. 이제 나무꾼은 꼼짝없이 갇혀 암곰과 지내게 되었습니다.

나무꾼은 하는 수 없이 암곰과 함께 살았습니다. 그렇게 잡혀 얼마를 살았는지 모르겠습니다. 하지만 그러는 사이에 나무꾼과 암곰 사이에 새끼 한 마리가 태어났습니다. 처음에는 마냥 기쁘고 신기했습니다. 차츰차츰 새끼가 자랐습니다. 반은 사람이고 반은 곰이었습니다.

나무꾼은 도망치고 싶었지만 어쩔 수 없이 새끼를 키우며 살아야 했습니다. 암곰이 바위로 동굴의 입구를 막아 놓고 다녔기 때문이었습니다. 그럭저럭 또 얼마가 지나자, 새끼 한 마리가 또 태어났습니다. 이제는 마냥 기쁘진 않았습니다. 역시나 두 번째 새끼도 반은 사람, 반은 곰으로 변해 갔습니다. 나무꾼은 속이 탔습니다. 빨리 도망치지 않으면, 이 동굴 속에 갇혀서 곧 죽을 것만 같았습니다. 그러나 죽진 못했습니다. 그렇게 또 얼마가 지나자 새끼 한 마리가 또 태어났습니다. 나무꾼은 이제 견딜 수 없을 만큼 지쳤습니다. 죽고만 싶었습니다.

아, 그런데 어찌된 일인지, 암곰이 새끼 셋을 낳자, 동굴 입구를 막아 놓았던 커다란 바위를 살짝 열어 놓는 것이 아닙니까? 암곰은 새끼 셋씩이나 낳고서 설마 도망가랴 싶었던 것이었습니다. 그래서인지 암곰은 먹을 것을 구하려고 나갈 때도 문을 살짝 열어 놓고 나갔습니다. 나무꾼은 기회를 엿보았습니다.

그러던 어느 날이었습니다. 기회만 엿보던 나무꾼은 곰이 새끼를 데리고 먹이를 구하러 간 사이 굴을 뛰쳐나왔습니다. 살 것 같았습니다. 맑은 공기, 따사로운 햇살, 이젠 마음대로 뛰어다닐 수 있었습니다. 나무꾼은 급히 산 아래에 있는 나루터로 달렸습니다. 거기에는 나룻배가 있었습니다.

그때, 사냥을 하던 암곰이 나무꾼을 보고 말았습니다. 마구 내달려 산 아래로 내려가는 나무꾼이 보였습니다. 곰은 가슴이 철렁 내려앉았습니다. 화가 치밀어 올랐습니다. 곰은 가슴을 치며 크게 소리를 냈습니다.

"크으아항, 크앙."

동시에 동굴로 뛰었습니다. 동굴에 도착하자 새끼들을 둘러업고, 머리에 이고, 한 팔로 안고 뛰었습니다.

"크으앙항, 크으앙항."

곰은 포악한 소리를 내지르며 거침없이 뛰었습니다. 바윗돌이 튀어 구르고 나무가 통째로 부러져 날랐습니다. 곰의 온몸도 상처투성이가 되었습니다. 그래도 곰은 멈추지 않았습니다. 속도를 줄이지도 않았습니다.

"크으아항, 크으아항. 크앙."

뒤에서 무서운 소리가 들리자, 나무꾼은 섬뜩했습니다. 이젠 다급해졌습니다. 서둘러야 했습니다. 손이 부들부들 떨렸습니다. 마침내 나룻배의 밧줄이 풀리고, 나무꾼은 서둘러 나룻배에 올라탔습니다. 그러자마자 노를 있는 힘껏 저었습니다. 다행히 나룻배는 순순히 강물을 따라 떠갔습니다.

강 가운데쯤 왔을까요? 곰도 나루터에 도착했습니다. 곰은 도착하자마자 소리를 질렀습니다. 다급하게 손을 내저었습니다. '돌아오라'는 듯했습니다. 곰은 절박하게 손을 흔들었습니다.

'돌아오라고, 제발 돌아오라고.'

그러나 나무꾼은 한번 흘깃 돌아보고는 더욱 힘껏 노를 저었습니다. 곰도 다시 펄쩍펄쩍 뛰었습니다. 안절부절못했습니다. 그러다 갑자기 뒤돌아 가더니 큰 돌덩이를 굴렸습니다. 강에 다리를 놓으려고 하는 듯했습니다.

추측은 맞았습니다. 역시 강에 징검다리를 놓기 시작했습니다. 나무꾼은 덜컥 겁이 났습니다. '이제 잡히면 죽겠다' 싶었습니다. 가슴이 쿵쾅쿵쾅거렸습니다. 다리가 후들거렸습니다. 하지만 나무꾼은 노 젓기를 멈추지 않았습니다. 정신없이 죽기 살기로 저었습니다.

그리하여 나무꾼은 드디어 강을 건넜습니다. 그리고 나서 나무꾼은 가슴을 졸이며, 뒤돌아 곰을 잠시 지켜봤습니다. 곰은 돌을 굴려 징검다리를 놓아 건너오다 나무꾼이 강을 다 건너자 다리 놓기를 멈췄습니다. 곰은 마지막 놓은 돌 위에 서서 한참을 바라봤습니다.

그때 잠깐, 아주 잠깐이었습니다. 나무꾼은 곰과 눈이 마주쳤습니다. 그 순간 나무꾼은 꼼짝할 수 없었습니다. 곰의 눈엔 눈물이 그득했던 것입니다. 애절했습니다. 하지만 나무꾼은 냉정하게 뒤돌아 떠나 버렸습니다.

잠시 후, 곰은 크게 울부짖고는 또다시 울부짖었습니다. 울부짖으며 곰은 새끼들을 하나씩 찢어 죽였습니다. 하나씩, 하나씩 강물에 풍덩, 풍덩 던져 버렸습니다. 그리고 난 후, 곰은 또 한 번 크게 하늘을 향해 울부짖으며 강물로 뛰어들었습니다.

그렇게 곰이 죽은 후부터는 강을 건너는 배가 뒤집히는 일이 자주 일어났다고 합니다. 그래서 사람들은 죽은 곰의 원혼을 달래 주기 위해 사당을 지어 제사를 지냈다고 합니다.

◆◆◆

사랑이란 무엇일까요? 사랑받는다는 것은 무엇일까요? 사랑한다는 것은 또 무엇일까요?

사랑받고 싶지 않은 사람도 있을까요? 사랑하고 싶지 않은 사람도 있을까요? 아마도 없겠지요? 누구도 사랑받고 싶지 않은 사람은 없을 겁니다. 사랑하고 싶지 않은 사람도 없을 겁니다. 아마도 우리는 누구나 사랑하고 싶고, 사랑받고 싶어 합니다. 다만 사랑받기도 사랑하기도 쉽지 않기에 함부로 사랑받을 수 없는 것일 겁니다. 그렇기에 함부로 사랑할 수 없는 것일 겁니다. 아니, 그렇게 함부로 말할 수 없는 것은 아닐까요?

그런데 사랑은 누구나 할 수 있지 않을까요? 누구나 받고 싶고, 하고 싶고, 기회도 있기 때문이지요. 하지만 누구나 사랑할 수 있는 것은 아닙니다. 받고 싶다고, 하고 싶다고, 기회가 있다고 다 되는 것은 아닌 것 같습니다. 받는 것도, 하는 것도 쉽지 않기에 기회가 와도 가슴만 두근거릴 뿐인 경우가 너무 많기 때문일 겁니다. 받는 것도 부담스럽고, 하는 것도 두렵기도 하기 때문일 겁니다. 그래서 아예, 사랑과는 멀찌감치 떨어져 외면하고 거부하기도 하는 것 아닐까요?

그래서 아무나 할 수 없는 것도 사랑입니다. 사랑이 그렇게 쉽다면, 그렇게 간절하지는 않겠지요. 받기도 쉽고, 하기도 쉽다면, 그렇게 애절하지는 않겠지요. 받기도 쉽지 않고, 하기도 쉽지 않은 것이 사랑이기에 그렇게 간절한 것이 아닐는지요.

그러니 부부의 만남과 사랑은 어떻겠습니까? 아마도 수많은 남녀 중 운명처럼 만나 숙명 같은 사랑으로 부부가 된 인연은 또 어떻겠습니까? 헤아릴 수 없는 불가사의가 아닐까요?

그래서 더욱 부부의 만남은 어느 경우이든 우연일 수 없습니다. 운명이고, 숙명이고, 필연입니다. 그렇지만 그것을 인정하는 것은 다른 문제입니다. 마음으로 인정하지 않고 받아들이지 않고, 배우자인 경우는 없기 때문입니다. 스스로 인정하지 않는다면, 배우자로서도 받아들일 수 없는 것과 같은 문제입니다.

처음에는 누구나 조심스럽습니다. 서로 조심하면서 살아갑니다. 처음이기에 신기하기도 합니다. 새로운 삶에 대한 호기심도 있습니다. 그래서 무엇에 씌었는지 얼마쯤은 그냥 서로를 묵인하곤 합니다. 그러다 어떤 순간이 옵니다. 서로에 대해 다시 보는 순간이 옵니다. 다시 생각해 보는 순간이 옵니다. 물론 갑자기 오지 않습니다. 조금씩 쌓이고 쌓여서 그렇게 변화됩니다. 이때부터 상대의 말 하나, 행동 하나가 거슬리기도 합니다. 상대와 다른 점이 눈에 확 띄고, 상대의 결점이 지겨워지기도 합니다. 그것이 기분을 상하게 합니다. 게다가 짜증도 나고, 화도 나게 합니다. 어떨 때는 마음의 병이 들기도 합니다.

그 순간 부부는 서로를 향한 비수가 됩니다. 사랑스러웠던, 적어도 귀엽게 봐줄 만했던 말 한마디, 몸짓 하나가 서로에게 꽂히는 비수가 됩니다. 그것이 급기야 서로에게 상처를 줍니다. 하지만 그 상처는 쉽게 아물지 않습니다. 가장 가까운 사람에게 받은 상처라 더욱 그렇습니다. 가장 사랑받고 싶은 사람이 주는 상처이기에 더욱 그렇습니다. 그래서 더욱 아프고, 더욱 짓무르고, 더욱 심하게 곪습니다. 그런데 그곳에 다시 비수가 꽂힙니다. 점점 더, 점점 더 날카로운 비수가 되고, 그것이 점점 더 깊이 박힙니다. 이러한 상황이 반복되면, 이윽고 넘지 말아야 할 선을 넘게 되기 마련입니다. 격렬한 갈등이 되어 돌이킬 수 없게 되어 버립니다.

　그러다 보면, 결국 부부는 이제 부부가 아니게 됩니다. 멀찌감치 물러섭니다. 서로 거리를 두고, 눈치를 봅니다. 도망칠 기회를 엿보기도 합니다. 그럴수록 눈치 채지 못하게 서로를 속이고 애써 기분을 맞추며 조심스레 도망칠 계획을 세웁니다. 하지만 도망치기는 쉽지 않습니다. 그러곤 삶에 지치기도 합니다. 참고 견디려고 하면 할수록 도망치고 싶어지기 때문입니다.

　그렇지만 부부 모두는 이쯤에서 멈추고 싶어 합니다. 이쯤에서 서로 물러났으면 하는 바람입니다. 상대가 조금만 양보하기를 바랍니다. 불행하고 마음이 아프기 때문입니다. 하지만 결코 멈춰지지 않습니다. 상대가 양보하기만을 바라기 때문입니다. 상대가 양보하더라도 언제나 기대에 차지 않기 때문입니다. 그리고 다시 돌아가기엔 너무 멀리 왔기 때문이기도 합니다. 그렇게 아무도 모르게 너무 멀어져 버립니다. 이젠 진심을 볼 수 없을 만큼 멀리 멀어져 버립니다. 그렇게 부부는 순식간에 멀어져버립니다. 결국 부부도 자식도 가족도 모두 갈가리 찢기고 맙니다. 그때는 이미 모두가 불행합니다.

그때, 갈가리 찢기어지기 전에 누구라도 멈추려 했다면, 멈출 수 있었다면…. 멈추어 부부의 만남이 우연이 아닌 악연도 아닌 소중한 인연임을 생각할 수만 있었다면…. 무궁한 우주 속에서 보이지도 않을 서로를 만난 굉장한 인연임을 생각할 수만 있었다면…. 도저히 믿기지 않을 만큼 진귀한 만남임을 생각할 수만 있었다면….

무언가 만족스럽지 못하여도, 우리는 조금 더 서로에게 다가갈 수 있었지 않았을까요? 무언가 서로의 날카로운 가시로 아픔을 주었을지라도, 우리는 조금 더 서로를 위로할 수 있었지 않았을까요? 조금 더 서로를 받아들일 수 있었지 않았을까요? 살아가면서 사랑할 수 있었지 않았을까요? 어렵고 힘든 삶을 다독이며 살아갈 수 있었지 않았을까요? 서로에게 힘과 용기가 되고 사랑이 되어 살아갈 수 있었지 않았을까요?

# 7
# 나무꾼과
# 선녀

   옛날 옛날에 홀어머니를 모시고 사는 나무꾼이 있었습니다. 나무를 해다 팔며 열심히 살았지만 살림살이는 늘 궁핍했습니다. 그래도 아침이건 저녁이건 밥 냄새를 맡고 부엌으로 쪼르르 달려오는 쥐에게는 늘 밥을 나눠 주었습니다.

   그날 하루도 나무를 하러 산으로 갔습니다. 나무꾼은 언제나처럼 열심히 일했습니다. 그런데 느닷없이 사슴이 뛰어오더니 다급하게 나뭇짐들 뒤에 후다닥 숨는 것이었습니다. 나무꾼은 조금 놀랐지만, 아무 일 없었다는 듯이 계속 나무를 했습니다. 아니나 다를까, 조금 있으니 사냥꾼이 빠르게 달려와 물었습니다.

"사슴 못 봤소?"

"…."

"분명 이쪽으로 가는 걸 봤는데…."

"뭐요? 아, 사슴이요? 방금 저쪽으로 뛰어가던 걸요."

   나무꾼은 엉뚱한 곳을 가리키며 말했습니다. 그러자 사냥꾼은 대꾸도 없이 휑하니 달려갔습니다. 사냥꾼이 멀리 가자, 사슴이 나와 고맙다고 인사를 하며 말했습니다.

"나무꾼님, 살려 주셔서 고맙습니다. 이 은혜를 어떻게 갚아야 할지?"

"뭘? 난 그냥 가만있었을 뿐인데."

"아닙니다. 제가 뒤에서 다 봤습니다. 저를 위해서 그랬다는 걸요."

"하하하. 그래도 난 한 게 별로 없는 걸, 뭘."

사슴은 다시 한번 고맙다며 소원하나를 들어주겠다고 말했습니다. 나무꾼은 아니라고 하였지만, 사슴은 계속 재촉하였습니다. 나무꾼은 망설이며 조심스럽게 말을 꺼냈습니다.

"그래 그러면, 나 한 가지 소원이 있어."

"….".

"그게 말이야. 될지 모르겠지만, 예쁜 색시를 얻어서 어머니랑 행복하게 살고 싶어."

사슴은 나무꾼의 말을 듣고 잠시 골똘히 생각에 잠겼습니다. 그러더니 이렇게 말했습니다.

"알았어요. 나를 따라오세요."

나무꾼은 사슴을 따라 산등성이를 넘어 한 번도 가 보지 못한 깊은 산골짜기로 들어갔습니다. 한참을 들어가니 폭포가 있고, 밑에는 맑은 물이 한가득 넘쳐흐르고 있는 웅덩이가 있었습니다.

"여기가 바로 선녀들이 하늘에서 내려와 목욕을 하는 곳이에요."

"아."

"한 달에 한 번, 보름달이 뜰 때마다 내려오는데요. 그때 나무꾼님은 저쯤 숨어 있으면 되요. 그런 다음 선녀들 중 셋째 선녀의 날개옷을 감춰 두면, 그 선녀는 올라가지 못할 거예요."

"….."

"그때 다가가 나하고 같이 살면 날개옷을 나중에 주겠다고 말하면, 그렇게 할 거예요."

사슴은 이렇게 꼼꼼히 일러 주었습니다. 그러고 나서 마지막으로 아이가 넷이 될 때까지는 절대 날개옷을 꺼내 보여 주지도 말라고 신신당부했습니다. 다짐을 받고나서야 사슴은 깊은 산속으로 달려 갔습니다. 나무꾼은 사슴이 달려간 쪽을 향해 큰 소리로 '고맙다'고 소리쳤습니다.

그 후, 나무꾼은 보름날을 손꼽아 기다렸습니다. 생각만 해도 신났습니다. 드디어 보름날이었습니다. 나무꾼은 목욕을 깨끗이 했습니다. 그러고 나서 제일 좋아 보이는 옷을 갈아입고 일찍 산으로 올라가 기다렸습니다. 사슴이 알려 준 대로 나무꾼은 숨죽이며 가만히 숨어 있었습니다. 이윽고 보름달이 밝게 떠올랐습니다. 보름달을 보니 더욱 두근거렸습니다.

그때, 은은한 달빛을 받으며 선녀들이 하늘하늘 내려왔습니다. 사슴의 말대로였습니다. 아름다웠습니다. 달빛을 받은 날개옷이 바람에 나부끼는 모습이 너무나 나무꾼을 설레게 했습니다. 나무꾼은 심장이 터질 것만 같았습니다.

선녀들은 내려오자마자 날개옷을 훌훌 벗고, 맑은 물속으로 들어가 몸을 담갔습니다. 선녀들은 아무것도 모르고 즐겁게 재잘거렸습니다.

"와, 시원하다."

"호호호, 너무 좋다."

"셋째야 빨리 와."

"으응."

"그래. 어서 와."

"알았어."

셋째 선녀도 얼른 날개옷을 접어 두고, 물속에 몸을 담갔습니다.

나무꾼은 설레는 마음을 가까스로 누르고 기회를 엿보았습니다. 잠시 후, 선녀들은 모두 즐겁게 떠들며 헤엄도 치고, 장난도 치기 시작했습니다.

'이때다!'

나무꾼은 셋째 선녀의 날개옷을 재빠르게 감췄습니다. 가슴으로 꼭 안았습니다. 얼마 후, 선녀들이 하나둘 목욕을 다하고, 옷을 입기 시작했습니다. 그런데 셋째 선녀의 날개옷은 없었습니다. 셋째 선녀는 당황했습니다.

"어딜 갔지?"

"뭐가?"

"언니, 내 옷이 없어졌어."

"으응? 잘 찾아봐."

"어디 있겠지."

금방 찾을 수 있을 거라 생각한 언니들은 대수롭지 않게 말했습니다. 그런데 한참을 찾아도 찾을 수 없었습니다. 언니들도 모두 나서서 찾아봤지만, 셋째의 날개옷은 도무지 찾을 수 없었습니다. 나무꾼은 더욱 숨을 죽이고, 죽은 듯이 지켜봤습니다. 어찌 될지 조마조마했습니다.

한참이 지나자, 선녀들은 다급해졌습니다. 시간이 다되었기 때문이었습니다. 더 이상 찾을 도리가 없었습니다. 이제 언니들은 올라가야 했습니다. 어쩔 수 없었습니다.

"이를 어쩌나?"

"큰일 났네."

늦었습니다. 더 이상 지체할 수 없습니다. 언니들은 황급히 올라가야 했습니다. 어쩔 수 없었습니다. 그래서 홀로 남을 셋째가 걱정이 되었지만, 언니들은 하늘로 올라갔습니다. 이제 셋째 선녀는 홀로 남았습니다. 홀로 남은 셋째 선녀는 슬프게 울었습니다.

"흑흑흑…."

"……."

"나 어떡해?"

셋째 선녀는 어찌해야 될지 몰랐습니다. 무섭기도 했습니다. 이를 지켜보던 나무꾼은 침을 꿀떡 간신히 넘겼습니다. 잘 못 되지는 않을까하는 생각에 가슴도 벌렁거렸습니다.

이윽고 나무꾼은 슬그머니 선녀에게 다가갔습니다. 나무꾼은 자신이 날개옷을 감췄다고 말하고, 함께 살자고 했습니다. 같이 살면

나중에 날개옷을 내주겠다고 약속했습니다.

"......."

선녀는 하는 수 없었습니다. 나무꾼을 따라 내려갔습니다. 얼마 지나지 않아 집에 도착했습니다. 나무꾼은 정말 기뻤습니다.

그렇게 하여 그럭저럭 세월이 흘렀습니다. 나무꾼과 선녀 사이엔 아이 둘이 생겼습니다. 선녀는 아이가 하나 생길 때마다 하늘을 보며 눈물을 흘렸습니다. 하늘이 그리워서였습니다. 신세가 한탄스러웠던 선녀는 그때마다 나무꾼에게 날개옷을 한 번만 보여 달라고 애원했습니다. 나무꾼은 가슴이 아팠지만 꾹 참았습니다. 모든 것을 잃을까 두려웠습니다. 절대로 안 된다고 말했습니다. 사슴이 아이 넷을 낳기 전에는 절대 보여 주지도 말라고 경고했기 때문입니다.

또다시 세월이 흘러 아이를 하나 더 낳았습니다. 나무꾼은 너무 기뻤고 행복했습니다. 하지만 이번에도 선녀는 울며불며 딱 한 번 보여만 달라고 애원했습니다. 나무꾼은 너무 안타까웠습니다. 더 이상 참기 힘들었습니다.

'이제 셋이나 되는데….'

'설마 보여 주는 것쯤이야.'

'아니야. 하지만 사슴이 절대로. 신신당부했는데….'

나무꾼은 망설였습니다. 그렇지만 선녀가 더욱 매달리며 애원하자, 하는 수 없었습니다. 머뭇거리다가 결국 날개옷을 옷장 깊은 곳에서 꺼내 보여 주었습니다.

하지만 그것은 큰 실수였습니다. 선녀는 울다가 나무꾼이 날개옷을 보여 주자 확 낚아챘습니다. 낚아채자마자 선녀는 옷을 입었습니다. 갓난아이는 업고, 큰아이 둘은 양팔에 안았습니다. 그러더니 '휙'하니 하늘로 올라가 버렸습니다. 손쓸 겨를도 없이 순식간에 벌어진 일이었습니다. 나무꾼은 어안이 벙벙했습니다.

나무꾼은 한참을 멍하니 하늘만 쳐다봤습니다. 갑자기 다리 힘이 탁 풀려 털썩 주저앉고 말았습니다. 마음이 휑하니 뻥 뚫린 듯했습니다. 이내 갑자기 밀려오는 슬픔을 억누를 길 없어 엉엉 울고 말았습니다. 땅을 치며 후회해도 소용없었습니다. 아무에게도 위로받을 수 없었습니다. 주저앉아 하늘만 쳐다봤습니다. 하염없이 눈물만 흘러내렸습니다.


얼마가 지나자, 나무꾼은 그래도 나무를 해야 했습니다. 하지만 나무를 하다가도 하늘만 쳐다보면 눈물이 났습니다. 보고 싶었습니다. 눈물을 훔치며 나무를 하다가도 '엉엉' 울었습니다. 슬프게 우는 소리가 산을 울렸습니다.

그때 사슴이 나타났습니다. 우는 소리를 듣고 달려온 것이었습니다. 나무꾼은 사슴의 목을 껴안고 또 '엉엉' 울었습니다. 그동안 있었던 일에 대해 울먹이며 말했습니다. 사슴은 안타까웠습니다.

'그렇게 신신당부했었는데…'

사슴은 그래도 나무꾼을 도와주고 싶었습니다.

"이제 선녀들이 안 내려올 거예요."

"…."

"다만 하늘에서 두레박이 내려와 물을 길어 갈 거예요. 그러면 첫 번째, 두 번째 두레박은 그냥 놔두세요. 다음으로 세 번째 두레박이 내려올 거예요."

"으음."

나무꾼은 하나라도 놓칠세라 귀를 쫑긋 세웠습니다.

"세 번째 두레박이 내려와 물을 길어 올라가려 하면, 그때 물을 쏟아 버리고 대신 두레박 안에 앉아 있으면 돼요. 아셨지요?"

"어어."

"그러면 하늘로 올라갈 거예요."

사슴의 말에 나무꾼은 기뻤습니다. 고맙다는 말을 연신하였습니다.

드디어 보름날이 되었습니다. 또 사슴이 알려준 대로, 그곳으로 갔습니다. 사슴이 일러 준 대로였습니다. 나무꾼은 기뻐서 하마터면 소리칠 뻔 했습니다. 첫 번째, 두 번째 두레박은 그냥 올려 보냈습니다. 그리고 세 번째 두레박이 내려오자, 사슴이 알려 준 대로 물을 쏟아 버리고 올라타 앉았습니다. 두레박은 잠시 주춤하더니 이윽고 하늘로 올라갔습니다.

나무꾼이 하늘에 올라가 보니 큰 버드나무 밑에서 아이들이 놀고 있었습니다. 놀고 있던 아이들도 나무꾼을 발견했습니다.

"와, 아버지다."

"아버지 온다."

아이들은 집으로 뛰어갔습니다. 집으로 뛰어간 아이들은 엄마 손을 잡아끌고, 뒤에서 밀며, 아버지 있는 데로 다시 돌아왔습니다.

선녀도 나무꾼을 보니 기뻤습니다. 어떻게 올라왔냐고 반갑게 물으면서 나무꾼을 집으로 데리고 들어갔습니다.

그런데 그때 어떻게 알았는지, 선녀의 아버지가 왔습니다. 선녀의 아버지는 나무꾼을 보자 아주 언짢은 듯이 눈살을 찌푸렸습니다. 그러곤 한마디 툭 내뱉었습니다.

"사람이 어찌 하늘에 와서 산다냐?"

"기회를 주세요. 아버지."

"안 돼."

단호했습니다. 하지만 선녀가 계속 사정하자, 아버지는 못이기는 척 말했습니다.

"하늘에서 살려면, 그만한 재주가 있어야지. 에헴."

선녀의 아버지는 시험해 봐야겠다고 하면서, 일단 내일 아침에 와서 인사를 올려 보라고 했습니다. 선녀와 나무꾼은 뛸 듯이 기뻤습니다. 아이들도 펄쩍펄쩍 뛰며 기뻐했습니다. 선녀는 아버지가 가시자마자 말했습니다.

"아버지는 황계수탉이 돼서 저기 저 담 모퉁이에 가 계실 거예요. 그리고 어머니는 큰 구렁이가 돼서 담장 위에 누워 계실 거예요. 내일 아침 거기에 가서 먼저 인사를 하고, 왜 이런 데에 계십니까 하고, 방으로 모시고 가면 돼요."

나무꾼은 알았다고 말했습니다.

다음 날 아침, 나무꾼은 장인, 장모께 인사를 하려고 갔습니다. 담 모퉁이에는 황계수탉이 꼬꼬댁꼬꼬댁하며 걸어가고 있었습니다. 나무꾼은 얼른 다가가 말했습니다.

"아이고 장인어른, 어째서 그런 모습을 하고 그런 곳에 있습니까? 빨리 본 모습을 하시고, 방으로 들어가 인사 받으시지요."

그러자 선녀의 아버지는 멋쩍은 표정을 지으며 본 모습으로 돌아왔습니다. 또 나무꾼은 담장 위에 걸쳐 있는 구렁이를 보고 말했습니다.

"아이고 장모님, 어쩌자고 그런 추한 모양을 하고 계십니까? 어서 본 모습을 하시고 방으로 들어가 인사 받으시지요. 하하하."

그랬더니 장모님도 마찬가지 표정을 지으며 본 모습으로 돌아왔습니다. 나무꾼은 이렇게 첫 번째 시험을 통과했습니다.

그런데 이것을 지켜본 처형들은 괘씸했습니다. 그런 재주만으로 하늘에 살게 해 준다는 것은 있을 수 없는 일이라고 했습니다. 그러면서 화살 세 대를 멀리 쏴서 그것을 다 찾아가지고 올 만한 재주가 있어야 하늘에서 살 수 있으니, 그런 재주가 있는지 시험해 보시라고 말했습니다. 선녀의 아버지도 '그게 좋겠다'고 하면서 고개를 끄덕였습니다.

"자, 그럼 내가 활을 세 번 쏠 테니 화살촉을 찾아가지고 오거라."

선녀의 아버지는 나무꾼에게 말하며, 활을 쏘았습니다. 그러자 나무꾼은 시무룩한 표정으로 집으로 왔습니다. 선녀는 왜 그러냐고 물었습니다. 나무꾼은 처형들의 얘기를 다 했습니다. 그랬더니 선녀는 걱정하지 말라고 하며, 어디서 강아지 한 마리를 데리고 왔습니다. 선녀는 강아지 한 마리를 주면서 강아지가 가는 대로만 따라가면 화살촉이 있을 거라고 일러 주었습니다. 그리고 올 때에 화살촉을 가슴 깊이 품고 와야 하고, 절대 꺼내어 보지 말라고 했습니다.

나무꾼은 선녀가 말한 대로 강아지를 따라가서 선녀의 아버지가 쏜 화살촉을 모두 주웠습니다. 그러자마자 화살촉을 서둘러 가슴 깊이 품었습니다. 그런데 얼마쯤 지나자, 나무꾼은 이 화살촉이 어떻게 생겼는지 궁금해졌습니다. 그래서 살짝 꺼내 봤습니다.

바로 그때, 느닷없이 까마귀 두 마리가 날아와 재빠르게 화살촉을 낚아챘습니다.

'아차!'

나무꾼은 철렁했습니다. 큰일 났습니다.

아, 그런데 그때, 독수리가 갑자기 나타났습니다. 나무꾼은 혹시나 했습니다. 하지만 독수리는 까마귀한테서 화살촉을 빼앗더니 더 높이 멀리 날아가 버렸습니다.

'아, 꺼내 보지 말걸….'

나무꾼은 더 울상이 되어 버렸습니다. 그리고 한숨을 쉬며, 후회했습니다. 나무꾼은 힘없이 터벅터벅 집으로 돌아왔습니다. 나무꾼은 있었던 일을 선녀에게 모두 말했습니다. 그러자 선녀는 빙그레 웃으면서 숨겨놨던 화살촉을 꺼내 들어 보였습니다. 나무꾼은 깜짝 놀라며 말했습니다.

"그럼 독수리가 당신이었소?"

"호호호."

"하하하. 하하하. 그럼 그렇지."

나무꾼과 선녀는 손을 맞잡고 덩실덩실 춤을 췄습니다. 아이들도 덩달아 신났습니다.

이튿날 나무꾼은 화살촉을 가져다 드렸습니다. 선녀의 아버지는 내심 화살촉을 받으면서 기뻤습니다. '햐! 이놈 봐라. 제법인데?' 하면서 미소를 지었습니다. '이 정도면 됐다' 싶었습니다. 그러나 처형들은 이젠 대놓고 투덜거렸습니다. 처형들은 마지막으로 선녀의 아버지께 고양이 나라에 있는 금관을 얻어 오면 인정하겠다고 했습니다. 하는 수 없이 선녀의 아버지는 나무꾼에게 마지막으로 금관을 가져오라고 말했습니다.

나무꾼은 다시 집으로 돌아와, 이 노릇을 어떻게 하면 좋겠는지 선녀에게 물었습니다. 그런데 이번엔 선녀도 어떻게 해야 할지 모르겠다는 것이었습니다. 나무꾼은 눈앞이 캄캄했습니다. 나무꾼은 선녀에게 말을 구해 달라고 했습니다. 일단 어디든 돌아다녀 봐야 겠다고 생각한 것입니다.

나무꾼은 말을 타고 정처 없이 갔습니다. 여러 나라를 떠돌면서 금관에 대해 알아봤지만, 알 수 없었습니다. 그러던 어느 날 나무꾼은 쥐나라를 지나가게 되었습니다. 그런데 신기하게도 이 쥐나라의 왕이 나무꾼을 알아봤습니다. 나무꾼은 처음엔 몰랐지만, 차츰차츰 기억이 났습니다. 자기 집에서 살던 그 쥐였습니다. 나무꾼은 자신을 알아봐 준 쥐가 너무 고마웠습니다. 그리고 너무너무 반가웠습니다. 하지만 나무꾼은 이내 시무룩한 표정을 지으며, 고개를 푹 숙이고 눈물을 흘렸습니다. 쥐왕은 '왜 그러느냐?'고 물었습니다. 나무꾼은 지금까지 있었던 억울한 일들을 빠짐없이 쥐에게 하소연했습니다.

나무꾼의 억울한 사정을 다 들은 쥐왕은 걱정 말라고 하면서 신하들을 불렀습니다. 쥐왕은 신하들에게 고양이 나라에 있는 금관을 어떻게 하면 얻을 수 있겠는지를 물었습니다. 그러자 신하들 중 하나가 고양이 나라 궁궐까지 굴을 뚫으면 가져올 수 있을 것이라고 말했습니다. 쥐왕은 그러면 굴을 뚫고 금관을 가져오라고 명령했습니다.

쥐들은 그때부터 밤낮없이 굴을 뚫기 시작했습니다. 그러더니 며칠 뒤, 드디어 고양이 나라에서 금관을 가져오는 데 성공했습니다. 나무꾼은 뛸 듯이 기뻤습니다. 나무꾼은 쥐왕과 쥐들에게 고맙다는 인사를 하자마자 말을 타고 집으로 쏜살같이 달려갔습니다.

집에 도착한 나무꾼은 바로 선녀와 함께 아버지께 갔습니다. 그러곤 당당하게 금관을 선녀의 아버지께 바쳤습니다. 처형들은 할 말을 잃었습니다. 그 후, 선녀와 나무꾼은 하늘에서 아이들과 함께 행복하게 살았습니다.


어느 덧 세월이 냇물처럼 흘렀습니다. 나무꾼은 행복했지만, 어머니가 그리웠습니다. 보름달이 뜰 때면, 타고 올라왔던 두레박 근처를 서성이었습니다. 선녀는 이런 나무꾼이 늘 안타까웠습니다.

하루는 나무꾼이 선녀에게 어머니를 뵙고 오고 싶다고 말했습니다. 선녀는 내려가면 다시는 이곳에 올라오지 못한다고 했습니다.

하지만 나무꾼은 잠깐만 다녀오겠다며 사정했습니다. 결국 선녀는 용마를 타고 내려가되 절대로 발을 땅에 대지 말고, 어머니와 인사나 하고 올라오라고 했습니다. 나무꾼은 바로 용마를 타고, 금방 집 마당으로 갔습니다. 나무꾼은 어머니를 애타게 불렀습니다.

"어머니, 어머니."

어머니는 아들의 목소리를 듣고, 깜짝 놀라며 버선발로 뛰어나왔습니다.

"아이쿠, 내 새끼. 어디 좀 보자."

어머니는 말 위에 앉아 있는 아들의 손을 잡아끌어 얼굴부터 발끝까지 쓰다듬었습니다. 나무꾼도 어머니를 놓지 않았습니다. 하지만 나무꾼은 선녀의 말대로 용마 위에서 내리지 않았습니다. 나무꾼은 어머니께 그동안에 있었던 일들을 얘기했습니다. 그리고 다시 올라가야만 한다고 말했습니다. 그러자 어머니는 오늘 마침 나무꾼이 좋아하는 팥죽을 끓였다며, 한 그릇 먹고 가라고 했습니다.

그러고선 어머니는 급히 들어가더니 큰 그릇에 팥죽을 한가득 퍼 왔습니다. 나무꾼은 행복했습니다. 어렸을 때부터 제일 좋아했던 그 팥죽이었습니다. 나무꾼은 너무 반가워 눈물겨웠습니다. 빨리 먹고 싶은 마음에 나무꾼은 그릇이 뜨거운 줄도 모르고 급하게 받았습니다. 그런데 팥죽 그릇은 너무 뜨거웠습니다.

"앗 뜨거."

나무꾼은 얼떨결에 팥죽 그릇을 놓치고 말았습니다. 팥죽은 말 등에 쏟아졌습니다. 용마는 깜짝 놀라 벼락같은 소리를 지르며 펄쩍펄쩍 뛰었습니다. 그 바람에 나무꾼은 말 위에서 떨어졌습니다. 그러자 용마는 떨어진 나무꾼을 내버려 두고 하늘로 올라가 버렸습니다.

　나무꾼은 크게 실망했습니다. 용마가 간 쪽 하늘을 하염없이 쳐다만 봤습니다. 이제 하늘로 올라갈 순 없었습니다. 선녀와 아이들을 다신 볼 수 없게 되어 버렸습니다. 나무꾼은 또 그리웠습니다. 애타게 그리워했습니다.

◆◆◆

　엄마는 엄마입니다. 하지만 아내는 선녀입니다.

　그런데 선녀는 무엇이고 싶을까요? 아마도 선녀는 아내이고, 엄마이고, 며느리이지만, 가장은 선녀이고 싶을 겁니다. 꿈결 같은 삶의 추억 속에서 늘 머물고 싶을 겁니다. 곱게곱게, 고이 간직해 온 아름다운 소망에 설렜던 시절이 늘 그립기 때문입니다.

　그런데 현실은 그게 아닙니다. 곱게 가꿔 온 소망은 나무꾼을 만난 뒤 어딘가에 감춰져 버렸습니다. 헤아릴 수조차 없는 시간과 공간 속에 감춰졌습니다. 갑자기 사라져 버린 것입니다. 선녀의 꿈도 소망도 이젠 나무꾼의 허락 없이는 찾을 수도 없습니다. 그래서 선녀는 늘 꿈속에서 자신의 날개를 찾습니다. 기약의 시간을 헤아리며, 꿈을 꾸곤 합니다.

　가끔은 나무꾼의 눈초리를 피해 찾아도 봅니다. 무엇에라도 홀린 듯 덜컹거리는 가슴을 다독이며, 분주히 더듬어 찾아도 봅니다. 하지만 언제나 더듬는 손길의 끝엔 나무꾼이 와 닿아 있습니다. 선녀이기에 나무꾼이 늘 와 닿아 있습니다.

그럴 때마다 나무꾼은 마음이 아픕니다. 행복하게 해 주고 싶습니다. 더 이상 날개옷을 찾지 않더라도, 행복할 수 있도록 해 주고 싶습니다. 선녀가 아니더라도 행복할 수 있게 해 주고 싶습니다. 그래서 나무꾼은 더욱 열심히 살려고 노력합니다. 그리고 묵묵히 기다리며 꾹꾹 마음을 눌러 참기도 합니다. 어쨌든 넷째가 태어날 때까지만 기다리면 된다고 생각했기 때문입니다. 시간이 지나면, 잊혀질 줄 믿고 또 믿기 때문입니다. 하지만 전혀 잊혀지지 않았습니다. 나무꾼은 그래서 더 아프고 더 안타깝습니다.

하지만 아내는 선녀입니다. 날개를 잃었더라도 선녀입니다. 날개만 찾으면 날아갈 수도 있는 선녀였던 것입니다.
나무꾼은 그것을 알지 못했습니다. 깨닫지 못했습니다. 영원히 아내이고 며느리일 거라고만 생각했습니다. 그래서 견디다 못해 보여 주고 말았습니다. 안타까운 마음에 너무나 가슴이 아파 더 이상 사슴의 시간을 기다릴 수 없었던 것입니다. 그 순간 나무꾼은 아내를 잃었습니다. 날개옷을 찾아 준 순간 아내를 잃어버렸습니다. 그리고 아이들도 잃어버렸습니다. 한꺼번에 아내와 아이들 모두 잃어버렸습니다.

그러자 집도 마음도 휑하니 텅 비어 버렸습니다. 가득 찬 가슴, 행복한 마음이 뻥 뚫려 버렸습니다. 그리움으로 가득 찬 눈물은 온 대지를 적시며 흘렀습니다. 하지만 선녀는 돌아오지 않았습니다.

정신을 차린 나무꾼은 선녀를 찾아 떠날 결심을 합니다. 선녀를 찾아 긴 여행을 떠납니다. 고난의 여행을 떠납니다. 어머니를 뒤로 하고, 심각한 얼굴로 떠납니다. 그리하여 결국 선녀와 다시 만나 다시 한 가족이 됩니다. 다른 세상에서나마 다시 함께 살게 됩니다.

선녀도 기뻤습니다. 이제야 선녀도 행복해했습니다. 아이들도 행복할 수 있었습니다.

하지만 이제는 나무꾼이 마냥 행복하지만은 않았습니다. 전처럼 무엇인가 가슴 한 쪽이 텅 비어 있었습니다. 어머니 때문이었습니다. 늙으신 어머니 생각에 밥이 넘어가지 않았고 잠도 잘 오지 않았습니다. 그래서 나무꾼은 꼭 한 번만이라도 고향에 가고 싶었습니다.

그렇게 해서 내려온 나무꾼은 결국 어머니의 마음을 뿌리치지 못하고, 더 이상 선녀에게로 올라가지 못합니다. 그리워하며, 마음으로 기도하며, 나무꾼은 하염없이 오늘도 하늘만 쳐다보고 있습니다. 하지만 누구를 원망하겠습니까? 그것이 다 인연인 것을. 운명인 것을. 필연인 것을. 어떻게 인정하지 않겠습니까? 인생이 어찌 그 순리를 거역하겠습니까?

삶은 그렇게 오늘도 흘러갑니다.

부부가 될 청소년과 청년을 위한
옛이야기 산책

# 8
# 달래강

옛날 옛날, 강가 근처의 한 마을에 오누이가 살고 있었습니다. 오누이는 그 강 건너편에서 농사를 지었습니다. 서로를 위해 늘 부지런히 일했습니다. 마을 사람들은 이런 오누이를 대견스러워했습니다. 비록 부모는 없지만, 서로 아끼며 살아가는 오누이를 매우 부러워했습니다.

그러던 어느 무더운 여름이었습니다. 그날도 오누이는 강 건너 밭에서 온몸이 땀에 젖도록 열심히 일하고 있었습니다. 그때 갑자기 소나기가 쏴하고 내렸습니다. 땀에 젖은 오누이는 시원했습니다. 그래서 그냥 흠뻑 맞았습니다.

"하하하, 아-, 시원하다. 어때, 시원하지?"

"응, 시원해."

일을 멈추고 소나기를 기분 좋게 맞았습니다. 그렇게 오누이는 소나기가 내릴 동안 잠시 흠뻑 젖었습니다. 소나기가 그치자마자, 오누이는 다시 일을 하기 시작했습니다. 비에 젖은 옷이 살에 착 달라붙어 조금 불편했지만, 서둘러 일을 마치고 집으로 돌아가 점심을 먹기로 했습니다.

누이가 먼저 호미를 챙기면서 말했습니다.

"자, 그럼, 시작해 볼까?"

그러자 동생도 다시 일을 시작했습니다. 오누이는 모두 비에 젖은 채로 또 한참을 일했습니다. 어느덧 점심때가 되었습니다. 집으로 돌아가려고 밭을 나왔습니다. 길을 따라 걸어가자, 앞선 누이의 알몸이 다 보였습니다.

문득 동생은 '아름답다'는 생각을 했습니다. 동시에 여태껏 생각지 못했던 반응이 일어났습니다. 망측스러웠고 죄책감도 들었습니다. 남이 볼까 봐, 특히나 누이가 뒤돌아볼까 봐 두려웠습니다. 하지만 감출 수가 없었습니다. 어쩔 수 없이 동생은 구부정하게 몸을 구부리고 움츠렸습니다.

이윽고 강가에 도착했습니다. 먼저 누이가 강을 건너려고 했습니다.

"자, 건너가 볼까?"

"으응."

그런데 비가 온 탓인지 물이 많이 불어 있었습니다. 누이는 건너가기가 힘들어 다시 강가로 나왔습니다. 동생은 하는 수 없이 누이를 없고 건너기로 하고 누이를 업었습니다. 누이를 업자 동생은 다시 억누를 수 없는 마음이 솟구쳤습니다. 견딜 수 없었습니다. 온몸이 화끈거렸습니다.

부부가 될 청소년과 청년을 위한
옛이야기 산책

가까스로 강을 건네주고 먼저 누이를 보냈습니다. 누이는 밥을 차리고 있을 테니 빨리 오라고 하고서 먼저 갔습니다. 누이를 보내고 나서, 동생은 주저앉아 버렸습니다. 누이의 몸을 보고 욕정을 느꼈다는 것이 너무 부끄럽고 죄스러웠기 때문이었습니다. 동생은 자신의 남근을 움켜쥐었습니다. 그러고 나서는 낫으로 남근을 잘라 버렸습니다.

'아악.'

그 자리에서 동생은 피를 흘리며 죽었습니다. 바로 그때, 누이의 심장이 벌렁거렸습니다. 갑자기 불길한 느낌이 싸하니 엄습했습니다.

'왜 이렇게 늦지?'

'뭔 일이 있나?'

누이는 동생이 한참을 기다려도 오지 않자, 강가에 나와 봤습니다. 그런데 저만치 동생이 피를 흘리며 쓰러져 있었습니다. 내쳐 달렸습니다. 어찌된 일인지 동생은 죽어 있었습니다. 누이는 동생을 부둥켜안고 엉엉 울었습니다.

'어찌 이런 일이?'

남근을 잘라 버린 동생이 너무 안타까웠습니다. 억장이 무너졌습니다.

"이럴 줄 알았으면, 이럴 줄 알았으며언, 어헝헝."

"달래나 보지, 달래나 보지."

"아이고, 이럴 줄 알았으면, 달래나 볼걸. 달래나 볼걸."

그 후부터 마을 사람들은 그 강을 '달래강'이라 불렀습니다.

•••

성에 대해서는 누구나 조심스럽습니다. 꺼내기가 쉽지 않습니다. 은밀한 이야기로 예민하게 받아들여질 수도 있기 때문입니다. 어떤 경험을 가지고 있는지도 모르니 오해를 살 수도 있고, 상대가 어떻게 생각하는지도 모르기 때문입니다. 그래서 처음에는 조심스럽습니다. 꺼내기가 망설여집니다.

부부의 성도 마찬가지입니다. 벗은 몸을 보이는 것도 어렵지만, 몸의 은밀한 부분마저도 허락하는 것은 더욱 어렵습니다. 사랑하는 사람 앞이기에 더더욱 그렇습니다. 어떻게 생각할까? 좋아할까? 안 좋으면 어떻게 하지? 그래서 처음은 매우 불안하고 두렵습니다. 매우 어색하여 머뭇거려지기도 하고, 망설여집니다. 매우 쑥스럽기도 하고 부끄럽기까지도 합니다.

합법적이라 해서, 남부끄러운 일이 아니라는 것으로 모든 것이 해소되는 것은 아닙니다. 한 올도 걸치지 않은 알몸을 상대에게 선뜻 보이기는 누구도 쉽지 않기 마련입니다. 아무리 혼인을 했다손 치더라도 그렇습니다. 그래서 대개 더 수줍은 쪽이 먼저 불을 끄고 싶습니다. 조금이나마 부끄러운 마음을 보이고 싶지 않기 때문입니다. 빛에 노출된 자신의 모습이, 부끄러움이 너무 적나라하게 드러나기 때문입니다.

그래도 어느 정도 시간이 흐르면, 두려움도, 어색함도, 쑥스러움

부부가 될 청소년과 청년을 위한
옛이야기 산책

도 조금씩 가십니다. 익숙해지면서 조금은 서로 안도하기도 합니다. 서로 인정하기 때문입니다. 서로 허락하기 때문입니다. 있는 그대로의 상대를 받아들이기 때문입니다. 울퉁불퉁하더라도, 조금은 울룩불룩하더라도, 흉터가 있더라도, 점이 있더라도, 혹이 있더라도, 사마귀가 있더라도 그렇습니다.

조금은 더 아름답고 멋있다면, 힘 있다면, 더 컸다면, 더 부드러웠다면 하는 아쉬움도 있지만, 굳이 욕심 부리지도, 투정하지도 않습니다. 사랑하는 사람이기에, 못났든 모자라든 평생을 함께 보듬고 살아갈 동반자이기에 그렇습니다.

더군다나 이젠 돌이킬 수 없는 내 사람이기 때문입니다. 내가 부둥켜안고 살아갈 사람의 몸이고, 마음이기 때문입니다. 조금은 만족스럽지 않더라도, 아니 많은 아쉬움이 남더라도 대개는 그냥 그 아쉬움마저 들킬까 애써 표정을 감추기도 합니다. 굳이 내색하기도 껄끄럽기 때문입니다.


하지만 그런 아쉬움을 꼭꼭 눌러 감추고 살아간다면, 부부는 부부로서 가져야 할 행복 한 부분을 포기하는 것과 같습니다.

인간은 행복을 추구하며 사는 존재입니다. 언제나 행복하려 노력합니다. 행복하지 못하면 살 수 없는 존재입니다. 부부도 마찬가지입니다. 부부로서 사는 것도 행복을 위함입니다. 행복하지 않다면, 살 이유가 없는 관계일 수도 있습니다. 그런데 부부의 행복에 성적 만족을 빼놓을 수는 없습니다. 부부의 성관계는 행복의 하나입니다.

그것도 아주 중요한 요소 중 하나입니다. 서로에 의한, 서로를 위한 기쁨이 되고, 위로가 되고 사랑이 되기 때문에 더욱 그렇습니다. 그것도 떳떳하게 누릴 수 있고, 누려야만 하는 행복인 것입니다.

그런데 만약 스스로 도덕적 굴레 속에서, 자신의 욕망을 죄스럽게 생각해서 스스로 억누른다면, 부부의 행복 일부분은 포기되는 것과 같습니다. 결국 그것은 부부 모두에게 해가 됩니다. 불만족스러운 관계가 오래 지속된다면, 부부는 그만큼의 행복을 또 다른 곳에서 반드시 찾아 채워야 할 것입니다. 직장 생활, 학업, 양육, 취미생활, 모임 등등에서 찾은 행복으로 채워야 할 것입니다.

다행히 찾는다면 아마도 그 부부는 조금은 더 행복할 것입니다. 그러나 불행히 찾지 못한다면, 그 부부는 부부로서 누려야 할 행복의 한 부분을 채우지 못한 채로 살아가야만 할 것입니다. 아니, 매우 큰 행복을 누리지 못한 채 살아가야만 할 것입니다. 그래서 우리는 부부 안에서 유일하게 성적으로 자유롭고 개방적이어야 한다는 생각에 이릅니다.


부부 안에서 성적으로 자유롭고 개방적이려면, 먼저 인정해야 합니다. 상대의 성적 욕망도 인정해 주어야 합니다. 무시하거나 피해버리는 것은 무책임이고 배신일 수 있습니다. 서로를 믿고 의지하며 한결같은 마음으로 살기를 바라는 상대에 대한 무책임이고 배신일 수도 있는 것입니다. 부부는 동반자입니다. 부부는 부인하려고 해도 어쩔 수 없는 성적 동반자이기도 합니다. 한배를 타고, 함께 길을 걷는 어깨동무입니다.

그러므로 삶에서 가지는 당연한 삶의 일부를 인정해 주어야 합니다. 마음속에 꾹꾹 눌러 감추면 감출수록 부부간의 행복은 멀어질 수밖에 없기 때문입니다. 인간이기에 가지는 자연스러운 욕망임을 인정하고, 부부이기에 그 욕망을 자연스럽게 추구하고 실현할 수 있을 때, 비로소 부부가 행복해지기 때문입니다.

그렇기에 부부는 더더욱 성에 있어 감추려 해서는 안 됩니다. 서로에게 가지는 성적 매력과 성적 욕망을 감추지 말아야 합니다. 아주 솔직하지는 못하더라도 서로에게 드러내려 노력해야 합니다. 서로의 체면과 이미지를 지키기 위해 또는 그 외의 다른 이유가 있을지라도 숨기는 것은 바람직하지 않습니다. 그렇게 되면, 어느새 거리를 두게 되기 때문입니다. 자신들도 모르게 멀어지기 때문입니다. 상대에게 채울 수 없는 욕망의 실현을 위해 다른 곳으로 마음을 돌리기도 하기 때문입니다.

그러므로 부부간의 성적 관계에 있어서 부부는 더 적극적이고 능동적인 자세를 취해야 합니다. 서로에 대한 배려와 책임 있는 노력으로 부부의 사랑과 행복을 채워 나가야 합니다.

그러므로 두려워 말아야 합니다. 행복을 위한 몸짓을 두려워하지 말아야 합니다. 게다가 더더욱 중요한 것은 두려워하게 해서도 안 된다는 것입니다. 이러한 이야기 자체를 금기시하고 수치스럽게 여긴다면, 아마도 그 부부는 더 이상 부부 생활의 중요한 부분을 함께

할 수 없기 때문입니다. 그렇게 된다면, 다른 속 깊은 이야기마저
도 더 이상 나누지 못하게 될 수도 있기 때문입니다.

게다가 함께 행복해지기 위해서 떳떳하고 당당히 요구해야 합니
다. 그래서 함께 노력해야 합니다. 상대가 어떻게 생각할까 두려워
해서도 안 됩니다. 서로를 위해 두려움은 바람직하지 않습니다. 서
로의 성적 바람을 수치스러워 해서도 안 됩니다. 서로에게 성적으
로도 충실할 때 진정으로 부부가 될 수 있기 때문입니다. 서로의 불
편한 성적 욕망까지도 보듬고 가야하는 관계가 부부이기 때문입니
다. 내보이기 싫은 성적 욕망까지도 함께 보듬고 가는 부부가 진정
한 부부인 것입니다. 그럴 때에 비로소 부부가 될 수 있는 것이기도
하기 때문입니다.

또한 부부는 성적 취향마저도 공유해야 합니다. 궁합이 맞는 것
으로는 부족합니다. 궁합을 서로 맞추고, 성적 취향도 공유하여 맞
춰 나가야 합니다. 서로가 합의하는 수준에서 조금씩 공유하며 맞
춰 나가야 합니다. 다른 여러 가지 문제에 대해 자연스레 삶과 경
험, 그리고 배움을 공유하듯 그래야 합니다. 먼저 다가가 사랑하
고, 행복하게 해 줘야 합니다. 그럴 때에 부부는 사랑으로 더욱 아
름답게 피어날 수 있습니다. 행복한 부부 생활의 일부분을 함께 채
울 수 있습니다. 인간이 가지는 또 하나의 본능적 욕망을 속이지 않
고 부부 관계를 통해 솔직하게 해소함으로써 인간으로서의 삶을 원
만히 영위해 나갈 수 있습니다.

그러니 먼저 인정하고, 배려하고, 노력해야 합니다.

# 9
# 시어머니와
# 며느리

옛날, 어느 마을에 며느리와 시어머니가 살고 있었습니다. 하루는 시어머니하고 며느리하고 나들이를 갔었습니다. 얼마를 가니 시냇물이 시원하게 흐르는 냇가에 도착했습니다. 시어머니와 며느리는 냇물이 깊은지 얕은지 몰라 한동안을 머뭇거렸습니다.

그때 한 건장한 젊은이가 다가왔습니다. 시어머니는 '잘됐다' 싶어 다짜고짜 냇물이 깊어서 우리는 건너가기 어려울 것 같으니, 우리를 건네줄 수 없냐고 물었습니다. 젊은이는 그거야 어렵지 않으니 건네주겠다고 했습니다. 그러자 시어머니는 며느리를 먼저 건네주라고 했습니다.

그래서 젊은이는 먼저 며느리를 업고 냇물을 건너기 시작했습니다. 아, 그런데 이게 웬일입니까? 이거 참. 느닷없이 젊은이는 냇물 한가운데 있는 펑퍼짐한 바위 위에 며느리를 눕혀 놓고 한바탕 일을 시작하는 것이었습니다. 시어머니는 급하게 소리쳤습니다.

"야, 며늘애야. 며늘애야. 돌아누워라. 돌아누워."

"…."

"야, 돌아누우란 말이다. 돌아누워."

그 젊은이는 그러든지 말든지 느긋하게 일을 다 마치고 마저 냇물을 건네주었습니다. 그러고 나서 다시 건너와 이번에는 시어머니를 업어 냇물을 건너기 시작했습니다. 아, 그런데 이게 또 웬일입니까? 젊은이가 냇물 한가운데에 이르자, 바로 그 바위 위에 시어머니를 눕혀 놓고 또 한바탕 일을 시작하는 것이 아니겠습니까?

그런데 시어머니는 돌아눕지도 않고 그대로 가만히 있는 것이었다. 며느리는 그런 시어머니를 보고, 입을 삐쭉거리며 말했습니다.

"흥, 날 보고는 돌아누우라고 고래고래 소리치더니, 자기는 왜 돌아눕지 않고 가만있는 거야."

"…."

"흥. 나한텐 그렇게 소리소리 치더니, 원."

며느리는 시어머니가 다 건너올 때까지 들으라는 듯이 큰 소리로 계속 투덜거렸습니다.

◆◆◆

시어머니도 여자입니다. 아니 여자이기 전에 인간입니다. 인간이기에 가지는 본능적인 욕구는 누구나 비슷합니다. 어느 정도의 차이는 있겠지만 다르지 않습니다. 그렇기에 항상 채우지 못한 욕구에 목말라 합니다.

누구나 사랑받고 싶습니다. 사랑하고 싶습니다. 배려 받고 싶습니다. 베풀고 싶어 합니다. 여유 있는 마음으로 아껴 주고도 싶습니다.

그리고 아무런 이유 없이 다른 사람을 괴롭히고 싶은 사람은 없습니다. 선한 마음이 마음 깊은 곳에 깃들어 있지 않은 인간은 없기 때문입니다. 그런 때는 분명히 자기 삶의 이유가 있습니다. 상처가 있습니다. 두려움이 있습니다.

그 이유 때문에, 그 아물지 못한 상처 때문에, 두려움 때문에, 선한 속마음은 그렇지 않은데, 나도 모르게 상대를 어렵고 힘들게 합니다. 불편하게 만듭니다. 심지어 불행하게 만들기도 합니다. 하지만 원래 인간이 악하기 때문에 그런 것은 아닙니다. 악하게 태어났기 때문도 아닙니다. 다만, 살면서 자신의 본래의 마음을 잊은 것입니다. 잃어버린 것이 아니라 잠시 어디에 두었는지 잊고 사는 것입니다. 선한 자신의 마음으로 사는 것이 어렵고 힘들기에 잠시 묻어 두고 애써 잊어버린 것입니다.

그러므로 우리는 "저 사람은 나쁜 사람이야."라고 단정하기 전에 그렇게 된 이유를 궁금해 해야 합니다. 그 사람의 삶과 상처, 부끄러움과 두려움, 한을 곰곰이 생각해 봐야 합니다. 그럴 수밖에 없는 이유, 그렇게 해야 살 수 있는 이유를 생각해 봐야 합니다.

그 이유 중의 하나는 부러움 때문입니다. 상대가 너무나 부럽기 때문입니다. 자신이 가지지 못한 것을 다른 사람이 가지고 있다면 당연히 부러울 것입니다. 자신이 누리지 못한 것을 다른 사람은 자연스레 누린다면, 이 또한 부러울 것입니다.

시어머니도 같습니다. 며느리도 같습니다. 여자라면, 아니 인간이라면 누구나 그렇습니다. 누구나 인간으로서 여성으로서 가지는 욕구가 있습니다. 그런데 그 욕구를 실현시키지 못했을 때는 누구나 아쉬움이 남습니다. 그런 아쉬움이 쌓이고 쌓여 상처가 됩니다. 게다가 상처에 상처가 쌓이고, 꾹꾹 눌려집니다. 그리하여 결국 한이 됩니다. 충족되지 못한 욕구가 꾹꾹 눌려진 채로 방치되어 병이 됩니다.

자신이 하고 싶었던 것, 하지 못한 것, 받고 싶었던 것, 가지지 못한 것, 주고 싶었던 것이 있었을 겁니다. 때가 되면 마음껏, 마음 내키는 대로 하고 싶었을 겁니다. 하지만 삶은 그때도 호락하지 않습니다. 그때는 또 그 때대로 어렵고 힘든 삶의 여정이 기다리고 있기 마련입니다.

그래서 또 참았을 겁니다. 또 마음속 한으로 꾹꾹 눌러 두기도 했을 겁니다. 그렇게 또 시간이 흘러갔을 겁니다. 그렇게 또 살아왔을 겁니다. 아마도 지금에 와선 꺼내 볼 용기도 없어져 버렸을 겁니다.

그래서 더욱 부러워졌습니다. 그 부러움이 시기가 되어 버렸습니다. 질투가 되어 버렸습니다. 자신도 모르게 자신의 시어머니와 같은 말을 하게 되어 버렸습니다. 몸짓도 닮아 버렸습니다. 자신은 그래도 다르다고 하면서도 그렇게 되어 버렸습니다. 그래도 나은 거라고 생각하면서 스스로를 달래는 자신이 되어 버렸습니다.

그런데 이젠 우리가 여기서 멈춰야 합니다. 강하게 마음을 먹어 끊어야 합니다. 우리 삶의 질곡과 그 소용돌이에서 벗어나야 합니다. 그러기 위해서는 이해해야 합니다. 용서해야 합니다.

측은한 마음으로, 연민으로 다가가야 합니다. 너그럽게 이해하고 용서해야 합니다. 그리고 사랑으로 다가가야 합니다. 그렇지 않으면, 아마도 우리 삶의 질곡과 그 소용돌이는 영원히 멈추지 않을 것입니다.

# 10

## 며느리와
## 딸

　옛날 어떤 마을에 한 영감이 살고 있었습니다. 그 영감은 딸하고 아들하고, 자식이 둘 있었습니다. 두 자식들은 장성하여 딸은 시집 가서 살고, 아들도 장가를 갔습니다.

　영감 내외가 처음에는 아들이랑 함께 살았습니다. 그런데 마누라 가 며느리를 어찌나 흉을 보고, 구박하는 통에 함께 살 수가 없었 습니다. 어디가 못마땅한지 틈만 나면 늘 아들 며느리를 괴롭히자, 역정이 나 도저히 살 수가 없었습니다. 그래서 참다 참다 못한 영감 은 이웃 동네로 아들과 며느리를 따로 나가 살게 했습니다.

　하루는 영감이 마누라 보고 말했습니다.

　"바람이나 쐬어야겠네."

　"그러시구려. 그런데 어디를 가시려오."

　"딸네 집이랑 아들네 집이랑 들러 볼 참이여."

　"잘 다녀오시구려."

　영감은 알았다고 말하며 집을 나섰습니다. 시집을 가 멀리 떠난 딸이 먼저 보고 싶었습니다. 또 어떻게 사는지도 참 궁금했습니다. 그래서 딸네를 먼저 들렀습니다. 딸은 베틀에 올라앉아서 베를 짜고 있었습니다. 베틀에서 베를 짜고 있던 딸은 아버지를 보고 반갑게 말인사를 했습니다.

"아이고, 아버지. 어쩐 일이오. 깜짝 놀랄 일이구만."

"그래, 잘 지내고 있느냐?"

"그럼요, 잘 지내고 있지요."

딸은 반갑게 맞이했습니다. 하지만 딸은 그것뿐이었습니다. 말은 반갑게 하면서도 계속 베를 짜며, 베틀에서 내려오지 않고 말을 이었습니다.

"제가 지금 베를 짜느라고 베틀에 앉지 않았더라면 씨암탉도 잡고, 국도 끓이고, 더운밥도 지어서 드릴 텐데. 이거 어떻게 하지요?"

"…."

"하던 일마치고 내려갈게요. 아버지."

"허허, 그래. 그러려무나."

딸은 그렇게 말하고는 영감이 있든 말든 아랑곳하지 않고, 베틀에 앉아 분주히 베를 짜기만 했습니다. 영감은 딸 하는 꼴이 너무나 괘씸했습니다. 하지만 아무 말도 하지 않았습니다. 모처럼 큰맘 먹고 왔는데, 기분이 몹시 언짢았습니다. 그래서 영감은 간다는 말도 하지 않고, 딸네 집을 '휭'하니 나와 버렸습니다.

잠시 후, 영감은 마음을 다잡고 다시 발길을 재촉했습니다. 집으로 돌아가는 길에 이웃 동네에 있는 아들네에 들를 참이었습니다.

어느덧 영감이 아들네 집 가까이에 오자, 딸네에서의 분한 마음은 이미 가라앉았습니다. 드디어 아들네 집에 도착했습니다. 영감은 아들 집 문 앞에 도착하자마자 인기척도 없이 바로 들어갔습니다.

들어가자 쌀겨가 한쪽에서 타고 있었습니다. 그리고 며느리는 다른 쪽에서 벼를 묶고 있었습니다. 며느리는 시아버지가 갑자기 들어오시자 깜짝 놀라워하며 반겼습니다.

"아이고, 아버님 어쩐 일이요. 깜짝 놀랐네요. 호호호."

"그래 잘 있었느냐?"

"예. 그럼요. 잘 있었구만요."

며느리는 하던 일을 멈추고, 영감을 안방으로 모시고 들어가 큰절을 올렸습니다. 그러고 나서는 부리나케 부엌으로 갔습니다. 그러더니 씨암탉 잡는 소리가 났고, 조금 있다가는 칼질하는 소리, 국 끓이는 소리, 밥 끓는 소리가 분주하게 들렸습니다.

'뭘 한다냐?'

시아버지는 군침이 돌았습니다. 마침 아들이 저녁을 먹으러 들어왔습니다. 인사를 하고 오랜만에 시아버지와 아들과 며느리는 맛있는 저녁밥을 배부르게 잘 먹었습니다. 시아버지는 이렇게 잘 대접받고 기분 좋게 집으로 돌아왔습니다.

돌아와서 영감은 마누라에게 말했습니다.

"베 짜다 말고 베틀에서 내려와 밥하는 것이 쉬운가? 아니면 벼 묶다가 벼 묶던 것을 치우고 밥하는 것이 쉬운가?"

"아 그야, 베 짜다가 베틀에서 내려와 밥하는 것이 벼 묶다가 벼 묶던 것을 치우고 밥하는 것보다 훨씬 쉽지요."

그 말을 들은 영감이 말했습니다.

"아, 아들네 집에 갔더니 며느리는 베를 짜고 있는데, '아이고 아버님. 어떡하지요. 아버님 오셨는데 베 짜다 말고 내려가서 진지해 드리지 못해서 어쩌지요' 하면서 그냥 베만 짜고 있습디다."

"… ."

"아 그런데, 딸네 집에 갔더니, 아, 벼 묶고 있던 딸이 나를 보더니마는 벼 묶던 것을 그만두고 나를 안방으로 모셔 들이고 나서 씨암탉을 잡고, 더운밥, 국을 내어 잘 대접하더구만."

그러자 마누라는 딸을 더욱 추켜세우며 말했습니다.

"아암, 그럴 것이요. 아들 며느리가 아무리 잘한다고 해도, 아, 딸만 하겠어요. 호호호."

"… ."

"아, 내가 옛날에도 그랬잖아요. 며느리년은 아주 못됐어요. 이제 당해 보니까 알겠지요? 호호호."

"… ."

"아, 그리고 말이야. 지난번엔… ."

"됐네. 이 사람아. 그만하소."

마누라가 며느리 험담을 쉴 새 없이 늘어놓자 영감은 짜증이 났습니다. 이젠 거꾸로 들렸습니다. 그 후론 마누라 말이 들리지 않았습니다.

그러던 어느 날이었습니다. 며느리 집에 갔다 온 지 며칠이 지난 뒤였습니다. 영감은 며느리와 딸한테 자신이 죽었다고 알리라고 했습니다. 며느리와 딸을 시험해 볼 테니 절대 아무 말하지 말라고 신신당부를 했습니다. 마누라는 알았다고 하면서 꼭 그걸 시험해 봐야 아냐고 핀잔을 주었습니다. 하지만 영감은 꼭 확인해 봐야 한다면서 내 말대로만 하라고 다시 한 번 다짐을 시켰습니다.

얼마 후, 며느리가 먼저 급히 왔습니다. 며느리는 도착하자마자 시아버지의 주검을 붙잡고 울며 말했습니다.

"아이고, 아이고, 아버님. 아버님께서 돌아가시다니요."

"… ."

"저번에 오셨을 때, 대접도 잘 못해 드렸는데, 이렇게 쉽게 돌아가실 줄이야. 누가 알았겠어요. 흑흑흑."

"… ."

"자식 되어 가지고 임종도 못 보다니 이런 불효가 어디 있어요."

며느리는 시아버지의 주검을 붙잡고 애통하게 울었습니다. 이렇게 애절하게 우는 며느리를 시어머니는 몹시 못마땅했습니다. 영감이 며느리 편을 들까 봐 걱정스러웠습니다. 시어머니는 발을 동동거리며 문 앞에까지 나와 딸을 기다렸습니다. 한참 뒤, 딸이 도착했습니다. 딸은 골목길에서부터 울면서 들어왔습니다. 그러더니 아버지 주검을 잡고 울면서 말했습니다.

"아이고 아버지. 저번에 우리 집에 오셨을 때 씨암탉 잡고, 더운 밥을 짓고, 국을 끓여 드렸더니…. 흑흑흑."

"… ."

　딸은 잠시 말을 멈추고, 주위의 눈치를 보고나서 다 들으라는 듯이 큰 소리로 말했습니다.

　"흑흑흑, 맛있게 드시면서 뒷산에 있는 밭하고, 동네 앞에 있는 논을 다 주신다고 하시더니만 주시기 전에 벌써 돌아가시다니. 흑흑흑. 흑흑흑."

　죽은 척하고 듣고 있던 영감은 화가 났습니다. 듣다 못해 벌떡 일어나 말했습니다.

　"에이 몹쓸 년아. 지 아버지 죽은 것은 서럽지 않고, 논밭만 탐을 내?"

　"… ."

　"에라이, 나쁜 년."

　영감은 문을 박차고 나가 버렸습니다. 딸은 죽었다던 아버지가 살아나 호통을 치며 나가자 무안했습니다. 창피해서 아무 소리 못하고 쏜살같이 도망쳤습니다. 이를 지켜본 영감은 모두 보내고 나서 마누라에게 말했습니다.

"자네는 딸 생각만 하니 딸네 집에 가서 살아. 난 아들과 며느리 데리고 살 테니까."

그 후론 시어머니도 며느리를 무지무지 아끼며 살았다고 합니다.

◆◆◆

때로는 억울할 때가 있습니다. 괜한 타박을 받기도 하고, 야단을 맞기도 합니다. 하지만 더 억울한 때도 있습니다. 오해 때문입니다. 전혀 잘못이 없는데도 아무 소리 못하고, 묵묵히 당해야만 할 때가 있습니다. 시샘이기 때문입니다. 모함이지만, 변명을 해 봐도 별반 달라지지 않은 때도 있습니다. 어떻게든 깎아내리고, 잘못을 덮어씌우기도 하기 때문입니다.

언제 어디서 어떻게 어떤 것으로 미운 털이 박혔는지도 모르고 속 수무책으로 당하기만 할 때도 있습니다. 답답하고 무척이나 속이 상합니다. 특히나 시부모님에게나 시누이들에게나, 그들 모두에게는 더욱 그렇습니다. 내가 못나서, 말을 못해서가 아닙니다. 조심스럽기 때문입니다. 한 다리 건너 가족이지만, 결혼 생활에 매우 지대한 영향을 끼치기 때문입니다. 한번 틀어지면, 쉽게 회복하기도 어려울 수 있기 때문입니다. 그리고 자신의 말과 행동이 자칫 친정에 누가 될까 두렵기도 하기 때문입니다.

그러니 이럴 땐, 말도 못하고 대놓고 짜증을 내거나 화를 낼 수도 없습니다. 대신 바가지를 긁는 수밖에 없습니다. 남편이야 아무것도 모르겠지만 일단 투정부터 부리며 툴툴댈 수밖에 없습니다. 그래야 살 것 같기 때문입니다. 하지만 그것도 살가운 남편일 때 일입니다. 그렇지도 않을 땐, 속으로만 속으로만, 울화통이 터집니다. 병이 되기도 합니다.

　하지만 마음은 마음으로 통합니다. 사람의 마음은 누구나 다 똑같습니다. 하나입니다. 비록 얼마쯤은 오해가 장벽이 되어 서로의 마음을 갈라놓을 수도 있습니다. 하지만 그것은 단지 얼마쯤입니다. 곧 지나가고 맙니다. 그리고 그것이 지나가고 나면, 마음은 또 마음으로 흘러 말없이 하나가 됩니다. 정(情)이 됩니다. 반드시 '이심전심(以心傳心)'을 이루기 마련입니다. 말없이도 서로의 마음과 마음으로 뜻이 통하게 됩니다. 살다 보면, 꿋꿋이 살다 보면 그때가 반드시 옵니다.

　마음은 속일 수 없는 것입니다. 귀를 속이고, 눈을 속일 수는 있을지라도 마음을 속일 순 없습니다. 그것은 언젠가 들통이 나기 마련입니다. 하다못해 귀속임도, 눈속임도 그리 오래가지 못하는데, 마음이야 오죽하겠습니까? 사람의 마음이 다르지 않은데, 하나로 연결되어 있는데 어떻게 느낌을 속일 수 있겠습니까? 결국 거짓말과 거짓 행동과 거짓 마음은 반드시 들통 나기 마련인 것입니다.

　그런데 어리석은 사람들은 어차피 들통 날 것을 잘난 듯이, 똑똑한 듯이 으스대곤 합니다. 눈 가리고 아웅합니다. 그뿐만 아니라 그렇게 하지 않는 사람들을 오히려 '바보' 취급하며 놀려대기도 합니다.

하지만 그런 삶은 행복하지 않습니다. 기쁘지도 않습니다. 다른 사람을 속이고 마음이 편한 사람은 아무도 없기 때문입니다. 열등감의 자기표현이기도 하기 때문입니다. 두려움 속에 조마조마한 마음으로 덜컹거리며 사는 것일 뿐입니다. 결국 참아 낸 만큼 더 큰 미소로, 웃음으로, 정(情)으로, 행복으로 다가옵니다.

그러니 우리는 좋은 마음을 가져야겠습니다. 오해를 받고, 거짓으로 인해 힘들고 어렵더라도 참고 끝까지 진실한 마음으로 살아야겠습니다. 마음을 다하고 정성을 다해 살다 보면, 그 마음이 돌아올 것입니다. 그 지긋한 마음 그대로 돌아올 것입니다. 뿌린 대로 뿌린 만큼, 아니 그 이상 돌아오기 마련입니다. 좋은 마음으로 돌아오기 마련입니다.

'심심상인(心心相印)', '이심전심(以心傳心)'이라는 말이 있듯이, 말 없이도 마음과 마음은 뜻이 통합니다. 좋은 마음은 반드시 좋은 마음으로 서로 통하게 마련입니다.

# 11

# 거울을 모르는
# 사람들

옛날 어느 마을에 한 농부가 살고 있었습니다. 농부는 어느 날 무슨 볼일이 있어서 서울로 가야겠다고 말했습니다. 그 말을 들은 아내는 무언가 곰곰이 생각하더니, 하늘을 가리키며, 간 김에 저 달 같은 것을 사 달라고 했습니다. 이름이 떠오르지 않았던 아내는 마침 그날 밤에 반달이 떴기에, 반달 같은 빗을 그렇게 말했던 것이었습니다.

다음 날 농부는 서울로 올라갔습니다. 올라가는 데만 며칠이 걸렸습니다. 농부는 서울에 올라간 김에 마음먹은 일도 보고, 구경도 하고, 장에 가서 물건도 사며 분주하게 보냈습니다. 그러다 보니 또 며칠이 훌쩍 지났습니다. 농부가 헤아려 보니 집 떠난 지 벌써 보름 가까이나 되었던 것이었습니다.

'벌써 보름 가까이 되었나?'

농부는 집을 너무 많이 비운 게 아닌가 걱정이 되었습니다. 그래서 이제 집으로 돌아가야겠다고 생각했습니다. 이튿날부터 서둘러 일을 마무리하고, 마지막 날은 느지막하니 가족들에게 줄 선물을 사러 장에 갔습니다. 그런데 다른 가족들의 선물은 다 샀는데, 아내가 사 달라고 한 것만은 기억이 나질 않았습니다.

'뭐였지?

'달 같은 거라 한 것 같은데…. 달 같은 게 뭐지?'

농부는 하늘을 쳐다봤습니다. 마침 달이 떠오르기 시작했습니다. 보름달이었습니다.

'아하. 둥근 것. 둥근 것을 말하는 거구만. 하하.'

농부는 속으로 '둥근 것'을 되뇌며, 시장을 돌아다녔습니다. 얼마쯤 돌아보니 마침 둥근 것이 딱 보였습니다. 거울이었습니다. 요리조리 농부는 거울을 살펴보았습니다.

"햐. 이거 신기하구만. 별걸 다 사달라고 하는구만."

거울엔 어떤 사람이 있었습니다. 그런데 그 사람은 자기가 하는 대로 따라 하는 것이었습니다. 농부는 참 신기해하며 거울을 샀습니다. 아내의 선물도 모두 사고 나니 저녁이 다 되었습니다. 저녁을 먹고 집에 돌아갈 생각을 하니 마음이 한결 편안해졌습니다.

다음 날, 농부는 아침 일찍 챙겨둔 짐을 메고 집으로 향했습니다. 또 며칠이 걸려 집에 도착했습니다. 가족들은 모두 나와 반갑게 맞이했습니다. 농부는 짐을 풀고 방 안으로 들어가 가족들 모두에게 선물을 하나씩 나누어 주었습니다. 아내에게는 제법 도톰한 보퉁이를 하나 척 내주었습니다. 아내는 그것을 받아들고서는 의아해했습니다.

'아니, 이게 뭐야? 난 분명히 반달 같은 빗을 사달라고 했는데….'

아내는 서운했습니다. 자기가 바라는 것이 아닌 듯했습니다. 하지만 내색하지는 않았습니다. 그래도 남편이 준 선물이었기 때문이었습니다. 아내는 기쁜 듯 웃으면서 고맙다고 말하며 풀어 봤습니다. 정성껏 싸여 있었습니다. 둥근 것이었습니다.

'이게 뭘까?'

아내는 요리조리 살펴봤습니다. 그러더니 갑자기 화들짝 놀라며 통곡을 하는 것이었습니다.

"아이고, 어머니."

"…?"

"아이고, 어머니."

"야야, 무슨 일이냐? 왜 우는 거니?"

며느리의 통곡 소리를 듣고 시어머니가 깜짝 놀라 달려왔습니다.

"아이고, 어머니. 이것 좀 보세요. 세상에…."

"… ."

"아, 저 양반이 작은 마누라를 데리고 왔다니까요. 아이고! 서울 가더니…. 엉엉, 엉엉."

"아니, 그게 무슨 말인고? 작은 마누라를 데리고 왔다니?"

"아이고, 어머니. 이것 좀 보세요. 여기 있잖아요."

아내는 시어머니께 거울을 드렸습니다. 시어머니도 거울을 받아 들고서 요리조리 살펴보더니 깜짝 놀라 말했습니다.

"야가, 누굴 놀리냐? 여기에는 늙은 할멈밖에 없구만."

"…."

"아니, 그래도 그렇지. 할멈을 데리고 오면 어떡해? 젊은 색시도 아니고…."

시어머니도 거울에 비친 자신의 모습을 보고, 농부가 할멈을 데리고 왔다고 하며, 화를 냈습니다. 그러자 시아버지가 나섰습니다.

"뭣이 어쩌고 어째? 아범이 할멈을 데리고 왔다고?"

"…."

"어디 보자. 어디 봐."

시아버지가 깜짝 놀라 거울을 보니 웬 걸, 그게 아니었습니다.

"하이고, 참. 깜짝 놀랐네. 할멈이 아니라 우리 아버지구만."

시아버지는 거울을 보면서 연거푸 인사를 하고는 반갑게 웃으며, 거울 속에 비친 사람과 대화를 했습니다. 두 무릎을 가지런히 꿇고서 말씨도 공손했습니다.

"아버지, 무슨 일이 있으시기에 이렇게 나타나셨습니까?"

"… ."

"별고 없으시지요? 헤헤."

다들 어리둥절해했습니다. 하지만 그것도 잠시였습니다. 다시 소란스러워졌습니다. 며느리는 분명히 젊은 여자를 봤는데 무슨 소리시냐며 다시 한 번 보자고 하고, 시어머니는 아니 무슨 소리냐며 분명히 할멈이라고 하며, 다시 보여 달라고 했습니다.

그렇지만 시아버지는 보여 줄 생각이 없었습니다. 오랜만에 아버지를 봤는데 그냥 줄 순 없었습니다. 결국 그렇게 한참을 서로 보겠다고 하면서 옥신각신, 엎치락뒤치락하더니 그만 시아버지는 거울을 떨어뜨리고 말았습니다. 거울은 바닥에 떨어져 산산이 깨져 버리고 말았습니다. 급기야 소란한 소리를 듣고 온 농부는 거울이 결국 깨진 것을 알고선 아내를 타박했습니다.

"내가 무슨 작은 마누라를 데리고 왔다고 이 수선을 떨어? 엉."

"…?"

"자기가 달 같은 거 사다 달라고 해서 사 왔는데 말이지. 원."

"… ."

"그래 잘됐네. 말이 나왔으니 말이지. 그래. 이제 당신 같은 여자와는 살고 싶지도 않구만."

"… ."

"이쁘기를 해. 싹싹하기를 해. 애교가 있기를 해. 음식을 잘해. 엉? 당장 나가."

그때, 시어머니가 며느리에게 조용히 다가와 속삭였습니다.

"하이고, 저놈이 또 저러네. 어디서 뭘 얻어먹고 살려고 말이야."

"….."

"아가. 너 시집올 때 입고 온 옷 꺼내 입고, '가겠다'고 해 봐라. 철렁할 거다. '이렇게 이쁜 색시를' 하며 잡을 거구만."

◆◆◆

오해가 오해를 낳습니다. 더군다나 부부에게 있어서는 더 그렇습니다. 사소한 말이 상처가 되기도 합니다. 그냥 생각 없이 내뱉은 한마디 말이 상처를 건드립니다. 그냥 마음 없이 농담처럼 던져진 말한마디가 서운하게 만들고 맙니다. 어떨 때는 서글프게도 합니다.

아마도 가장 배려받고 싶은 상대이기 때문일 겁니다. 가장 사랑받고 싶은 사람이기 때문일 겁니다. 자신이 아닌 사람 중 가장 가까운 사람이기 때문일 겁니다. 누구보다 자신을 이해하고, 믿어 주기를 바라는 사람이기 때문에 그럴 겁니다.

그래서 괜한 말 한마디에 오해를 합니다. 마음이 상합니다. 토라지기도 합니다. 서러워집니다. 더 나아가 화가 치밀어 오르기도 합니다. 마주 앉아 있는 것조차, 함께 앉아 있는 것조차, 한 공간에서 함께 숨 쉬고 있는 것조차 힘들어지기도 합니다.

내 편에게서 마저 자신이 무시당했다고 생각합니다. 그 마음이 어떻겠습니까? 유일한 사람 그 사람에게서 마저 자신이 거절당했다

**184**

부부가 될 청소년과 청년을 위한
옛이야기 산책

고 생각합니다. 그 마음이 어떻겠습니까? 그래서 한순간 스스로 무너집니다. 이 세상에서 가장 믿고 의지했던 품을 잃어버렸기 때문입니다. 그 순간 자신의 마음 둘 곳을 잃어버리게 됩니다. 포근하게 감싸 주었던 품, 아껴 주던 손길, 따뜻한 속삭임이 다 믿기지 않게 됩니다. 그러다 점점 마음이 홀로 먼 곳을 헤매게 됩니다. 외로이 헤매게 됩니다.

더군다나 상대에게 있어서 다른 사람이 있을 것 같다는 의심은 더 그렇습니다. 첫사랑이든 둘째이든 셋째이든 상관없습니다. 시간이 얼마나 지났건 그것이 문제가 아닙니다. 기분이 나쁘고 화가 납니다. 그때부터 말끝마다 오해가 붙습니다. 어깃장이 놓입니다. 그 어깃장에 화가 난 나머지 또 말이 헛나갑니다. 그 헛나간 말에 억측이 붙습니다. 오해가 붙습니다. 그렇게 오해는 또 오해를 낳습니다. 이내 서로의 마음에 불이 붙어 그칠 줄 모르는 싸움이 활활 타오릅니다.

그러고선 그날부터 말도 안합니다. 눈도 안 마주칩니다. 밥도 안 먹습니다. 잠도 따로 잡니다. 살도 안 붙입니다. 모든 신경이 서로에게 곤두서 있습니다. '혹시 그 사람?', '벌써?', '나도 모르게?', '지가 뭐 잘난 게 있다고?', '내가 얼마나 잘해 주었는데?', '나 때문에 이 정도 사는 거 아냐?', '진짜 진심일까? 아닐까? 아닐지도 몰라.', '사랑이 식었나?', '내가 뭘 잘 못해 준 게 있나? 뭔 문제가 있나?', 두렵기도 합니다. 불안하기도 합니다.

하지만 물러설 수 없습니다. 이것만은 양보할 수 없습니다. 그래서 한동안 온 집안이 싸늘합니다. 바늘방석입니다. 겉으론 태연한 척하지만 속으론 안절부절못합니다.


아마도 부부 모두 자신만 바라봐 주기를 바라기 때문일 겁니다. 자신만이 그 사랑을 홀로 독차지하고 싶어서 일겁니다. 자신만을 연인으로, 친구로, 부부로 사랑해 주기를 바라기 때문일 겁니다. 다른 사람이 들어설 자리가 없었으면 좋겠기 때문입니다. 나로 그 마음이 꽉 채워졌으면 좋겠기 때문입니다. 자신이 유일한 사랑에게서 온전한 사랑을 받고 싶기 때문입니다. 다른 사랑보다도 오직 당신의 온전한 사랑을 받고 싶기 때문입니다. 오직 당신의 온전한 사랑만을 나 홀로 가득 차게 받고 싶기 때문입니다.

그러니 아예 다른 사람에 대한 마음은 빈말로라도 꺼내지 말아야 합니다. 내 아내는 혹은 내 남편은 마음이 넓어 이해할 거라 생각하면, 오산입니다. 그것은 벼랑 끝으로 가는 길입니다.


그리고 이해한다는 말도 꺼내지 마십시오. 지키지 못할 약속이기 때문입니다. 절대로 그렇지 못합니다. 그러니 아예 꺼내지 마십시오. 솔직하다고 다 좋은 것은 아닙니다. 그것이 오히려 상대에 대한 책임이고 사랑입니다.

부부가 될 청소년과 청년을 위한
옛이야기 산책

실제로 당신이 사랑하는 건 부인이며, 남편입니다. 그 시간에 "오로지 당신만을 사랑하고, 사랑합니다."라고 말해 주십시오. 진심을 담아서.

그 시간에 "오로지 당신만을 영원히 사랑합니다."라고 말입니다.

# 12

# 아버지 의심하고 떠난 남편과
# 가짜 남편

옛날, 어느 마을에 부잣집 아들이 하나 있었습니다. 손이 귀한 부자는 아들을 일찍 혼인시켰습니다. 혼인한 아들은 매일매일 즐거웠습니다. 아내 곁에만 꼭 붙어 다니며 늘 싱글벙글거렸습니다. 부자는 이런 아들을 몹시 못마땅해 했습니다. 아들이 부인한테 '폭' 빠져서 공부를 전혀 하지 않는 것 같아 조바심이 났기 때문이었습니다.

부자 내외는 아무래도 아들의 장래가 걱정되었습니다. 그래서 고민 끝에 아들을 먼 산골 절에 맡기기로 했습니다. 거기서라도 과거 공부에 전념하기를 바라는 마음뿐이었습니다. 결국 아들 부부는 생이별을 하게 되었습니다. 그렇지만 아들은 떠날 때부터도 아내가 너무나 보고 싶어 도저히 참을 수가 없었습니다. 밤마다 절을 빠져나가 아내가 있는 방에 몰래 갔다가 왔습니다.

그러던 어느 날 밤이었습니다. 잠들었던 부자가 무엇 때문인지 한밤중에 잠이 깼습니다. 부자는 뒤척이다 이왕 일어난 김에 집안을 돌아보기로 했습니다. 아니, 그런데 혼자 있는 며느리 방에서 소곤거리는 소리가 들리는 것이었습니다. 며느리 외에 누군가 있다는 것입니다. 부자는 순간 혹시나 하며 긴장했습니다. 하지만 절대 그럴 리가 없었습니다. 고개를 절레절레 흔들면서도 살금살금 더 가까이 다가갔습니다. 역시나 남자 목소리였습니다.

그런데 그때, 마침 문이 살짝 열렸습니다. 밖을 살피는 눈치였습니다. 부자는 얼른 마루 밑에 숨었습니다. 아니, 그런데 그놈이 바로 아들이었던 것입니다. 부자는 화가 났습니다. 기껏 보냈더니 밤에 몰래 와서 아내와 시시덕거리며 놀다 가는 아들을 보니 괘씸했습니다. 부자는 아들을 불러 호통을 쳤습니다.

"아니, 이노옴."

벼락같은 소리를 들은 아들과 며느리는 황급히 부자 앞에 죄인처럼 멈춰 섰습니다.

"네가 어떻게 여기 있는 거냐? 어떻게?"

"…."

"장래가 걱정되어 보냈더니, 못난 놈. 당장 가지 못할까?"

부자는 성이 나서 펄쩍펄쩍 뛰었습니다. 며느리한테도 단단히 일렀습니다. 그날 밤부터 부자는 며느리 방 앞을 철통같이 지켰습니다. 그리고 며느리의 방문 앞에 자신의 신발과 지게 작대기를 놓아두었습니다. 아들뿐만 아니라 다른 사내놈들이 오지 못하도록 하기 위해서였습니다.

하지만 며칠이 지나자, 아들은 아내가 또 몹시 보고 싶었습니다. 아버지가 길길이 날뛰는 것은 싫었지만, 아내가 보고 싶어 견딜 수

없었습니다. 결국 아들은 다시 절을 몰래 빠져나갔습니다.

아니, 그런데 이게 어찌된 일인지? 아내의 방문 앞에 선 아들은 깜짝 놀라고 맙니다. 아버지의 신발과 지게 작대기가 가지런히 놓여 있었던 것입니다. 한동안 멍했습니다. 방엔 불이 꺼져 있었습니다. 멍하니 그것들을 바라보고 있던 아들은 온갖 생각이 다 들었습니다. 그리고 어떤 생각에 이르자, 황망하기도 했습니다. 슬프기도, 화가 나기도 했습니다. 가슴이 찢어지는 듯도 했습니다. 아버지와 아내가 한방에서 자는 게 분명하다고 생각했습니다. 이것 때문에 자신을 먼 산골 절로 보낸 것이라 생각했습니다. 절망한 아들은 그대로 돌아 나와 도망쳤습니다. 그냥 뛰었습니다. 자신만 죽으면, 없어지면 된다고 생각했습니다. 그렇지만 죽지는 못했습니다. 대신 정처 없는 길을 떠나기로 했습니다. 그러다 깊은 절로 들어가 머리를 빡빡 깎고 중이 되었습니다.

한편, 아들이 없어진 것을 안 부자는 방방곡곡을 샅샅이 찾아다녔습니다. 영문도 모르고 부자는 애타게 찾아다녔습니다. 부자의 몰골은 말이 아니었습니다. 그렇게 십년이 흘렀습니다. 하지만 도저히 찾을 수 없었고, 부자 내외는 이내 몸져누웠습니다. 하나밖에 없는 아들을 잃고 찾지도 못하자 병이 든 것입니다.

"아이고, 우리 아들."

"아이고, 우리 아들 어디 갔나? 흑흑흑."

"흑흑흑. 흑흑흑."

그러던 어느 날, 삼촌이라는 사람이 나서 조카를 '꼭' 찾고야 말겠다고 장담했습니다. 하지만 삼촌에게는 딴 속셈이 있었습니다. 부자가 병이 들고 노망기도 있어 보이자, 조카와 닮은 사람을 찾아내어 내세울 생각이었습니다.

어쨌든 그렇게 찾아다닌 지 3년째 되는 날이었습니다. 드디어 영락없이 자신의 조카와 똑같이 생긴 남자를 찾게 되었습니다. 그 남자는 자신의 말을 잘 들으면 팔자를 고칠 수 있다는 말에 혹했습니다. 예쁜 색시도 얻을 수 있다는 말에 삼촌을 따르기로 했습니다. 그날부터 삼촌의 지시에 따라 부잣집에 대해 알아 나갔습니다. 잃어버린 조카의 나이와 이름, 성격, 특징, 버릇, 집안 상황, 집안사람들의 인상착의, 친척 관계 등등과 부자 내외에 대해 알려 준 대로 철저히 외웠습니다.

얼마 후, 준비가 다 되자 삼촌은 가짜 아들을 부잣집에 데리고 갔습니다. 가짜 아들은 집에 들어서자마자 부자 내외에게 넙죽 절하며 불효자식이 이제서 돌아왔다고 했습니다.

"아이고, 우리 아들이 왔네."

"… ."

"우리 아들이 정말 왔구나."

부자내외는 가짜 아들을 와락 얼싸안으며 기뻐했습니다. 가짜 아들은 그동안 치밀하게 준비해 두었던 말들을 순서대로 말했습니다. 눈물을 흘리는 척도 했습니다. 그러자 부자 내외는 죽은 줄 알았던 자식이 돌아왔다며 잔치를 벌였습니다. 온 동네 사람들도 모두 찾아와 기뻐했습니다. 잔치는 성대하게 치러졌습니다.

잔치가 끝나고, 저녁이 되어 동네 사람들은 모두 돌아갔습니다. 그러자 가짜 아들은 부자 내외의 방에 들어가 그동안 있었던 일을 거짓으로 연기하였습니다. 부자 내외는 그저 자식의 얼굴 보는 것만으로도 반가워 의심하지 않았습니다. 마냥 좋아했습니다.

그렇지만 아내는 처음부터 이상했습니다. 무언가 달랐습니다. 그래서 아내는 남편을 유심히 살폈습니다. 골방으로 들어가 문구멍을 뚫어 남편의 말 한마디, 행동 하나하나 놓치지 않았습니다. 그렇게 한참을 살펴보던 아내는 겁이 덜컥 났습니다. 남편이 아니었던 것입니다.

아내는 얼른 부엌에서 칼을 들고 와 방 안에 몰래 숨겨 놓고 방문을 잠갔습니다. 이윽고 가짜 남편이 아내의 방문을 열려고 하자, 아내는 문고리를 잡고 말했습니다.

"귀신이 아니면 굴복하고 귀신이거든 썩 가거라."

"….."

"나는 네가 우리 남편이 아닌 줄 알고 있다. 썩 물러가라."

"아니? 그게 무슨 말이오. 부인."

"….."

"나를 몰라본단 말이오?"

가짜 남편은 침착한 목소리로 말했지만, 속으론 덜컥 겁이 났습니다. 느닷없는 아내의 호통 소리에 가짜 남편은 당혹했습니다. 자칫 모든 것이 물거품이 될 수도 있는 상황이었습니다. 하지만 어찌할 방법도 없었습니다. 할 수 없이 가짜 남편은 우물쭈물 물러 나왔습니다. 부자 내외 방으로 건너가 오랜만에 부모님과 함께 자고 싶다고 둘러댔습니다.

그렇게 며칠이 지나자, 시어머니는 며느리를 불러 왜 남편을 그렇게 마다하냐고 물었습니다. 그제야 며느리는 자신의 남편이 아닌 것 같다며 다시 확인해 보시라고 했습니다. 시어머니는 도대체 이해할 수 없었습니다. 시어머니는 그런 소리 말라며, 내 아들도 못 알아보겠냐며 며느리를 야단쳤습니다. 그래도 말을 듣지 않자 그날부터 구박하며 시집살이도 엄하게 시켰습니다. 하지만 그렇다고 해서 내쫓지는 않았습니다. 며느리도 억울하지만 묵묵히 참았습니다.

부자 내외는 시부모의 말도 듣지 않는 며느리가 이해할 수도 없고, 그렇다고 내쫓을 수도 없어서 그냥 새 며느리를 보기로 했습니다. 그렇게 되자 며느리는 더욱 괴로웠습니다. 시부모의 구박뿐만 아니라 새로 온 며느리의 시집살이와 가짜 남편의 매질에 시달려야 했습니다. 게다가 안 좋은 소문이 퍼지자, 동네 건달들이 밤에 몰래 찾아오기까지도 했습니다.

그때, 암행어사가 그 동네에 이르렀습니다. 주막에 들르니 동네 사람들의 이야기가 들렸습니다. 흥미로운 이야기였습니다. 암행어사는 무슨 사연인지 더 궁금해졌습니다. 그래서 사람들에게 물어봤습니다. 사람들은 간간이 허풍을 보태 가며 그 부잣집 이야기를 늘어놨습니다. 그런데 가만히 들어 보니 친구 집이었습니다. 무슨 일이 벌어진 것이 분명했습니다. 더욱 호기심이 생긴 암행어사는 그 집을 직접 찾아가 사정을 알아보기로 마음먹었습니다.

부부가 될 청소년과 청년을 위한
옛이야기 산책

"이리 오너라."

"… ."

"아무도 없느냐? 이리 오너라."

암행어사는 친구의 집이었지만 모른 척하고, 하룻밤 묵게 해 달라고 부탁했습니다. 처음엔 타박하며 허락하지 않았습니다. 겨우 겨우 사정을 해서야 밥을 얻어먹게 되었습니다. 그렇게 들어간 암행어사는 사랑채에 묵게 되었습니다. 암행어사는 사랑채에 들어서자마자 집안을 살폈습니다. 밥을 먹으면서도 집안의 눈치를 살폈습니다. 하지만 별로 이상해 보이진 않았습니다.

그때였습니다. 그 집 아들이 사랑채 쪽으로 나오고 있었습니다. 친구였습니다. 반가웠습니다. 하지만 암행어사는 아는 체를 하려다가 멈칫했습니다. 혹시나 하는 생각 때문이었습니다. 그래서 그냥 앉아 있었습니다.

'어?'

역시나 그 아들은 자신을 알아보지 못했습니다. 그 아들은 자신이 왔는데도 멀뚱히 쳐다보며 가만히 앉아만 있자, 괘씸했는지 '뭘 그렇게 오래 밥을 먹느냐?'며 고함을 지르고 가 버렸습니다.

'뭔가 크게 잘못되었구나.'

암행어사는 분명 무슨 문제가 있는 게 틀림없다고 생각했습니다. 과거 공부를 함께했던 친구가 분명히 아니었기 때문입니다.

'그렇다면 가짜가 아들 행세를 하고 있는 게 아닌가?'

하지만 이를 해결할 뾰족한 수가 떠오르지 않았습니다. 너무나 닮았기 때문이었습니다. 암행어사는 안 되겠다 싶어 그길로 친구를 찾아 나섰습니다. 할 수 있는 모든 경로를 통해 수소문했습니다. 혹 산속으로 들어갔을까 하여 산 속 암자를 다니며 친구를 찾았습니다.

그렇게 몇 달이 후딱 지나갔습니다. 그러던 어느 날이었습니다. 깊은 산속에 있는 어떤 절에 이르렀습니다. 그 절로 들어가니, 한 중이 수수목을 다듬고 있었습니다. 그래서 그 중에게 친구의 소식을 물으려고 했습니다. 아니, 그런데 이런 우연이, 그렇게 찾아 헤매던 자신의 친구가 아닌가, 고개를 든 그 중이 바로 친구가 아닌가 말입니다.

"아니, 여보게. 날세, 나야."

"어이쿠, 이게 누군가. 허허허."

"하하하, 반갑네."

"그래, 반갑네. 아주 오랜만일세 그려."

"그렇게 찾았는데, 이렇게 쉽게 만나다니 원. 하하하. 하하하."

암행어사와 아들은 반갑게 인사를 나누고, 그동안 있었던 이야기를 전부했습니다. 이야기를 들은 친구는 눈물을 주르륵 흘렸습니다.

"자, 어서 가세."

"…."

"가서 가짜도 몰아내고, 부모님도 모시고…."

"아닐세. 보다시피 난 속세와 인연을 끊었네."

"…."

"내가 지금 가면 오히려 일만 커진다네. 부모님도 평안하시지 않은가? 비록 가짜이긴 하지만 말이야. 하하하."

"그렇지만 자네 부인은 어쩌란 말인가? 불쌍하지 않은가? 자네만 기다리고 있지를 않은가 말이야."

"…."

"갖은 구박에도 불구하고 자네를 기다리고 있다네."

암행어사는 친구 부인의 험악한 처지를 강조하며, 친구를 계속해서 설득했습니다. 마침내 친구는 내려가기로 결정했습니다. 장삼을 입고 고깔을 쓴 채로 산을 내려갔습니다.

일단 암행어사는 친구를 일단 숨겨 둔 채 자신만 친구 집으로 찾아갔습니다. 집에 도착한 암행어사는 집안사람들을 모두 불렀습니다. 자신의 신분을 드러내고, 부자에게 이 집안의 문제에 대해 말하라고 했습니다.

그러자 부자는 아들을 잃어버린 이야기며, 아들을 찾은 이야기며, 본 며느리가 자신의 아들보고 남편이 아니라고 하여 새 며느리를 들인 이야기를 전부했습니다. 삼촌도 이 집 아들이 맞다고 말했습니다. 그렇지만 본 며느리는 끝까지 자신의 남편이 아니라고 했습니다.

일단 암행어사는 며느리에게 큰 칼을 씌워 옥에 가두게 했습니다. 재판은 다음 날 정오에 하기로 했습니다. 그리고 동네 사람들을 다 모이도록 했습니다. 물론 친구도 그곳에 오게 했습니다.

이윽고 다음 날 재판이 시작되었습니다. 동네 사람들이 모두 모인 가운데 본 며느리가 끌려 나왔습니다. 암행어사는 다시 그 집 아들이 정말 남편이 아니냐고 다그쳤습니다. 본 며느리는 분명히 자신의 남편이 아니라고 말했습니다. 그러자 암행어사는 본 며느리에게 여기 모인 모든 사람에게 술잔을 돌려주면 죄가 벗어질 것이라고 했습니다. 본 며느리는 기가 막혔습니다. 자신은 분명히 죄가 없으니 그깟 술을 못 따르겠냐며, 한 사람씩 침착하게 술을 따라 줬습니다.

본 며느리가 진짜 아들인 중에게도 술을 따라 주는데, 진짜 아들은 자기도 모르게 가슴이 떨렸습니다. 그토록 그리웠던 부인이었기에 손마저도 덜덜덜 떨렸습니다. 그러자 이때, 본 며느리는 안타까운 마음에 손을 떠는 중의 얼굴을 쳐다보았습니다. 그러곤 깜짝 놀라 술 주전자를 떨어뜨려 버렸습니다. 아니, 이럴 수가! 그토록 그리던 남편이었던 것입니다. 본 며느리는 철퍼덕 바닥에 주저앉아 버렸습니다. 다리에 힘이 쑥 빠져 버린 것입니다.

이 광경을 목격한 주변 사람들도 깜짝 놀랐습니다. 웬 중놈이 본 며느리의 샛서방이라며 몽둥이를 들고 때리려 하기도 했습니다. 이를 본 암행어사는 벌떡 일어나 멈추라고 했습니다. 그러고는 고깔을 벗기었습니다. 일순간 물을 끼얹은 듯 조용해졌습니다. 그 집 아들이었던 것입니다.

"어떻게 이런 일이?"

"그러게 말이야? 별일이네."

사람들은 소란스럽게 떠들어댔습니다. 이렇게 되자, 가짜 아들이 벌떡 일어나 사실을 말하며, 죽을죄를 지었다고 말했습니다. 그러자 진짜 아들이 큰 소리로 말했습니다.

"당신이 아니었다면, 우리 부모님은 아마도 저를 기다리다 돌아가셨을 겁니다."

"…."

"부인 역시 청상과부로 혼자 살다 죽었을 겁니다. 그러니 오히려 고맙습니다."

"….."

"하하하. 참 이것도 인연인 것 같습니다. 그러니 우리 형제처럼 지내는 게 어떻습니까?"

진짜 아들은 오히려 고맙다고 하고는 의형제를 맺자고 했습니다.

• • •

의심은 더 큰 불신을 낳습니다. 의심은 모든 것을 앗아갑니다. 아내에 대한 사랑도, 아버지에 대한 믿음도, 행복했던 가정도 모두 빼앗아 갑니다. 의심은 마음의 병입니다. 결국 자신의 삶마저 저버리게 만드는 무서운 마음의 병입니다.

의심에는 누구도 피해 갈 수 없습니다. 한번 의심하기 시작하면, 의심은 어떤 것도 무너뜨리고 맙니다. 사랑도, 소망도, 즐거움도, 행복함도 모두 자신과 함께 무너집니다. 그리고 한번 의심하기 시작하면 걷잡을 수 없습니다. 활활 타오르는 마음속에서, 생각 속에서 꼬리에 꼬리를 물고 연기처럼 피어오르기 때문입니다. 그리하여 의심은 의심을 낳고, 또 의심은 더 큰 의심을 만들어 냅니다.

의심은 보이는 것의 허상입니다. 그런데 우리는 주로 눈에 보여지는 것으로 허상을 쫓아 판단하곤 합니다. 게다가 자신의 모든 억측을 동원하여 상상하기도 합니다. 결국 자신이 마음먹은 대로 판단합니다. 그러곤 의심합니다. 보이는 것의 흠을 굳이 들춰내고, 의심을 키워 나갑니다. 더 부풀려 생각해 내고 기어코 의심해 냅니다.

하지만 보이는 것이 다가 아닙니다. 보이지 않는 것이 진실일 때가 더 많습니다. 마음을 비우고 진심으로 보면 보이지 않는 진실이 보일 때가 많습니다. 진심으로 상대를 보고, 듣고, 느끼고, 생각한다면, 보이지 않던 사람이 보입니다.

믿음은 보이지 않는 것의 실상입니다. 보이지 않는 것도 보게 합니다. 느끼게 합니다. 마음을 보게 합니다. 진실을 보게 합니다. 그래서 이해하게 합니다. 용서하게 합니다. 화해하게 합니다. 사랑하게 합니다. 왜냐하면, 보지 않고도 믿는 마음은 더 큰 믿음을 낳기 때문입니다. 더 큰 신뢰를 낳기 때문입니다. 그 신뢰는 또 상대에 대한 존경을 낳기 때문입니다. 그 존경하는 마음은 또 사랑을 낳기 때문입니다. 행복을 낳고 기쁨을 낳기 때문입니다.

   그러나 의심은 보이는 것조차도 믿지 못하는 마음의 병입니다. 진실하게 상대를 보지 못하기에 생기는 마음입니다. 믿음으로 사랑으로 자신을 보지 못하기에 생기는 마음입니다. 그러면 행복할 수 없습니다. 사랑할 수 없습니다.

# 13

# 쥐 좆도
# 모르고 사냐

옛날에 어떤 사람이 있었습니다. 그 사람은 어려서부터 손톱과 발톱을 깎으면 아무 곳에나 내버리곤 했습니다. 게으르고 귀찮아서 였습니다. 그런데 그 집에는 이상한 쥐가 있었습니다. 사람의 손톱과 발톱을 주워 먹는 쥐었습니다. 게다가 꼭 그 사람의 손톱과 발톱만을 주워 먹었습니다. 하지만 집안사람들 모두 대수롭지 않게 여겼습니다.

어느덧 세월이 흘러, 그 사람이 장가를 갔습니다. 그런데도 그 버릇은 여전했습니다. 쥐도 꼭 그 사람의 손톱과 발톱만을 주워 먹었습니다. 그렇게 얼마가 지나갔습니다.

그러던 어느 날이었습니다. 그 사람이 밖에 나갔다가 집으로 돌아왔는데, 웬 사람이 방 안에 버젓이 누워 있는 것이었습니다. 그것도 남자였습니다. 그 사람은 황당했습니다. 누군지 모르지만, 남의 안방에 어떻게 저렇게 누워 있을 수 있는지 황당했습니다. 하지만 이내 그 사람은 뛰어 들어갔습니다. 신발도 벗지 않고, 들어가 다짜고짜 그 남자를 끌어내기 시작했습니다. 멱살을 잡고 질질 끌고 나왔습니다.

아니, 그런데 이게 웬일입니까? 그 사람은 깜짝 놀라 뒤로 자빠졌습니다. 자신과 똑같이 생겼기 때문이었습니다.

'어떻게 이런 일이 일어난단 말인가?'

그 사람은 어리둥절하였습니다. 어찌할 줄을 몰라 했습니다. 황당했습니다. 낮잠을 자다 갑자기 멱살이 잡혀 끌려 나오던 그 남자도 황당해했습니다. 하지만 겨우 정신을 차리자 고함을 쳤습니다.

"웬 놈이냐?

"… ."

"웬 놈인데, 남의 집에 들어와 행패냐?"

하며, 오히려 호통을 쳤습니다. 그 사람도 지지 않고 고함을 질렀습니다.

"네, 이놈. 너는 누구냐? 웬 놈인데 남의 집에 들어와 누워 있느냐?"

"뭣이 어쩌고 저째?"

" . … ."

"네, 이 노−옴!"

그렇게 서로 고함을 지르며 싸우고 있자, 어느새 아내와 가족들이 몰려 나왔습니다. 싸우는 소리를 들은 가족들은 '도둑이 들었나?' 해서 저마다 몽둥이를 하나씩 들고 있었습니다. 그 사람과 그 남자는 아내와 가족들을 보면서 동시에 소리쳤습니다.

"저놈이오. 저놈."

"저놈 잡으시오."

"···."

"아니, 저놈을 잡으시오. 어서."

"어서, 저놈을 잡으시오."

"···."

"여보, 내가 진짜요. 정말 진짜요. 어서 저놈을 잡으라니까."

"아니오. 어딜, 내가 진짜요!"

두 사람은 고래고래 소리를 지르며, 서로 '저놈' 잡으라고만 했습니다. 아내와 가족들은 도무지 어떻게 해야 할지를 몰랐습니다. 어리둥절하기만 했습니다. 너무도 똑 같았기 때문이었습니다. 얼굴도, 목소리도, 몸짓도 아주 똑같았습니다. 잠시 후, 아내와 가족들은 두 사람과 떨어져 귀퉁이에 모였습니다.

"누가 진짜인지 어떻게 가리지요?"

"글쎄다."

"그럼. 일단, 각자 질문을 하나씩 해보는 게 어때요?"

"좋다. 그렇게 하는 게 좋겠다."

먼저 어머니가 옷을 벗어 보라고 했습니다. 진짜 내 아들은 겨드랑이와 불알 옆 왼쪽 허벅지에 조금 큰 점이 있을 거라고 말했습니다. 둘은 경주라도 하듯, 재빠르게 옷을 벗었습니다. 그리고 나서 두 팔을 벌리고 섰습니다.

어머니가 먼저 두 사람을 빙 둘러 꼼꼼히 살펴봤습니다. 아내도 역시 두 사람을 빙 둘러 꼼꼼히 살펴봤습니다. 진짜 신랑은 아내가 자신을 살펴볼 때, 거시기에 힘껏 힘을 '빡' 줬습니다. 혹 아내가 알아봐 주지 않을까 해서였습니다. 그렇지만 허사였습니다.

"허허, 참."

"아주 똑같아요."

"다 있네, 다 있어."

겨드랑이에 있는 점도 똑같고 불알 옆 왼쪽 허벅지에 있는 점도 똑같았습니다. 진짜 신랑은 정말 답답했습니다. 그리고 불안했습니다.

다음엔 아내가 나섰습니다. 아내는 집안 살림살이에 대해 물었습니다.

"창고에는 몇 개의 독이 있지요? 그리고 그 독에 무엇이 있는지 말해보세요. 우리 집안에 그릇이 몇 개인지 말해 보세요."

진짜 신랑은 정말로 어이가 없었습니다.

'어휴, 그걸 내가 어떻게 아난 말인가?'

하지만 생각해 내야 했습니다. 한참을 중얼거리며 헤아려 봤지만, 결국 진짜 신랑은 어물어물 제대로 대답하지 못했습니다.

"아니, 내가 그걸 어떻게 알아. 내가 뭐 살림하는 사람이야?"

하지만 소용이 없었습니다. 그러나 가짜 신랑은 정확하게 대답했습니다.

"한집에 살면서 그 정도도 모른단 말이야? 웃기고 있네. 너는 가짜니까 모르지."

"뭣이 어쩌고 저째? 어딜 주둥아릴 함부로 놀려?"

"웃기고 있네."

"내 가만두지 않을 거다."

"흥. 가만두지 않을 거면 어쩔 건데? 어?"

"… ."

"해봐? 어디."

진짜 신랑은 화가 단단히 났습니다. 아내가 무지무지 원망스럽기도 했습니다. 하지만 하는 수 없었습니다. 진짜 신랑은 점점 더 초조해졌습니다.

'이왕 이렇게 된 거, 어쩔 수 없다. 하지만 아버지는 절대 그렇지 않을 거야.'

진짜 신랑은 마지막으로 이번엔 아버지가 물어보시라고 했습니다. 적어도 아버지는 자신과 통할 것이라 생각했기 때문입니다. 아버지는 뭐가 좋을지 곰곰이 생각했습니다. 퍼뜩 떠오르진 않았습니다. 이윽고 뜸을 들이며 말하기 시작했습니다.

"음, 좋다. 묻겠다. 간단한 거다."

"…."

"우리 집에는 기둥과 서까래가 몇 개씩 있느냐?"

"으악, 이건 또 뭐야!"

역시나 이번에도 진짜 신랑은 제대로 맞추지 못했습니다. 반면 가짜 신랑은 정확히 맞추었습니다. 결국 몽둥이찜질을 당한 진짜 신랑은 매질에 못 이겨 살려 달라고 애원하고서야 겨우 살았습니다. 집안사람들은 진짜 신랑을 집밖으로 끌어내 냅다 던져 버렸습니다.

쫓겨난 진짜 신랑은 정처 없이 돌아다녔습니다. 삼 년을 그렇게 돌아다니다 하루는 절로 동냥을 얻으러 들어갔습니다. 그 절에는 눈썹이 허연 스님이 한 분 있었습니다. 진짜 신랑은 배고파서 왔다며 밥 한 술 달라고 말했습니다. 스님은 물끄러미 바라보더니 밥상을 차려 주었습니다. 밥상을 받자마자 진짜 신랑은 허겁지겁 게걸스럽게 밥을 먹었습니다. 밥을 다 먹고 나서야 고맙다는 말을 할 정도였습니다. 며칠을 굶었더니 배가 몹시 고팠습니다.

스님은 진짜 신랑이 밥을 다 먹을 때까지 기다렸습니다. 그러고선 집에 무슨 일이 있었느냐고 물었습니다. 진짜 신랑은 어떻게 아셨냐면서 그동안의 억울한 일에 대해 상세히 이야기했습니다. 스님은 다 듣고는 고개를 끄덕였습니다. 그러면서 걱정 말고 쉬었다 가라고 했습니다.

진짜 신랑은 오래간만에 푹 쉬었습니다. 마음이 편했습니다. 그러다 너무 큰 신세를 지는 것 같아 이제 떠나야겠다고 스님께 말했습니다. 스님도 그럼 가 보라고 말했습니다. 진짜 신랑은 스님께 고맙다고 말하며 작별 인사를 했습니다. 그러자 스님은 진짜 신랑에게 고양이를 한 마리 주며 말했습니다.

"이 고양이는 보통 고양이가 아니네."

"… ."

"가짜 신랑은 쥐가 변신한 것이네. 자네가 아무렇게나 내버린 손톱, 발톱을 오래도록 먹고 자네로 변신할 수 있었을 것이네."

"예?"

진짜 신랑은 깜짝 놀랐습니다.

"자네는 집으로 가자마자 가짜 신랑이 있는 방으로 들어가 문을 잠그고 이 고양이를 꺼내 놓게. 그러면 이 고양이가 다 처리해 줄 것이네. 하하하."

"정말입니까? 스님?"

"하하하. 정말이고 말고. 어서 가 보게."

"하하. 정말 고맙습니다. 스님."

"하하하. 이것도 다 인연일세."

"정말 고맙습니다. 스님."

셀 수 없이 허리를 숙여 인사를 하고, 진짜 신랑은 고양이를 받아 집으로 갔습니다. 집에 도착한 진짜 신랑은 다짜고짜 가짜 신랑이 있는 방으로 들어가 문을 걸어 잠그고, 고양이를 꺼내 놓았습니다.

"이 나쁜 쥐새끼야."

"아악!"

아내와 가짜 신랑은 비명을 질렀습니다. 몰매를 맞고 쫓겨난 남자가 또 들이닥쳐 느닷없이 고양이를 꺼내 놓자, 깜짝 놀라며 소리를 지른 것입니다. 그 소리에 가족들이 모두 달려와 들여다봤습니다.

아, 그런데 희한한 일이 벌어지고 있지 뭡니까? 아들이 고양이를 피해 이리저리 피해 도망치다 쥐로 변하더니 결국 고양이에게 잡아먹히는 게 아닙니까? 아내와 가족들은 놀라 까무러칠 지경이었습니다. 삼 년 동안이나 함께 살았던 아들이 쥐였다니 말입니다. 그제야 진짜 신랑은 아내에게 서운하고 억울해하며 말했습니다.

"예끼 이 죽일 년 같으니. 쥐 좆도 모르고 사냐? 쥐 좆도 모르고 살아?"

◆◆◆

아무리 버릇이 없었더라도, 그동안은 비록 도움이 되지 못했더라도 위기에 처한 남편에게는 역시나 아내밖에 없습니다. 갑작스레 위험에 봉착한 남편은 아내만은 편들어 주기를 바랍니다. 아무리 자신의 잘못이었더라도 아내만은 내 편이기를 바랍니다. 분명히 자신 때문이라고 할지라도 자신의 편에서 아내만은 위로해 주기를 바랍니다. 어찌됐든 '아내만은'입니다. 물론 '아내'의 경우도 마찬가지 마음일 겁니다.

하지만 그렇지 못할 때가 있습니다. 그럴 때면 남편은 너무 서운하고, 아내가 미워지기까지 합니다. 가장 가깝다고 생각했는데, 몸과 마음과 생각을 함께 나누었던 아내인데, 매우 실망스럽습니다. 어떨 때는 아내가 그동안의 감정 때문에 오히려 고소해할 거라는 생각마저 들기도 합니다.

그렇지만 대개는 편들어 줄 상황이 아니기 때문일 겁니다. 편들어 줄 수 없는 일이라 그러고 싶어도 그럴 수 없는 경우일 겁니다. 그런 경우가 아니라면, 아내는 늘 '일편단심'입니다. 남편이 잘돼야 함께 행복할 수 있기 때문입니다. 같은 배를 탄 하나이기 때문입니다. 작은 흔들거림도, 거센 풍랑의 위기도 곧 부부의 위기이기 때문입니다.

많이 바뀌었지만, 아직도 집안일에 등한시하는 남자들이 있습니다. 바깥일에 피곤해서 귀찮다는 핑계는 예전이나 지금이나 맞지 않는데도 그렇습니다. 많은 부분 가부장적인 사고에 익숙하기 때문입니다. 그리고 그것이 자신에게 주는 편안함, 유익함, 안락함 때문입니다. 그래서 자신의 일이 아니라는 것입니다. 자신의 일이 아니고 싶은 것입니다.

하지만 집안일에 네 일 내 일이 따로 있겠습니까? 어느 하나 자신의 일이 아닌 것이 있겠습니까? 행복한 가정을 가꾸고, 지키는 것에 각자의 일이 따로따로 있겠습니까? 서로 해야 할 일과 하지 말아야 할 일이 과연 있겠습니까? 옛날에도 오늘날에도 사실은 없습니다. 다만 부부가 스스로 살피고 상의하여 각자가 잘할 수 있는 일을 그리고 잘 할 수 있는 만큼의 일을 서로 나누어 맡아 했던 것입니다.

부부가 될 청소년과 청년을 위한
옛이야기 산책

그렇기에 남녀의 고유한 일이라는 것은 옛날이나 오늘날이나 인간이 편의상 나눈 결과일 뿐인 것입니다. 어찌 보면 맞지 않은 독단이라는 옷에 굳이 몸을 맞춰 입은 과거의 한시적 영향일 뿐인 것입니다.

모두 부부의 일입니다. 가정의 행복을 위한 부부의 일인 것입니다. 사랑하는 가족을 위한 행복한 노동인 것입니다. 서로 나눠 하면 할수록 행복해지는 일인 것입니다.

3. _

하지만 지금은
행복한 인연도 운명도 필연도,
슬픈 악연도 소중합니다

# 1

# 오누이의
# 힘겨루기

 

옛날 어느 마을에 오누이가 살고 있었습니다. 오누이는 모두 다 힘이 장사였습니다. 둘은 무슨 일을 해도 서로 지는 일이 없었습니다. 하루는 오누이끼리 내기를 하기로 하였습니다. 누이는 동산을 쌓고, 동생은 십층탑을 쌓기로 했는데, 먼저 쌓은 사람이 이기는 것으로 했습니다. 그리고 다 쌓으면 다 쌓았다고 알리기 위해 북을 치기로 했습니다.

오누이는 서로 이기겠다고 열심히 쌓아 나갔습니다. 누이는 사흘 만에 흙을 한 치마만 갖다 부으면 다 쌓을 정도가 되었습니다. 동생 쪽을 흘깃 보니 아직 멀어 보였습니다. 그래서 흙 한 치마를 담아가지고 와서는 털썩 주저앉았습니다. 좀 쉬었다 부어도 되겠다 싶었습니다.

아니, 그런데 갑자기 동생 쪽에서 북치는 소리가 쾅하고 울려왔습니다. 깜짝 놀라 보니, 동생이 벌써 십층탑을 다 쌓아 놓은 것이었습니다. 누이는 아차 싶었습니다. 아까웠습니다. 다 이긴 것을 잠깐 방심한 틈에 동생이 앞지른 것이었습니다. 누이는 분했습니다. 얼굴이 화끈거렸습니다. 약이 올랐습니다. 환호성을 지르는 동생을 보며, 누이는 입술을 깨물었습니다.

"에이, 분하다. 다음번에는 기필코 이겨야지."

"하하하. 야호!"

"내가 끝에 쉬지만 않았어도 내가 이긴 거야."

누이는 주먹을 불끈 쥐어 보이며 소리쳤습니다. 그때부터 동생은 기고만장해서 누이의 말을 듣지 않았습니다. 그리고 우쭐대며 힘자랑을 하고 다녔습니다. 누이는 힘자랑을 하고 다니는 동생이 걱정되었습니다. 누이는 '안 되겠다' 싶었습니다. 그래서 남복을 입고 남동생이 힘자랑하는 씨름장에 갔습니다.

예상대로 남동생은 역시나 거기서 힘자랑을 하고 있었습니다. 누이는 남동생과 한판 붙자고 하였습니다. 동생은 누이인 줄 꿈에도 생각 못하는 것 같았습니다. 남동생은 코웃음을 치며 덤비라고 했습니다. 모두 씨름판에 올라가 준비 자세를 취했습니다. 드디어 '시작' 신호가 떨어졌습니다. 서로 무섭게 붙었습니다. 절대 지지 않으려고 온 힘을 격하게 쏟아냈습니다.

아니, 그런데 이게 웬일인가? 눈 깜짝할 사이 끝나 버렸습니다. 누이가 가볍게 눌러 버렸던 것입니다. 동생이 상대를 너무 우습게 봤는지, 누이는 너무나 쉽게 이겨 버렸습니다. 코가 납작해진 동생은 고개를 푹 숙이고 풀이 죽어 집으로 가 버렸습니다. 누이도 서둘러 집으로 갔습니다. 가면서 누이는 동생이 걱정됐습니다.

'내가 너무 심했나?'

하는 생각이 들었습니다. 집에 와 보니 역시나 동생은 씩씩거리고 있었습니다. '오늘 씨름판에서 어떤 놈에게 졌다'고 하며 분통을 터트렸습니다. 그리고 창피해하고 억울해했습니다. 이렇게 안절부절못하는 동생을 보니 누이는 더욱 미안한 마음이 들었습니다. 그렇지만 걱정이 돼서 한 일이었습니다. 이렇게 나올 줄은 몰랐습니다.

그래서 누이는 동생에게 아까 씨름판에서 동생을 이긴 사람이 자신임을 밝히고 말았습니다. 그러자 동생은 더욱 격분했습니다.

"뭐야?"

눈을 부라리며 죽일 듯이 노려봤습니다. 급기야 누이를 죽여 버려야겠다고 생각했습니다. 그래서 내기를 하자고 제안했습니다.

마지못해 누이는 일단 알았다고 했습니다. 동생이 마을 뒷산을 백 바퀴 돌고 올 동안 누이는 옷 한 벌을 만들어 놓는 내기였습니다. 여기까진 그냥 할 만했습니다. 그런데 동생은 굳이 이긴 사람이 진 사람을 죽이자고 했습니다. 얼토당토않은 내기에, 누이는 기가 막혔습니다.

누이는 안 하겠다고 했습니다. 누구 하나는 죽어야 했으니, 도저히 할 수 없었습니다. 하지만 동생은 막무가내였습니다. 안 하면 죽어 버리겠다며 으름장을 놨습니다. 그래서 누이는 어쩔 수 없이 하기로 했습니다. 무조건 이겨야만 했습니다. 시합은 다음 날 하기로 했습니다. 걱정이 된 누이는 밤잠을 잘 수 없었습니다.

결국 다음 날이 와 버렸습니다. 해가 뜨자마자, 내기는 시작됐습

니다. 누이는 옷을 만들기 시작했고 동생은 뒷산을 죽기 살기로 돌기 시작했습니다. 그러나 누이는 바느질을 잘했습니다. 남동생이 돌아오기 전에 벌써 옷 한 벌을 다 만들어 놨습니다. 그렇지만 누이는 다 만든 옷의 옷고름 한 개를 떼어 버렸습니다. 그러곤 기다렸습니다. 동생이 돌아와 보니 옷의 옷고름 한 개가 떨어져 있었습니다. 완성하지 못한 것처럼 보였습니다.

"내가 이겼다."

동생은 그 즉시 누이를 죽여 버렸습니다.

◆◆◆

오누이는 경쟁자입니다. 서로 끊임없이 티격태격합니다. 사뭇 치열합니다. 서로 죽일 듯이 으르렁거릴 때도 있습니다. 자신이 더 잘났다고 경쟁합니다. 스스로의 우위를 과시하는 것이기도 하지만, 그 경쟁은 부모를 놓고 펼쳐지기도 합니다. 부모의 사랑과 관심을 더 받고 싶은 마음에서입니다.

그런데 나이 차이와는 관계가 없는 듯합니다. 나이차이가 나더라도 시간이 지나 조금 컸다고 생각하면, 사정이 달라집니다. 주로 말로 옥신각신하기 일쑤이지만, 가끔은 서로 치고 박기도 하고, 급기야 쌕쌕거리며 격렬해지기도 합니다. 그럴 때면, 늘 거기서 그치지 않습니다. 뒤탈이 납니다. 토라져 며칠씩 말을 하지 않기도 하고, 곤경에 빠졌더라도 도움을 주지 않기도 합니다.

하지만 오누이는 오누이입니다. 시간이 지나면 또 언제 그랬냐는 듯이 서로를 토닥거립니다. 위로가 필요할 때도, 격려가 필요할 때도 토닥토닥 다독입니다. 시간과 공간을 함께 나누고, 기쁨도 슬픔도 함께 나눕니다. 그렇게 또 친구가 됩니다.


부부도 오누이와 같습니다. 처음에는 잘 모르니, 자신을 양보해서라도 서로에게 맞추려고 노력합니다. 애써 불편함을 무릅쓸 때도 많습니다. 상대를 위해, 그리고 자신을 위해 그렇습니다.

그런데도 알 수 없는 힘겨루기는 빈번히 나타납니다. 불쑥불쑥 '자기'가 앞서기 때문입니다. 하지만 초반에는 그다지 격렬하지 않습니다. 서로를 아끼고 사랑하는 마음이 더 크기 때문입니다.

그런데 세월이 흐르면 달라집니다. 어느새 많은 일들이 부부의 어깨를 짓누르고 있기 때문입니다. 각자의 삶 속에서 스스로에게 닥친 힘겨운 나날도 많이 늘어났을 겁니다. 그래서 이제는 서로에 대한 배려보다는 '나 살기' 바쁜 때가 더 많아집니다.

그때부터 오누이 같은 '부부'는 결국 '어린 오누이'가 됩니다. 마음 어린 오누이가 된 '부부'는 절대 밀리지 않으려고 합니다. 한 번 밀리면 서로 끝장인 것인 양 씩씩거립니다. 물러서지 않습니다. 점점 더 상대에게 가혹한 말과 행동으로 몰아붙이기도 합니다. 한 사람이 죽을 때까지 싸울 기세로 모든 것을 동원하기도 합니다. 힘겨루기는 그런 때가 되면, 도저히 말릴 수도 없습니다. 그렇게 악순환은 지속되고, 더욱더 격렬해집니다.

하지만 '부부'는 '부부'입니다. 오누이가 오누이 아닐 수 없듯이, 부부는 부부이어야 합니다.

부부에게 있어서 어느 하나의 패배는 한 사람의 승리가 아닙니다. 모두가 망하는 것입니다. 함께 죽는 것입니다. 부부의 삶은 뗄 수 없기 때문입니다. 한 사람이 행복하지 않다면, 다른 한 사람도 행복할 수 없기 때문입니다. 부부이기 때문입니다. 하나이기 때문입니다.

사랑만큼 행복한 것은 없습니다. 상처도, 사랑도, 행복도 멀리 돌아 자신에게 옵니다. 사랑은 모두를 행복하게 합니다.

# 2
# 애처가

옛날, 어느 나라에 한 장군이 있었습니다. 싸움에 임해서는 매우 엄하고 용감했습니다. 하지만 그 장군은 지독한 애처가였습니다. 그래서인지 금슬이 좋았습니다.

하루는 '부하들은 어떨까?' 하고 궁금해졌습니다. 그래서 가운데 선을 긋고 오른쪽에는 붉은 깃발을 꽂아 놓고, 왼쪽에는 파란 깃발을 꽂아 놓게 했습니다. 그러고 나서 혼인한 병사들을 모두 모아 놓고 명령했습니다.

"자, 자신이 애처가라고 생각하는 사람은 붉은 깃발 아래로 가고, 애처가가 아니라고 생각하는 사람은 파란 깃발 아래로 가라."

그러자 한 사람을 제외하곤 모두 붉은 깃발 아래로 갔습니다.

"하하하."

장군은 껄껄껄 웃으며 파란 깃발 아래에 있는 그 한 사람을 불러 말했습니다.

"자네는 정말 대단하네. 어떻게 그럴 수 있는가?"

"뭘 말씀하시는지요."

"아니, 나는 우리 부인이 제일 두렵다네. 일단 집에 들어가면, 언제나 우리 아내에게 지고 마는 걸."

"… ."

"그런데 자네는 어떻게 그럴 수 있는가? 대단하다는 걸세."

그러자 그 병사는 머리를 긁적거리며 말했습니다.

"아, 예. 사실은 저도 마찬가지입니다요."

"… ."

"제가 여기 서게 된 것은 우리 마누라가 남자 셋 이상이 모이는 곳에는 '절대로 가지 말라'고 신신당부를 했기 때문입니다요."

"아니, 왜 그렇지?"

병사는 다시 뜸을 들이다가 멋쩍은 표정으로 이내 말했습니다.

"아, 예. 남자 세 사람이 모이면 반드시 여자에 대해 이야기할 것이라고 하면서 '절대 가지 말라'고 말입니다요."

"하하하, 하하하. 그렇지, 그렇고 말고."

장군과 병사들은 그 말을 듣고 한바탕 크게 웃었습니다.

◆◆◆

아내는 얼마쯤의 가치일까요? 아내는 가정에서 얼마쯤의 위치일까요? 아내는 가정의 삶에서 얼마쯤의 비중을 차지할까요? 다 똑같지는 않겠지만요. 과연 아내는 얼마쯤이나 소중할까요?

아마도 최소한 없어서는 안 될 만큼은 되지 않을까요? 물론 가족 중 어느 누구든 없어도 될 사람은 없겠지만, 아내가 없다는 것, 엄마가 없다는 것만큼 빈자리가 크게 느껴지지는 않을 것 같지 않나요? 그만큼 아내, 엄마는 우리 가정에서 매우 소중한 존재일 겁니다.

그래서 집에는 아내가 있어야, 엄마가 있어야 편안하다는 말이 있다는 생각이 듭니다. 아내가, 엄마가 행복해야 가정이 편안하고 행복하다는 것입니다.

남자가 아무리 가난하고 힘들어도 참을 수 있는 것은 아내가 있기 때문이 아닐까요? 삶이 그렇게 어렵고, 괴로워도 이겨 낼 수 있는 것은 가족이 있기 때문이 아닐까요? 물론 눈에 넣어도 안 아플 아이들이 있다고 하지만, 평생 옆자리를 지켜 줄 아내가 있기 때문이지 않을까요?

아이들도 마찬가지 아닐까요? 엄마가 있기 때문 아닐까요? 열 달 배 속에서 한 몸이었던 엄마가 있기 때문 아닐까요? 포근하고 든든한 가슴이 있기 때문 아닐까요?

가족을 사랑하는 남자는 모두 애처가가 됩니다. 가정의 행복과 평화로운 삶을 위하는 남자는 모두 애처가가 됩니다. 아내가 있기에, 엄마가 있기에 행복할 수 있기 때문입니다. 가족이 있기에 행복할 수 있기 때문입니다.

'지는 것이 이기는 것'이라는 말이 있습니다. 요즘 세상에 바보 같은 말이라는 소리를 듣기에 알맞은 말입니다. 하지만 아내에게만은 지는 것이 이기는 것입니다. 만약 이기려는 목적이 가정의 행복과 평화를 위하는 것이라면 더욱 그렇습니다. 아내가 행복해야 부부가 행복하고, 부부가 행복해야 가족이 행복해지고, 평화로워지기 때문입니다.

그러니 그것이 허물이겠습니까? 자존심의 문제겠습니까? 창피한 일이겠습니까? 질 때, 비로소 행복할 수 있다면야 평화로운 가정을 이룰 수 있다면야 '지는 것'이 무슨 대수로운 일이겠습니까? 우리가 가족을 이뤄 사는 목적과 의미가 그것 때문이라면 말입니다.

# 3
# 호랑이
# 눈썹

옛날에 어려서부터 남의집살이를 할 만큼 가난한 남자가 살고 있었습니다. 겨우 혼인은 하였지만, 사는 동안 내내 가난하게 살았습니다. 부부가 아무리 열심히 일하며 살아도 입에 풀칠하기 어려울 지경이었습니다. 게다가 자식은 무려 다섯이나 되었습니다. 남자는 매일 같이 나무를 해서 내다 팔았고, 여자도 삯바느질이며, 디딜방아며, 허드렛일 품을 팔았지만 겨우 시래기죽으로 살아야만 했습니다.

그러자 아내는 남편을 타박하고 무시하기 시작했습니다. 아이들은 배고픔에 서로 먹을 것을 가지고 싸우기까지 했습니다. 남자는 괴로웠습니다. 그리고 외로웠습니다. 어느 날, 남자는 아무리 열심히 살아도 더 이상 나아질 기미가 보이지 않자 크게 한숨을 쉬며 자기 신세를 한탄했습니다.

'이렇게 살아서 무엇 하나.'

'백날 일해 봤자 시래기죽밖에 먹일 수 없으니…. 이렇게 사느니

죽고만 싶구나.'

가난한 남자는 처량한 달빛 아래 바위에 앉아 멍하니 희미한 별만 쳐다봤습니다. 그러더니 어느새 남자의 두 뺨으론 소리 없이 눈물이 흘러내렸습니다. 한참을 그렇게 있던 남자는 이제 그만 죽는 것이 낫겠다고 생각했습니다. 차라리 호랑이한테 잡혀 먹는 것이 낫겠다고 생각했습니다. 그래서 남자는 무거운 발걸음으로 호랑이가 나온다는 고개로 향했습니다.

고개 근처에는 사람들이 고개를 넘기 위해 기다리고 있었습니다. 이 고개는 사람 백 명이 모여야만 넘을 수 있는 고개였습니다. 백 명에서 하나라도 모자라면 꼭 호랑이가 나타나 사람을 잡아먹는다는 그 고개였습니다. 하지만 남자는 망설이지 않았습니다. 모여 있는 사람들을 그냥 지나쳐 고개를 오르려고 했습니다. 그러자 사람들이 급하게 잡아 세웠습니다.

"이보시오. 잘 모르시는가 본데, 이 고개에는 호랑이가 나와요. 사람을 잡아먹는 호랑이가."

"나도 알고 있소, 고맙지만 난 괜찮으니 일들 보시오."

"아니, 이 사람이. 호랑이가 잡아먹어 버린대도. 두렵지 않소?"

"그게 뭐가 무섭소. 정말 무서운 건 마누라와 자식들의 배고픈 울음소리요. 굶어 죽나 잡아먹혀 죽나 다를 게 뭐요? 난 오히려 죽고 싶소."

"아니, 그래도…."

사람들의 만류를 뿌리치고 남자는 서둘러 올라갔습니다. 고개는 꽤 높았습니다. 호랑이가 언제 나타나나 하고 가슴이 두근거리고 다리도 떨렸습니다. 하지만 남자는 눈을 질끈 감고 계속 올라갔습니다. 한참을 그렇게 올라가니 어느새 고개 정상에 다다랐습니다. 하지만 호랑이는커녕 호랑이 그림자도 보이지 않았습니다. 남자는 애가 탔습니다.

'에이, 오늘은 틀렸나. 분명 호랑이가 나타난다고 했는데…. 일단 기다려 보자.'

'어떻게 된 거지?'

'하여튼 기다려보자.'

남자는 날이 밝을 때까지만 기다리기로 마음먹었습니다. 입도 바싹 탔습니다. 어느새 시간이 흘러 날이 밝아 오기 시작했지만 호랑이는 보이지 않았습니다. 죽기도 마음대로 안 되었습니다. 남자는 되는 것 하나 없다는 생각에 허탈했습니다. 배도 고프고 목도 몹시 말랐습니다. 남자는 이제 터덜터덜 다른 쪽으로 고개를 넘어가기 시작했습니다.

얼마쯤 갔더니 물 흐르는 소리가 들렸습니다. 남자는 그 소리를 따라가 보았습니다. 그랬더니 큰 바위 밑에 옹달샘이 흐르고 있었습니다. 옹달샘을 본 남자는 기분이 참 좋아졌습니다. 더 가까이 가 보니, 거기엔 백발의 노인이 먼저 와 있었습니다. 앉아서 물을 먹고 있었습니다. 남자는 노인에게 인사를 했습니다.

"일찍 올라오셨네요."

"….."

"표주박 좀 빌려주십시오."

노인은 묵묵했습니다. 그냥 웃음 띤 얼굴로 가만히 표주박을 건넸습니다. 남자는 고개를 끄덕이며 표주박을 받아 물을 떴습니다. 물은 참 맑고 시원했습니다. 이제 살 것 같았습니다. 물을 맛있게 마신 남자는 기지개를 쭉 폈습니다. 그리고 나서 노인 곁으로 갔습니다. 노인은 남자를 물끄러미 쳐다보더니 말을 했습니다.

"젊은이는 무슨 일로 어두운 밤에 고개를 넘었는가?"

노인의 말에 남자는 지금껏 살아왔던 이야기를 하기 시작했습니다. 죽으려고 고개를 넘었는데 호랑이가 나타나지 않았던 이야기도 했습니다. 남자의 이야기를 다 듣고 나자 노인은 껄껄껄 웃었습니다. 그리고 나서 눈썹을 하나 뽑아 주며 말했습니다.

"자, 이 눈썹을 눈에 대고 나를 봐 보게나."

남자는 눈썹을 눈에 가만히 대고 노인을 바라봤습니다.

'어이쿠, 이런.'

호랑이었습니다. 남자는 가슴이 철렁 내려앉았습니다. 막상 만나니 벌벌 떨렸습니다. 큰 호랑이가 눈을 부라리며 쳐다보고 있었습니다. 남자는 이내 눈을 꼭 감아 버렸습니다. 그러고선 차분하게 말했습니다.

"자, 나를 잡아먹으시오. 나는 이미 죽기를 각오한 몸이오."

"…."

"어서 잡아먹으시오. 어서요."

"하하하. 하하하."

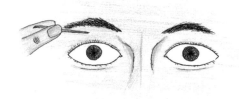

노인은 마냥 즐거운 듯 웃기만 했습니다.

"호랑이는 사람을 잡아먹지 않는다오."

"…."

"저잣거리에 가서 한 번 더 봐 보시오. 하하하하."

남자는 노인의 말이 좀처럼 이해가 가지 않았습니다. 그래서 눈을 감고 계속 잡아먹으라고 하며 떼를 썼습니다. 하지만 아무 일도 일어나지 않았습니다.

잠시 후, 아무런 기척이 없자 남자가 눈을 떴습니다. 눈을 떠 보니 노인은 온데간데없이 사라지고 없었습니다. 꿈인지 생시인지 한동안 얼떨떨했습니다. 남자는 정신을 차려 보았습니다. 손에는 분명히 눈썹이 하나 있었습니다. 호랑이 눈썹임에 틀림없었습니다. 꿈은 아니었습니다. 남자는 호랑이의 눈썹을 꼭 쥐고는 고개를 내려와 저잣거리로 향했습니다.

남자는 노인의 말처럼 길가에 앉아 눈썹을 대고 사람들을 쳐다봤습니다. 남자는 깜짝 놀라 소리칠 뻔했습니다. 어떤 사람은 분명 사람으로 보였지만, 많은 사람들이 다르게 보였기 때문이었습니다. 그중 어떤 사람은 개로 보이기도 하고, 돼지, 소, 말, 닭, 심지어 뱀, 지렁이, 벌레 등으로 보이기도 했습니다.

'아! 그렇구나. 사람이 다 사람은 아니었구나.'

남자는 이제야 깨달았습니다. 노인이 왜 호랑이가 사람은 잡아먹지 않는다고 말했는지 말입니다. 남자는 호랑이 노인과 함께 있었던 옹달샘 쪽으로 큰절을 했습니다. 그러고 나서 집으로 갔습니다.

집으로 간 남자는 호랑이 눈썹을 대고 싸리문 뒤에 숨어서 마누라를 바라봤습니다. 마누라는 닭으로 보였습니다. 그런데 그 암탉은 다 죽어 가는 듯 힘들어 보였습니다. 남자는 암탉 같은 마누라가 너무 애처롭고 가슴이 뭉클거렸습니다. 마누라가 왜 그렇게 자신을 타박하고 무시했는지 이제야 깨달았습니다.

◆◆◆

가난한 남자는 외롭습니다. 가난한 여자도 외롭습니다. 손 내밀어 잡아 줄 사람이 없어 외롭습니다. 절실한데도, 절박한데도 아무도 없어서 외롭습니다.

가난한 남자는 서러운 사람입니다. 가난한 여자도 서럽습니다. 아무리 열심히 일해도 더 이상 나아질 기미가 없기 때문입니다. 그래서 무시당하기 일쑤인 서러운 사람입니다. 가난하기에 더 보호받아야 하지만 보호받지 못하고, 더 위로받아야 하지만 위로 받지 못하고, 더 사랑받아야 하지만 사랑 받지 못하는 사람입니다. 그런 사람은 외롭습니다.

하지만 가난해도 행복한 사람이 있습니다. 지독히 가난해도 행복한 사람이 있습니다. 마음만은 가난하지 않은 사람입니다. 몸은 가난해도 마음만은 넉넉하기 때문입니다. 사랑하는 사람이 있기 때문입니다. 사랑해 주는 사람이 있기 때문입니다. 당장 어렵고 힘들어 지쳐서 쓰러질 것 같아도 그 사랑이 있기에 행복할 수 있는 것입니다. 그런 사람은 마음이 가난하지 않습니다. 마음만은 넉넉합니다. 마음만은 행복한 사람입니다.

"길고 짧은 것은 한 생각에 달렸고, 넓고 좁은 것은 마음에 달렸다. 따라서 마음이 한가하면 하루가 천년보다 길고, 마음이 너그러우면 좁은 방이 천지 사이보다 넓다."

『채근담』에 있는 글입니다. 이처럼 마음에 달려있습니다. 길고 짧은 것도 한 생각에 달렸고, 넓고 좁은 것도 마음에 달렸습니다. 마음이 한가로우면, 하루가 천년보다 길게 느껴집니다. 여유롭습니다. 그리고 마음이 너그러우면, 좁은 방이 천지 사이보다 넓습니다. 그러니 모든 것이 우리 마음에 달려있습니다. 마음으로부터 나와 마음을 괴롭게도 행복하게도 합니다. 진실한 마음, 사랑 가득한 마음에 달려 있다는 생각이 듭니다. 그 마음보다 행복할 수는 없기 때문입니다. 그 마음보다 풍요로울 수는 없기 때문입니다. 그러기에 가난해도 가난하지 않을 수 있는 것입니다. 가난해도 행복할 수 있는 것입니다. 마음먹기 나름인 것입니다.

그래서 가난해도 사랑하는 사람이 있는 사람은 행복합니다. 가난해도 사랑해 주는 사람이 있는 사람은 행복합니다. 참으로 행복합니다.

그렇지만 마음이 가난한 사람은 더 외롭습니다. 행복하지도 않습니다. 죽고만 싶습니다. 사랑하는 사람도 없기에 행복하지 않습니다. 사랑해 주는 사람도 없기에 더욱 외롭습니다. 그래서 죽고만 싶을 따름입니다.

그것은 아무도 사랑하지 않기 때문입니다. 사랑받으려고도 하지 않기 때문입니다. 하지만 사랑하고 싶지 않아서가 아닙니다. 사랑받고 싶지 않아서가 아닙니다. 거절당하기 싫어서입니다. 가난하기에 무시당하고, 거절당한 상처가 이젠 습관이 된 것입니다. 두려운 것입니다. 그래서 마음이 가난한 사람은 거절당하지 않기 위해 먼저 거절하고 맙니다. 상처받기 싫어서 상처 주기 바쁩니다. 그러니 더욱더 외로워지고 행복하지 않습니다.

가난한 사람은 모두 외롭습니다. 그렇지만 마음이 가난한 사람은 더 외롭습니다. 사소한 일에도 늘 놀라고, 긴장합니다. 소스라치기도 합니다. 그렇게 두려움에 떨며, 외롭게 버티어 삽니다. 풀기 없이 버티며 삽니다.

하지만 누구보다 당당하고 싶습니다. 다른 사람에게 손 벌리는 사람이고 싶지 않습니다. 다른 사람에게 손 내미는 사람이고 싶습니다. 언제나 떳떳하고 싶습니다.

그런 사람은 간절합니다. 절박합니다. 자신을 거부하지 않고, 거절하지 않는 사랑이 필요합니다. 자신을, 자신의 못난 자아를, 마음을, 자신에 대한 사랑을 참고 견디어 주기를 간절히 바랍니다. 꼭 이 사람만이라도 잡은 손 놓지 않기를 절박한 마음으로 빕니다. 빌고 또 빕니다. 하지만 드러낼 수 없습니다. 두렵기 때문입니다. 용기가 나지 않습니다.

이제 누구든 먼저 손을 내밀어야합니다. 용기를 가지고 먼저 손을 내밀어야 합니다. 가난한 사람이든, 가난하지 않은 사람이든 누구든 먼저 손을 내밀어야 합니다.

누구든 삶을 먼저 아는 사람이, 고단한 삶을 먼저 이해한 사람이, 괴로웠던 삶을 먼저 용서한 사람이, 삶과 먼저 화해한 사람이, 삶에 대해 깨달은 지혜로운 사람이 먼저 손을 내밀어야 합니다. 마음을 열어야 합니다. 사랑해야합니다. 진솔한 마음으로 사랑해 나가야 합니다.

하지만 가난한 사람이 먼저 손을 내밀기는 쉽지 않습니다. 어떻게 생각할지, 어떻게 행동할지 두렵기 때문입니다. 거절당하기 싫어서, 상처받기 싫어서라도 손 내밀기는 쉽지 않습니다.

그러니 가난하지 않은 사람이 먼저 손을 내밀어야 합니다. 마음이 가난하지 않은 사람이 먼저 손을 내밀어야 합니다. 여유 있는 만큼, 풍요로운 만큼, 넉넉한 만큼 먼저 마음을 열어야합니다. 진실한 마음을 열어야 합니다.

부부 사이에서도 마찬가지입니다. 아니 부부 사이에서는 더더욱 그렇습니다. 행복한 가정, 그것이 우리가 가족을 이뤄 사는 목적과 의미이기 때문입니다.

# 4

# 황소
# 두 마리

　어느 한 선비가 과거를 보러 서울로 가는 중이었습니다. 산길을 따라 가고 있었습니다. 얼마쯤 가니 길옆으로 넓고 긴 밭이 나왔습니다. 거기선 농부가 황소 두 마리를 끌고 밭을 갈고 있었습니다.

　"이랴. 이랴."

　"…."

　"워 워."

　농부는 두 마리 소를 제법 잘 끌었습니다. 소리를 알아듣는지 두 마리 소도 농부의 말을 잘 들었습니다. 두 마리 소는 농부의 소리에 맞춰 척척 움직였습니다. 삐뚤어질세라 서로 팽팽하게 당기면서 밭을 갈고 있었습니다. 선비는 잠시 쉴 겸 밭 근처에 있는 바위에 걸터앉아 땀을 식히며 가만히 쳐다보고 있었습니다.

　그때 마침 농부는 밭을 다 갈고 소를 잠시 풀어놓으려던 참이었습니다. 소들은 농부의 손길을 가만히 기다렸습니다. 아주 얌전했습니다. 이내 소들은 근처 풀밭에서 조용히 풀을 뜯기 시작했습니다.

그러자 선비가 농부를 불렀습니다.

"여보시오. 농부님네."

"왜 그러시오."

"이리 좀 와 보시오. 내가 좀 물어볼 말이 있어서 그러오."

잠시 후, 농부는 선비에게 다가와 말했습니다.

"누구시오?"

"예. 저는 충주에 사는 장 진사올시다. 서울로 과거 보러 가는 중에 잠깐 쉬었다 가려고 앉아 있소."

"아, 그래요. 아 근데. 뭘 물어보시려고 날 불렀소?"

"하하. 저 소들 있잖소? 저 소들 참 말을 잘 듣는구려."

"예. 그렇지요. 다 튼튼하고, 얌전해서 말을 잘 듣지요. 저는 이 황소들 덕분에 아주 든든합니다."

"하하하. 그렇겠소. 정말 든든하겠소."

"… ."

"아, 그런데 저 두 마리 소 중 누가 더 힘이 셉니까? 내가 보기엔 저쪽 황소가 더 세 보이던데요."

선비가 말하며, 오른쪽에 있는 황소를 손가락으로 가리켰습니다. 그러자 농부는 순간 안색이 확 변했습니다. 깜짝 놀라 한 손으로는 손가락을 잡고, 다른 손가락으로는 급하게 입을 막았습니다. 농부는 선비를 쳐다봤습니다. 그러곤 다가가 나지막하게 속삭였습니다. 선비의 귀 가까이 대고 소곤거렸습니다.

"아니, 여보시오. 그렇게 큰 소리로 말하면 어떡하오?"

"아니. 뭐가 어쨌다는 거요?"

"… ."

"이렇게 조용히 말해야 하는 이유라도 있소?"

"여보시오. 소들이 다 듣고 있잖소."

"… ."

"비록 사람의 말을 정확히 다 알아듣지는 못하지만, 자기한테 좋은 말을 하는지 나쁜 말을 하는지는 다 느낀다오."

선비는 농부의 말을 듣고 부끄러웠습니다. 한낱 짐승일지라도 가족처럼 아끼고 배려해 주는 농부의 마음에 탄복할 따름이었습니다.

'한낱 짐승들한테도 이러할진대, 하물며 사람들한테야 말해 무엇할 것인가? 나의 공부가 아직 저 농부에게도 미치지 못하는구나.'

••••

부부가 한 몸이듯, 가족도 한 몸입니다. 뗄 수 없는 한 몸입니다. 함께한 삶으로, 마음으로 한 몸입니다.

그래서 가족은 모든 것을 함께 나눕니다. 먹을 것, 입을 것이 부족하더라도, 잠잘 곳이 좁더라도, 기쁨도, 슬픔도, 행복도 불행도 함께 나눕니다. 그래서 함께 먹어야 행복합니다. 함께 입어야 행복합니다. 함께 자야 행복합니다. 서로가 조금 덜 먹고, 덜 입고, 덜 편하게 자더라도 함께 나눌 수 있어 행복합니다. 혼자서 잘 먹고, 잘 입고, 잘 잔다면, 오히려 불행한 것이 가족입니다.

어떤 때는 비록 서로 비교하고, 무시하기도 하고, 깔보기도 하고, 치고 박고 싸우기도 하지만 가족에 대한 마음은 같습니다. 아무리 그래도 가족에 대한 애틋하고, 애잔한 마음, 그리운 마음은 늘 같습니다. 가족에 대한 사랑은 언제나 한결같습니다. 다만 못 견딜 만큼 팍팍한 삶을 어떻게든 이겨 내어 살아보고자, 사랑받고픈 어린아이의 투정일 뿐입니다. 밖에서 밀리고 치이고 소외당한 상처를 풀어내기 위해 저도 모르게 짜증내고, 화내고, 소리치고, 싸우는 것입니다. 언제나 돌아보면, 이것도 가족이기에 가능한 일이기도 합니다. 가족이 아니면, 대체 세상 어디서 이런 투정을 받아줄 수 있겠습니까?

그래서 가족은 함께 아픕니다. 한 몸 중 일부라도 상처를 입으면, 온몸 전체가 쑤시고 아파오는 것처럼 가족도 함께 아픕니다. 가족 중 한 사람이 아프다면 가족은 늘 함께 아픕니다. 온 가족이 아파합니다. 몸일지라도 마음일지라도 그렇습니다. 어느새 알고, 마음으로 알고 함께 아파합니다. 마음으로도 몸으로도 함께 아파합니다.

그래서 가족은 하나를 위해 전체가 조금씩 양보하려 합니다. 전체를 위해 하나를 핍박하지 않습니다. 모자란다고, 말썽 부린다고 핍박하지도 않습니다. 자기 몫이 적어진다고, 자신의 삶이 불편해진다고 불평하지도 않습니다. 그럴수록 온 가족의 마음은 더 아파오기 때문입니다. 결국 더 불행해지기 때문입니다. 오히려 불행에 처한 하나가 덜 불행할 때, 그 불행을 함께 나누어 질 때, 비로소 온 가족은 행복해지기 때문이다. 함께해 온 삶으로 마음으로 하나이기 때문입니다.

　가족은 그래서 한 운명체입니다. 함께 행복해지기도 하고, 함께 불행해지기도 합니다. 언제나 어느 하나만 행복해지거나 어느 하나만 불행해지는 법이 없습니다. 가족은 사랑이고, 하나입니다. 가족은 사랑으로 하나입니다.

# 5

# 서로
# 내 탓

옛날, 어떤 마을이 있었습니다. 그 마을에는 서로 늘 '내 탓'하는 집과 늘 '네 탓'하는 집이 있었습니다. 두 집은 담장을 사이에 두고 윗집과 아랫집이었습니다. '내 탓'하는 윗집은 식구가 여덟이었고, '네 탓'하는 아랫집은 다섯 식구가 함께 살았습니다.

아랫집 사람들은 늘 '네 탓'만 했기 때문에 늘 서로 으르렁댔습니다. 그릇을 하나 깨면, 누가 이곳에 그릇을 놔두었냐고 하면서 그릇을 놔둔 사람의 잘못이라 하고, 그릇을 놔둔 사람은 그릇 둔 것이 뭔 잘못이냐며 그릇을 깬 사람이 잘못이라 하면서 싸웠습니다. 그래서 아랫집은 자주 싸우는 소리가 크게 났습니다. 하지만 윗집은 늘 조용하면서도 화기애애하게 지냈습니다.

어느 날, 아랫집 사람들은 윗집 사람들이 궁금했습니다. 어떻게 그렇게 살 수 있는지 자기들로서는 도저히 이해가 되지 않았습니다. 그래서 하루는 윗집 사람들이 어떻게 하나 하고 엿보기로 했습니다.

　마침 그 집 며느리가 마당에서 빨래를 삶고 있었습니다. 그런데 갑자기 빨래를 삶고 있던 며느리가 갑자기 우물가로 달려가면서 말했습니다.

　"어머니, 빨래 좀 봐주세요."

　"오냐, 알았다."

　쪽박을 놓고 온 것이 생각났기 때문이었습니다. 어머니께 맡겨 놓고 얼른 달려가 가져오면 될 듯했습니다. 그래서 며느리는 쏜살같이 내달렸습니다. 혹시나 해서 서둘렀습니다.

　잠시 후, 며느리는 쪽박을 가지고 집에 도착했습니다. 하지만 그새 빨래가 홀라당 타 버렸습니다. 며느리는 시어머니에게 분명히 부탁하고 갔었습니다. 그런데 그만 시어머니가 따뜻한 불에 잠이 들어 버렸던 것이었습니다.

　'크크, 이제 곧 큰 싸움이 일어나겠지?'

　'크크크'

　아랫집 사람들은 속으로 웃으며, 숨을 죽이고 계속 지켜봤습니다.

　아, 그런데 그게 아니었습니다. 며느리는 타 버린 빨래를 조용히 부엌으로 가져갈 뿐이었습니다. 그러더니 웅크리고 앉아 울기 시작했습니다. 시어머니가 깰까 '흑흑' 소리도 못 내고 울고만 있는 것이었습니다. 아랫집 사람들은 의아해했습니다.

"아니, 저럴 수가?"

"뭐? 저런 사람이 다 있어?"

"그러게 말이야."

"쉿, 조용히 해."

그때, 시어머니가 깨었습니다. 나지막한 울음소리가 잠결에 들렸던 것이었습니다. 시어머니는 빨래 삶던 일이 불현듯 떠올랐습니다.

"에그머니나!"

큰일 났습니다. 빨래가 없었습니다. 놀란 시어머니는 허둥지둥 두리번거렸습니다. 그러다 부엌에 웅크리고 앉아 있는 며느리를 발견했습니다. '아차!' 싶었습니다. 울고 있는 것이 틀림없었습니다. 며느리를 보니 더욱 미안해진 시어머니는 부리나케 부엌으로 달려 갔습니다.

"아이구야, 아가?"

시어머니는 며느리를 와락 안았습니다. 며느리의 눈물을 닦아 주었습니다.

"미안하다. 아가."

"… ."

"미안하구나. 내 잘못이다. 울지 말거라."

"아니에요. 어머니. 제 잘못이에요."

"아니다. 내 잘못이구나."

그때 장작을 해서 들어오던 시아버지가 그 광경을 보았습니다. 그러더니 자신이 장작을 해오지 않았으면 괜찮았을 텐데 하면서 장작을 해온 자신이 죽일 놈이라고 했습니다. 시아버지는 부엌문 앞까지 가서 며느리를 위로했습니다.

"아니에요, 아버님. 제 잘못이에요."

"아니다. 아가. 내 잘못이다."

"아니에요. 아버님, 어머님. 아니에요."

며느리는 울면서 아니라고 했습니다. 빨래가 탄 것은 자기 잘못이고, 아버님, 어머님 잘못은 아니라고 했습니다. 마침 그때, 아들이 저녁때가 되어 돌아왔습니다. 들어오자마자 부엌에 어머니, 아버지, 아내가 모여 있는 것을 본 아들은 얼른 달려가 걱정스런 표정으로 물었습니다.

"무슨 일이 있었어요?"

"… ."

"아니, 왜 울어요?"

며느리는 자기 잘못으로 빨래가 타서 그랬다고 말했습니다. 그러자 아들은 자신이 죽일 놈이라고 했습니다. 자기가 장에 가서 '솥'을 사 오지 않았으면 빨래를 삶지도 않았을 것이라고 하였습니다.

윗집 사람들은 이렇게 서로 '내 탓'이라고 하면서 아무도 서로를 탓하지 않았습니다. 잠시 후, 윗집 사람들은 맛있는 저녁상을 차렸습니다. 그리고 나서 서로를 보고 웃으면서 즐겁게 식사를 했습니다.

이 광경을 처음부터 끝까지 지켜본 아랫집 사람들에게는 한동안 침묵이 흘렀습니다.

◆◆◆

서로 '내 탓'이라고 하면 얼마나 좋을까요? 정말은 아닐지라도 말입니다. 사실 정말로는 자신의 잘못이 아닐지라도 '내 탓'이라고 말해 주면 어떨까요? 상대는 어떻게 생각할까요? 얼마나 좋을까요?

그런데 사랑하는 사람에게 '네 탓'이라고 하면 어떨까요? 달리 생각해보면, 결국 내 사랑하는 사람의 탓이라는 것이 아닐까요? 내가 소중히 여기는 사람의 잘못이라는 것이 아닐까요? 그러면 결국 내 사랑하는 사람, 내가 소중히 여기는 사람의 마음이 상하고 아프지 않을까요? 어쩌면 나보다 더 소중한 사람을 괴롭히는 것이 아닐까요? 그러니 차라리 내 탓이고 말면 어떨까요? 차라리 마음 상하게 하느니, 괴롭게 하느니 내가 대신 조금 아프면, 참으면 어떨까요? 그 사랑하는 사람의 상한 마음, 괴로워하는 마음을 지켜보는 것이 더 고통스럽지 않을까요? 정말로 사랑한다면 말이에요.

말처럼 쉽진 않지만, 사랑하는 사람을 위해서라면 어때요? 노력해 볼 만하지 않나요?

물론 사랑하는 사람이 아니라도 그렇게 하는 것이 더욱 좋겠다는 생각을 해 봅니다. 정말로는 자신의 잘못이 아닐지라도 먼저 '내 탓'

이라고 하고, 먼저 '내 잘못'이라고 하면 더 좋겠다는 생각을 해 봅니다.

상대에 대한 마음이기 때문입니다. 그 마음이 전해져 상대의 뭉친 마음을 풀어 주기 때문입니다. 최소한 그 마음에 자신을 다시 한 번 더 생각해 볼 수 있는 마음의 여유를 주기 때문입니다. 그러면 그것이 더욱 우리를 행복하게 할 수 있지 않을까요?

우리 모두가 알겠지만, 사람의 마음은 통합니다. 마음에서 마음으로 통합니다. 말없이도 마음에서 마음으로 서로의 느낌이 통합니다. 뜻도 통합니다. 먼저 물러나 '내 탓'으로 돌리면, 그 마음은 전해져 상대의 마음을 두드립니다. 그래서 그 마음에 마음으로 다가가 함께 머물다 보면, 그 마음을 서로 느낄 수 있게 되는 것입니다. 서로에게 다른 감정이 없다는 것을. 애정을 가지고 서로에 대한 애정으로 바라는 마음이라는 것을. 진심으로 상대가 잘 되기를 바라는 마음이라는 것을. 해치기 위한 마음이 아니라는 것을….

만약 이렇게 마음에서 마음으로 느낀다면, 서로의 장벽이 걷히지 않겠습니까? 서로의 마음을 상하지 않게 하려고 하지 않겠습니까? 괴롭지 않게 하려고 하지 않겠습니까? 그때부터 평화가 시작되지 않겠습니까? 행복이 시작되지 않겠습니까? 마음과 정성을 기울여 노력하면 이뤄지지 않겠습니까?

그러니 서로를 위해 잘되기를 바라는 마음으로 서로 '내 탓'이라고, '내 잘못'이라고 먼저 말해 주면 어떨까요?

창피해서, 체면 때문에, 자존심 때문에 둘러대기 바쁘고, 핑계대기 바쁘고, 책임을 회피하기 바쁘고, 심지어 다른 사람에게 그 책임을 전가한다면, 그래서 더욱 서로에게 화를 내고 상처 준다면 서로에게 유익한 것이 무엇이겠습니까? 서로에 대한 실망과 증오뿐일 겁니다. 모두가 서로에게 패배자이고, 불행할 뿐일 겁니다.

# 6
# 네 말도
# 옳다

어떤 마을에 선비가 있었습니다. 그 선비 집에는 며느리와 딸이 함께 살고 있었습니다. 그런데 며느리와 딸은 늘 티격태격하며 싸웠습니다.

하루는 저녁에 며느리와 딸이 빨래를 다리고 있었습니다. 딸이 빨래를 다리면서 별보다 달이 크다고 말했습니다. 그 말을 들은 며느리는 별이 더 크다고 주장했습니다. 그러자 둘은 또 서로 자기가 옳다며 싸웠습니다. 한참을 싸워도 해결이 되지 않자, 딸이 먼저 선비에게 갔습니다. 딸이 물었습니다.

"아버지, 달이 더 크지요?"

선비는 말했습니다.

"그래, 네 말이 맞다."

딸이 신나서 와가지고 며느리에게 말했습니다.

"거봐요, 내말이 맞다시잖아요."

하지만 며느리는 못 믿겠다며, 직접 가서 물어보고 오겠다고 하며 갔습니다. 딸도 덩달아 따라갔습니다. 그리하여 며느리도 선비에게 물었습니다.

"아버님, 별이 더 크지요?"

그러자 선비는 말했습니다.

"그래, 네 말도 맞다."

그러니까, 옆에서 듣고 있던 선비의 부인이 말했습니다.

"아니, 달이 크면 달이 크다, 별이 크면 별이 크다고 해야지. 딸이 말하면 '네 말이 맞다' 하고, 며느리가 말해도 '네 말도 맞다' 하면 어떻게 해요?"

하고 따져 물었습니다. 그러자 선비는 웃으면서 말했습니다.

"자네 말도 맞네 그려."

그 말을 들은 가족들은 깔깔대며 웃었습니다. 그렇게 선비 가족은 오래오래 웃으면서 살았습니다.

◆◆◆

어떤 것에 이유가 없겠습니까? 처녀가 애를 가져도 할 말이 있다는 말처럼, 핑계 없는 무덤 없다는 말처럼 말입니다. 이유 없는 것은 없습니다. 누구나, 어느 것에나 사연이 있습니다. 다 그 처지와 입장에서, 그 마음에서, 생각에서 들여다보면, 그 나름대로 이유가 있습니다. 일리가 있습니다. 사연이 있습니다.

이 세상에 절대적이라는 것이 과연 얼마나 되겠습니까? 누구의 생각이, 판단이 절대적으로 옳다고 이야기할 수 있겠습니까? 누구나 다 자기 삶의 경험과 배움 속에서 생각하고 판단하는 것이지 않습니까? 그 속에서 얻은 지식, 지혜, 깨달음, 삶의 가치로 자신만의 안경을 쓰고, 세상을 바라보고, 사람을 보고, 삶을 보는 것이 아니겠습니까?

우리 각자는 언제나 누가, 어떤 것이 옳다고 판단합니다. 하지만 결국 자신이 바라보는 측면에서 볼 때 옳은 것 아니겠습니까? 상대가 바라보는 쪽에서도 과연 옳은 것이겠습니까? 누구나 자신이 옳다고 한다면, 자신만이 옳다고 한다면, 과연 세상에 옳은 것이 있겠습니까?

자신이 보기에 옳은 것이 상대가 보기에는 옳지 않을 수도 있지 않겠습니까? 누구는 언제나 옳다고 할 수 있겠습니까? 무엇이 절대적으로 옳다고 할 수 있겠습니까? 누구든 틀릴 수 있지 않겠습니까? 그리고 모든 것은 상대적이지 않겠습니까?

이해하고자 한다면, 이해하지 못할 것이 어디 있겠습니까? 그 사람이 되어 생각해 보고 느껴 본다면, 이해하지 못할 것이 어디 있겠습니까?

 부부도 마찬가지입니다. 이삼십여 년간 서로 다른 시간과 공간
에서 살고 있지 않았습니까? 물론 물리적인 시간과 공간이 같을 수
도 있지만, 그렇다고 정신적인 시공간, 심리적인 시공간까지 같을
수 있겠습니까? 경험도, 배움도, 깨달음도 같을 수 있겠습니까? 이
삼십여 년의 삶은 최소한 그만큼의 생각과 마음의 차이를 가져오지
않았겠습니까?

 그리 작지 않을 것입니다. 만만치 않을 게 뻔하지 않겠습니까?
그러니 이삼십여 년 각자의 삶 속에서 몸에 밴 생각과 마음의 차이
를 그리 쉽게 이해하기에는 부족함이 있지 않겠습니까? 그리 쉽게
극복하기에는 어려움이 있지 않겠습니까? 비록 상대에게 맞추어 배
려하고 사랑한다고 하지만, 그 모든 것이 상대가 흡족할 만큼일 수
있겠습니까? 오히려 상대가 흡족해하는 것은 당신에 대한 배려와
사랑일 것입니다. 그리고 비록 부족하지만 나머지는 당신에 대한
배려와 사랑으로 채우고 있는 것입니다. 사랑하는 마음으로 배려하
는 마음으로 상대를 인정하고 받아들이는 것입니다.

 그러니 배려와 사랑은 혼자 하는 것이 아니라, 서로가 서로서로
하는 것입니다. 굳이 들추고 꺼내어 상대를 거꾸러뜨리고자 한다면
야, 어느 것인들 그렇게 하지 못할 것이 있겠습니까? 다만 그렇게
하지 않을 뿐입니다. 못 하는 것이 절대 아닙니다. 서로서로 감싸
고, 눈감아 주며, 보듬고 가는 것입니다.

그렇게 사는 것 아니겠습니까? 그렇게 사랑하며 사는 것 아니겠습니까? 못마땅해도, 부족해도 그 부분을 감싸주고, 매워주며 사는 것 아니겠습니까?

무한한 우주에서, 지구별에서 이렇게 만난 것도 인연인데, 그렇게 만나 사는 것도 찰나의 짧은 삶인데 꼭 그렇게 고깝게 보고 꼬집어야겠습니까? 서로 사랑하는 마음으로 너그러이 이해하고 아껴 주는 것이 좋지 않겠습니까? 행복하지 않겠습니까?

# 7
# 시어머니
# 죽이는 밤

옛날, 어떤 마을에 시어머니와 며느리가 살고 있었습니다. 시어머니는 날마다 며느리를 볶아댔습니다. 그런데 며느리도 만만치 않았습니다. 며느리는 자신을 구박하는 시어머니를 몹시 미워했습니다. 이 집 아들은 어머니와 마누라 사이에 끼어서 어찌해야 좋을지 몰랐습니다.

하루는 아들이 마누라에게 은근히 말했습니다.

"저기, 여보 마누라, 힘들지?"

"허, 그걸 말이라고 해요. 보면 몰라요?"

"…."

"아니, 왜 허구한 날 날 볶아대? 나 원 참. 어휴, 내가 뭘 그렇게 잘못했다고…. 내가 말로 하면 만리장성도 쌓겠다."

"…."

"내가 죽겠네, 죽겠어. 이러다간 제명에 못 살지."

그러자 아들은 잠시 심각한 표정으로 생각하더니 말했습니다.

"난 당신 없으면 못 살아. 그렇다고 이젠 당신한테 무작정 참으라고도 말 못해. 참을 만큼 참았잖소."

"…."

"그래서 말인데, 난 당신이 죽는 것보다 어머니를 죽게 하는 것이 좋겠소."

"뭐, 뭐요? 그게 무슨 소리에요."

"…."

"아니, 그게 무슨 소리냐구요."

마누라는 아들이 뜸을 들이자 재촉하며 말했습니다.

"좋은 수가 있기는 있는 거예요?"

"…."

"아, 이 양반이 답답하게. 아, 말이 나왔으니까 말이지. 내가 오죽하면 이러겠어요. 나도 당신 말에 찬성이에요. 찬성이니까 어서 말해 봐요."

며느리는 매우 진지했습니다. 그러자 아들도 마누라를 똑바로 쳐다보고서 심각하게 말했습니다.

"어, 그럼 내 말대로 하겠소?"

"…."

"내 말대로 하면 어머니는 정말로 죽게 되어 있소."

"아, 알았어요. 알았으니까 어서 말해 봐요. 뜸들이지 말고."

"하하, 그래 알았소."

"…."

"어머니한테는 군밤이 독이오. 옛날 어렸을 때, 갑자기 앓아누워 죽을 뻔했는데, 그게 말이야. 그해 겨울에 군밤을 먹고 죽을 뻔했다오."

"아, 그래요?"

"응. 그런데 이건 아무한테도 얘기하면 절대 안 되오. 큰일 나."

"…."

"알았소?"

아들은 마누라에게 누차 다짐을 한 후에야 말을 이었습니다.

"그러니까, 장에 가서 밤 한 말을 사다가 날마다 아침저녁으로 세 개씩만 구워서 어머니께 줘."

"…."

"그런데 줄 때, 절대 눈치 못 채게 아주아주 공손해야 하오. 안 그러면 의심받을 수도 있거든, 알았소?"

"호호호, 알았어요. 그 정도야 뭐 쉽지. 어머니만 죽는다면야."

그날부터 며느리는 날마다 아침저녁으로 밤 세 개를 구워 시어머니에게 갖다 주었습니다. 그러면서 아들이 얘기한 것처럼 공손하게 아주 공손하게 말했습니다.

"어머니, 이것 좀 드셔 보셔요."

"…."

"밤을 좀 구웠어요, 어머니. 호호호."

시어머니가 처음엔 속으로 놀라며 '얘가 미쳤나?' 생각했습니다. 그래서 그랬는지 시큰둥하게 말하며, 구박했습니다.

"쓸데없이 밤은 왜 구워. 난 안 먹는다. 너나 처먹어라."

며느리는 꾹 참았습니다. 그리고 매일매일 공손하게 말하며 맛있는 군밤을 가져다 놓았습니다. 며느리는 시어머니가 의심하여 군밤을 먹지 않을까 봐 매사에 조심하며 시어머니를 공손히 대했습니다. 그렇게 며칠이 지났습니다.

'별일이네. 별일이야. 웬일이다냐.'

'세상에 서쪽에서 해가 뜰 일이네. 사람이 갑자기 변하면 죽는다던데, 저것이 죽을병이 걸렸나.'

시어머니는 갑작스런 며느리의 행동에 어리둥절했습니다. 그러면서도 매일 밤을 구워서 갖다 주자, 속으로 즐거워하며 맛있게 먹었습니다.

'호호. 별일이네.'

'참. 매일 이렇게 생각해 주니 고맙네. 고맙구먼. 호호호.'

며칠이 또 지나자 이제는 며느리가 달라 보였습니다. 아닌 게 아니라 무슨 일을 하든지 공손히 시어머니를 대하고, 알뜰살뜰이 살림살이를 제법 잘하는 것 같아 보였습니다. 그렇게 한 달이 지났습니다. 한 달이 지나자, 시어머니는 후회했습니다.

'저런 며느리를 못 살게 볶아댔다니.'

'내가 저런 좋은 며느리를 못 살게 볶아댔다니….'

'내 원, 참.'

◆◆◆

한 인간의 삶에서 사랑하지 않는 순간이 있을까요? 숨 쉬는 순간마다에도 우리 인간은 누군가를 사랑하며 살고 있지 않나요? 적어도 자신을 사랑하며 살고 있는 것은 아닌가요? 최소한 자신을 위해 나름 최선을 선택하며 살고 있는 것은 아닌가요? 비록 그 선택이 남들이 보기에는 의아하고, 놀라울지라도 자신의 삶을 위해서는 필요하고 절박하기까지 한 최선이 아닌가요?

그렇게 생각해 보면, 우리는 이렇게 얘기할 수도 있지 않나요?

"인간은 늘 사랑하며 산다.

한순간도 사랑하며 살지 않는 때가 없다."

라고요. 삶의 매 순간순간마다 사랑하며 살지 않은 적이 없지 않는가 하고요. 사랑하지 않고 살아갈 수 없다는 것이기도 하지 않은가 하고요. 누구이든지, 무엇이든지 매 순간마다 사랑하며 산다고 할 수 있지 않은가 하고요. 그러므로 인간은 늘 사랑하며 살고 있는 존재라고 말할 수 있지 않은가 하고요.

그리고 인간은 늘 사랑받고 싶어 하는 존재라고 말할 수 있지 않은가요? 한순간도 사랑받지 않고는 살 수 없는 존재라고도 말 할 수 있지 않은가 말이에요.

뿌리째 뽑힌 꽃이 말라 버려지듯이, 물 밖에 버려진 물고기가 안간힘을 쓰다 이내 죽음을 맞이하는 것처럼, 사랑받지 못하는 인간도 그리움과 외로움의 신음과 고통 속에서 살 수 없게 되고 말지 않은가 말이에요. 버티다 몸부림치다, 결국 쓰러져 버림받은 삶을 스스로든 병으로든 마감하게 되고 말지 않은가 말이에요.

그래서 인간은 사랑받기 위해 노력합니다. 아니, 살기 위해 사랑받으려 노력합니다. 그것도 끊임없이 노력합니다. 자신을 괴롭혀서라도, 다른 사람을 괴롭혀서라도 기어이 관심과 사랑을 받고 싶어 합니다. 자신의 생명 따위나, 다른 사람의 삶 따위는 보이지 않을 만큼 인간은 관심과 사랑을 받고 싶어 합니다. 생명의 지향이 오로지 삶이듯이, 사랑도 생명의 순수 지향이라 할 수 있는 것입니다. 그래서 삶 자체에 그 의미와 가치를 부여하듯이, 사랑도 그 자체에 의미와 가치를 부여하는 것입니다. 비록 그것이 정당하지 않을지라도 그렇습니다.

그러므로 인간의 삶에서 사랑은 떼려야 뗄 수 없습니다. 한순간도 사랑받지 않고 사랑하지 않고는 살 수 없기 때문입니다. 다만 사랑의 중심이 바뀔 뿐입니다. 시간에 따라, 공간에 따라, 그리고 그 속에서의 삶에 따라 그 중심이 바뀔 뿐입니다.

사랑은 그래서 흐른다고 말할 수 있습니다. 변하는 것이 아니라 흐른다고 말할 수 있습니다. 강물이 흘러간다고 한들 그 물이 없어지지 않는 것처럼 그렇습니다. 태어나 부모에서 친구에서 연인에서 아내에서 자식으로 등등 사랑의 중심은 항상 움직입니다. 변화하기 마련입니다. 그래서 사랑은 늘 흘러갑니다.

하지만 중심이 달라진다고 이전의 사랑이 없어지거나 무의미한 것은 아닙니다. 다만, 딱 고만큼의 사랑인 채로 머물러 있을 뿐입니다. 딱 고만큼의 사랑인 채로 조금 벗어나 있을 뿐입니다. 그러다 어떤 사랑은 관심을 받게 되기도 합니다만, 어떤 사랑은 오랜 추억 속으로 흘러 잠기기도 합니다. 그러나 아예 잊혀지거나 사라지진 않습니다. 추억 속에 희미하게라도 남아 딱 고만큼의 사랑인 채로 머물러 있습니다.

그러니 관심 어린 사랑도, 조금 벗어난 사랑도, 흘러 잠긴 사랑도 사랑입니다. 미움으로 증오로 무관심으로, 이젠 기억조차 지워진 듯할지라도 사랑하는 마음은 늘 우리의 삶 속에서 안쓰러운 여운을 남기곤 합니다. 되돌릴 수 없는 안타까운 마음을 남기고 흘러갑니다. 비록 중심에선 멀어져 가고 있지만 이러한 마음도 사랑입니다. 왜냐하면 사랑은 우리들의 삶이기 때문입니다. 생명의 순수 지향이기 때문입니다. 생명이 있는 한, 그 사랑에 대한 마음도 살아 간직되기 때문입니다. 자신의 삶 속에서 늘 함께 머물러 있기 때문입니다. 그러므로 미움도 사랑입니다. 증오도 사랑입니다. 게다가 기억

부부가 될 청소년과 청년을 위한
옛이야기 산책

조차 나지 않은 사랑도 사랑입니다.

아무런 감각이 없는 듯, 관심도 없는 듯하지만, 자신의 삶의 일부를 송두리째 뽑아 없애 버릴 수 있지 않고서는 그 생명의 사랑과 아련한 추억과 일말의 미련과 연민은 언제나 자신의 삶의 언저리나마 자리를 차지하고 있기 때문입니다. 그래서 가끔은 불쑥 기대하고 분노하고, 욕심을 부리고, 집착하며, 미워하기도 하고, 증오하기도 하고, 사랑하기도 하는 것입니다. 다만 그 시간과 공간, 관계 속에서 딱 고만큼만 꿈틀거릴 뿐인 것입니다.

그래서 사랑은 영원히 흐른다고 말할 수 있습니다. 마르지 않는 강물처럼 바다에 이르러 다시 돌아갈 때까지도 늘 흘러간다고 말할 수 있습니다. 그렇게 우리들의 사랑은 삶과 더불어 삶을 느끼지 못하는 순간까지도 흘러갑니다. 생명이 모두 끝날 때까지도 그 사랑은 언제나 추억으로 남아 흘러갑니다.

그렇다면 우리는 어떻게 살아야 하나요? 어떻게 사랑하며 살아야 하나요? 나의 사랑이 흐른다면, 너의 사랑이 흐른다면 우리는 어떻게 사랑하며 살아야 하나요?

나의 사랑도 흐른다면, 너의 사랑도 흐른다면, 우리의 사랑이 흐른다면, 또 그것을 인정하고 이해한다면, 우리의 사랑이 조금은 더 여유롭지 않을까요? 더 자유롭지 않을까요? 집착과 속박에서 더 자유롭지 않을까요? 나와 너, 우리의 삶을 더 잘 받아들일 수 있지 않을까요? 더 잘 용서하고 더 잘 화해할 수 있지 않을까요? 그래서 더욱더 잘 사랑할 수 있지 않을까요?

　굳이 소유하고자 하지 않는다면 어떻게 될까요? 굳이 잡고자 하지 않는다면 또 어떨까요? 욕심을 부리고 갖고자 한다면 잃을 수 있는 것처럼, 우리의 사랑도 마찬가지 아닐까요? 잡고자 한다면, 스스로를 옭아매는 사슬이 될 수도 있지 않을까요? 막고자 한다면, 그것은 바로 스스로를 가두는 벽이 될 수도 있지 않을까요?

　행복하고자 한다면, 사랑하고자 한다면, 서로 사랑하며 함께 행복하게 살고 싶다면, 우리는 과연 어떻게 해야 할까요? 바라지 않고 억지로 붙잡지 않고 오직 사랑할 뿐이지 않을까요? 사랑의 본질이 희생이듯 말이에요. 그러면 그 자체로 행복하지 않을까요? 그렇지 않을까요?

# 8
# 조신의
# 꿈

옛날 신라 시대에 세규사라는 절이 있었습니다. 이 절에는 조신이라는 중이 있었습니다. 조신은 절에 딸린 한 농막(農幕)을 관리하기도 하였습니다. 조신은 자주 이 농막에 머물며 농장을 관리하였습니다.

조신이 농장에 머무른 지 얼마 안 된 어느 날이었습니다. 태수의 딸이 농막을 지나 절로 향하는 모습을 보게 되었습니다. 부처님께 정성을 드리려는 것이 분명했습니다. 그런데 조신은 태수의 딸에게서 눈을 뗄 수 없었습니다. 태수의 딸이 너무 아름다웠기 때문입니다. 한눈에 반해 버린 조신은 태수의 딸이 전혀 보이지 않을 때까지도 뚫어져라 그곳만을 쳐다볼 정도였습니다.

이내 조신은 망설이지도 않고, 절로 달려갔습니다. 농장 일은 이제 관심 밖의 일이었습니다. 조신은 절로 올라가자마자 태수의 딸을 찾을 수 있었습니다. 절에서 태수의 딸을 찾기란 쉬웠습니다. 그 지역에서 워낙 지체 높은 집안이라 절에서는 대접을 소홀히 할 수 없었기 때문이었습니다.

그날부터 조신은 관음당 부처님 앞에 정성껏 불공을 드렸습니다. 태수의 딸과 혼인하게 해달라고 남몰래 빌었습니다. 하지만 몇 해가 지나도 조신의 소원은 이루어지지 않았습니다. 태수의 딸은 결국 다른 사람과 혼인하였습니다.

그러자 조신은 부처님을 원망했습니다. 자기의 소원 하나 들어주지 않는 부처가 미웠습니다. 조신은 그런 부처를 원망하면서 날이 저물도록 슬프게 울다가 지쳐 그만 잠이 들었습니다.

그때, 태수의 딸이 나타났습니다. 언제나 아름다운 얼굴이었습니다. 조신은 깜짝 놀라면서도 두근거리는 심장을 어찌할 수 없었습니다. 게다가 온몸이 굳어 꼼짝도 할 수 없었습니다. 태수의 딸은 아무런 움직임도 없이 가만히 있는 조신을 보고는 환한 이를 드러내고 반갑게 웃으며 말했습니다.

"지난번 불공을 드리러 왔을 때, 스님의 모습을 얼핏 보고 저도 모르게 좋아하게 되었습니다."

"…."

"제가 스님의 얼굴을 어렴풋이 보고만 말았지만, 이제껏 마음만으로는 사모하여 잠시도 잊어 본 적이 없었습니다."

"…."

"그런데 갑자기 다른 사람과 혼인하라는 부모의 명을 거역할 수 없어서 부득이하게 혼인을 하게 되었습니다."

"…."

"하지만 저는 그럴 수 없었습니다. 죽을 때 죽더라도 당신과 함께 묻힌다면, 여한이 없을 것만 같아 이렇게 죽음을 무릅쓰고 뛰쳐나왔습니다. 부디 저를 기꺼이 받아 주십시오."

조신은 순간 숨이 멎는 줄 알았습니다. 이게 꿈이어도 좋다고 생각하며, 속으로 제발 깨지 않기를 빌었습니다. 잠시 숨죽이며 듣고 있던 조신은 벌떡 일어나 태수의 딸의 손을 맞잡더니 힘껏 안았습니다. 조신은 너무도 기뻐서 어쩔 줄을 몰랐습니다. 그렇게 간절히 원했던 그리고 빌고 또 빌었던 그 소원이 드디어 이뤄졌다고 생각했습니다.

조신은 당장 떠나기로 마음먹었습니다. 날이 밝기 전에 서둘러야 했습니다. 다행히 태수의 딸은 짐도 미리 챙겨왔습니다. 그래서 조신도 간단히 챙겼습니다. 조신은 마침내 사모하는 태수의 딸과 함께 떠난다는 생각에 마냥 신났습니다.

아침이 밝아 오자, 태수의 집은 발칵 뒤집혔습니다. 편지 한 장 남겨 놓고 사라져 버린 딸의 행동이 믿기지 않았습니다. 태수는 딸이 멀리 가지 못했을 것이라며 하인들에게 당장 찾아 데리고 오라고 명령했습니다. 하지만 조신과 태수의 딸은 이미 멀리 떠난 뒤였습니다.

태수는 화가 났습니다. 도저히 용서할 수 없었습니다. 찾게 되면 그 즉시 죽여 버리고 싶었습니다. 그래서 하인들에게 끝까지 쫓아가 반드시 잡아 오라고 다그쳤습니다. 잡지 못하면 절대 돌아오지도 말라고도 했습니다. 태수는 그렇게 말하고도 분이 풀리지 않았는지 조신의 사지를 찢어 버리겠다며 길길이 날뛰었습니다.

조신 내외는 두려운 마음에 어쩔 수 없이 도망 다니는 신세가 되었습니다. 고향 마을로 돌아가 행복하게 살려던 조신 내외는 얼마 못 가 고향 마을을 떠나야 했습니다. 다른 마을로 가더라도 얼마 못 가 또 그곳을 떠나야 했습니다. 태수의 눈을 피해 이 마을 저 마을로 떠돌아 다녀야 했습니다.

그렇게 조신 내외는 사십여 년 동안 떠돌며 다섯 명의 자식을 두었습니다. 그러나 그들의 집은 한갓 네 벽뿐이었습니다. 변변찮은 끼니거리도 제대로 먹을 수가 없었습니다. 처음에는 집에서 가져온 약간의 패물이 있어서 그럭저럭 행복하게 살았습니다. 하지만 그것만으로 쫓겨 다니며 살기에는 턱없이 부족했습니다. 어느새 빈털터리가 되었습니다.

조신 가족은 이렇게 불쌍한 처지가 되자, 입에 풀칠이나 하려고 사방으로 떠돌아 다녔습니다. 그렇지만 점점 더 힘들고 어렵게 되었습니다. 이내 굶기를 밥 먹듯 하기까지 이르게 되었습니다. 그들은 사십여 년 동안 안 다닌 곳 없이 떠돌아 다녔습니다. 다 해진 누더기 옷은 몸을 가리지 못할 정도로 낡았습니다.

그러던 어느 날 아침이었습니다. 한 고개를 지날 때 결국 열다섯 살 난 큰아이가 굶어 죽었습니다. 조신 내외는 울면서 길가에 묻었습니다. 그러고 나서 나머지 네 아이들을 데리고 우곡현이라는 곳에 이르러 자그마한 오막살이를 짓고 살았습니다. 그곳에서도 겨우 겨우 힘겹게 살았습니다.

어느덧 또 세월이 덧없이 흘렀습니다. 이젠 부부도 늙고 병들었습니다. 게다가 하도 굶주려서 일어나지도 못하게 되었습니다. 그러자 열 살 난 딸이 여기저기서 동냥을 하여 겨우 입에 풀칠이나 하였습니다. 그런데 그 아이마저 동냥하러 갔다가 동네 개에게 물려 죽고 말았습니다. 기가 막힌 부부는 하염없이 눈물만 흘렀습니다.

한참을 울던 부인이 갑자기 눈물을 거두고 말했습니다. 그 모습이 사뭇 진지하고 엄숙했습니다.

"제가 처음 당신을 만났을 때는 나이도 젊었었지요."

"…."

"그땐 마냥 행복할 것만 같았고, 당신과의 사랑은 한없이 이뤄질 거라 생각했어요."

"…."

"하지만 젊은 시절의 살뜰한 기쁨과 행복도 풀잎에 맺힌 아침 이슬처럼 사라졌네요."

"…."

"이젠 아이들의 추위와 굶주림도 면할 방도가 없으니 어느 겨를에 부부간의 기쁨이 있겠어요. 늘 당신은 저 때문에 걱정을 하고 미안해하고, 저는 당신 때문에 또 걱정을 하고 미안해하고 말이에요."

조신은 묵묵히 듣고만 있었습니다. 부인은 잠시 흐느끼다 계속 말을 이었습니다.

"옛날의 즐거움을 곰곰이 생각해 보면 바로 그것이 우환의 시작이었어요. 당신과 제가 어찌하여 이 지경이 됐는지요. 모두가 함께 굶주리느니 차라리 짝 없는 새가 되어 거울을 보고 짝을 그리워하는 것만 못할 거예요."

"…."

"역경을 당하면 버리고 행운을 만나면 따른다는 것은 인정상 차마 못할 일이나, 가고 멈추는 것이 사람의 뜻대로 되는 것이 아닌 것 같아요."

"…."

"헤어짐과 만남에도 인연이 있는 것이니 이제는 우리 그만 헤어져요."

말을 마치자마자 부인은 울음을 터뜨렸습니다. 조신도 함께 부인을 부둥켜안고 한참을 울었습니다. 하지만 조신도 역시 그 길밖에 없다고 여겼습니다. 조신은 부인과 아이들이 떠나는 것을 가만히 지켜봤습니다. 이제 안심이 되었는지 입가엔 미소마저 띠었습니다. 부인은 아이들을 데리고 고향으로 간다고 말했습니다. 떠나는 부인과 아이들이 보이지 않자, 조신도 뒤돌아 뛰었습니다.


그때였습니다. 조신은 꿈에서 깨어나 벌떡 일어났습니다. 두리번거리니, 타다 남은 등잔불이 가물거리고 있었습니다. 여명이 밝아오고 있었습니다.

아침이 되고 보니, 수염과 머리털이 전부 하얗게 변해 있었습니다. 조신은 한동안 멍하니 앉아 있다 주변을 둘러봤습니다. 아무도

없었습니다. 관음상만 자신을 내려다보고 있었습니다. 관음상을 똑바로 쳐다볼 수도 없었습니다. 관음상을 대하기가 부끄러웠습니다.

조신은 조용히 일어나 꿈에 아이를 묻은 곳으로 갔습니다. 뉘우치는 마음으로 조심스럽게 땅을 파 보았습니다. 돌미륵이었습니다. 조신은 그것을 잘 씻어 법당에 잘 모셨습니다.

그 후, 조신은 농장 일을 그만두고 전 재산을 모두 바쳐 정토사를 세우고 열심히 불도를 닦았다고 합니다. 그가 어떻게 생애를 마쳤는지는 알 수 없습니다.

◆◆◆

부부의 첫 만남은 설렙니다. 궁금합니다. 마냥 좋기도 합니다. 한편으로는 두렵기도 합니다. 처음 그렇게 만나 좋아합니다. 또 보고 싶습니다. 그립습니다. 함께 살고 싶습니다. 그래서 함께 살기로 합니다. 신의 선물 같은 서로에게 감사하고, 사랑하면서 살기를 다짐하며 함께 살기로 합니다. 게다가 하늘과 땅과 별들도, 그리고 많은 사람들도 축복해 주리라 믿고 바라면서 함께 살기로 합니다.

하지만 그렇지 못한 부부도 있습니다. 도망치듯 둘만의 외로운 길을 가는 부부도 있습니다. 그런 경우, 부부는 마냥 행복하지만은 않습니다. 두렵기도 하기 때문입니다. 그래서 더욱 애틋합니다. 서로만을 바라보고, 믿고 의지하고 사랑합니다. 그 사랑으로, 믿음으로 간절한 소망으로 참고, 견디어 냅니다.

하지만 삶이 그렇게 호락호락하지 않습니다. 말처럼, 생각처럼 쉽지 않습니다. 마음대로, 뜻하는 대로 움직여지지 않습니다. 힘들고, 어렵습니다. 괴롭습니다.

그래도 부부가 고달픈 건 견딜 만합니다. 더 힘들고 어렵고 괴롭게 하는 것은 새끼들입니다. 자식 키우는 모든 살아 있는 것들이 다 그렇듯이 제 새끼가 배고프고 상처입고 병들어 괴롭거나 죽는다면, 더 견디기 어려울 겁니다. 그때는 부부의 사랑도, 믿음도, 희망도 약해집니다. 증오로, 배신으로, 절망으로 바뀌어 갑니다.

그럴 때 부부는 더욱 힘듭니다. 괴롭습니다. 화가 납니다. 하지만 그래도 부부는 다시 한번 이겨 보려 노력합니다. 자신들의 사랑으로, 믿음으로, 소망으로 선택한 이 길을 잃고 싶지 않습니다. 이렇게 헤쳐 온 세월이 안쓰러워서라도 돌아가고 싶지 않습니다. 후회하고 싶지 않습니다.

다른 가족들에게도 미안하고 창피하기도 합니다. 가족들의 자신에 대한 사랑도, 믿음도, 소망도 매몰차게 뿌리치고 선택한 길이었기에 그렇습니다. 가족들의 우려도, 두려움도, 불안함도 과감히 뿌리치고 선택한 길이었기에 그렇습니다. 그래서 자신은 없었지만, 어떻게든 성공하리라 굳게 다짐하면서 선택한 길이었기에 그렇습니다. 이를 악물고 기필코 행복한 모습으로 돌아가고 싶었던 길이었습니다.


하지만 부부의 뜻대로 되지 않은 경우가 있습니다. 아니, 많습니다. 그때부터 서로에겐 한동안 침묵이 흐릅니다. 아무도 말을 걸지 못합니다. 사랑한다는 말도, 위로하는 말도, 격려하는 말도 없이 그저 서로 숨죽입니다. 이젠 가고 멈추는 것이 사람의 뜻대로 되는 것이 아닌 것 같습니다. 헤어짐과 만남에도 인연이 있는 것 같습니다.

그러다 어느 순간, 저도 모르게 멀어져 버린 마음에 놀랍니다. 그런 마음이 갑작스럽게 다가옵니다. 멀어진 마음을 확인합니다. 그모든 것이 눈 깜짝할 새도 없이 코앞에 들이닥쳐 오고 맙니다.

그러고 나서 한순간 모든 상황이 변하고 맙니다. 첫 만남의 설렘도, 사랑했던 시절의 살뜰한 기쁨과 행복도 풀잎에 맺힌 아침 이슬처럼 사라져 버립니다. 그렇게 이제는 그만 헤어질 때가 다가옵니다. 이별만이 유일한 희망인 것처럼…. 망설임도 잠시, 결국 살기 위해서 헤어집니다. 어쩔 수 없는 냉정함으로 둘러싸여…. 그 길만이 최선이라 되뇝니다. 오로지 앞만 보고, 달려갑니다. 이별이 숙명인 듯이….


하지만 부부 모두에게는 고통스런 선택입니다. 자녀에게도 고통스런 선택입니다. 모두 한동안 그 고통 속에서 밤잠을 설칩니다. 눈물이 빗물처럼 흘러내립니다. 흘러 베갯잇을 적시고 또 흐릅니다. 마음도 무너집니다. 그렇게 서로 다른 시간 속에서 각자의 슬픔에 젖어 하루하루를 보냅니다. 게다가 그런 우울한 나날에 무기력함이 더해집니다. 아무것도 하고 싶지 않습니다. 젖은 빨래처럼 그냥 축 처져 있을 뿐입니다. 컴컴한 굴속에 갇힌 듯도 합니다. 갈

길을 잃고 헤매는 듯 혼란스럽습니다. 어떻게 해야 할지 모릅니다. 암울하고 암담하고 캄캄합니다.

　모두 그렇습니다. 모두 다 아픕니다. 서로 다른 시간 속에서, 서로 다른 공간 속에서 모두가 아파합니다.

　모두가 하나의 상처를 품고 삽니다. 그렇게 부부는, 가족은 영원히 이 상처 속에서 함께합니다. 상처가 다행히 아물어 흉터가 남더라도 그렇습니다. 흉터도 그 흔적이 미미해져 기억 속에 아련히 묻히더라도 그렇습니다. 그렇게 사랑하는 가족은 영원히 가슴 속에 묻혀 기억됩니다.

　그러다 불쑥불쑥 그 아픔이 아려 옵니다. 그 상처가 기억을 통해 희미하게 전해져 옵니다. 그렇게 지금도 그 아픔이 가족과 함께 살아갑니다. 그 기억과 함께 영원히 살아갑니다.

　하지만 삶이 어렵지 않은 사람은 없습니다. 삶이 아프지 않은 사람도 없습니다. 가난한 이도 부유한 이도 갓난아기에서 머리 흰 어르신들까지도 마음이 아프지 않은 사람은 없습니다.

　다만 먼저 아팠던 사람이 현재 아픈 사람을 돌보는 것이고, 현재 덜 아픈 사람이 더 아픈 사람을 위로하고 있는 것입니다. 자신의 아픔을 이겨 내며 함께 이겨 내기 위해 손을 내밀어 어루만지는 것입니다. 그것이 우리네 삶입니다. 인생입니다.

　그렇다면 이러한 우리들의 삶의 의미는 무엇일까요? 누구에게나 쉽지 않은 삶, 아픔으로 가득한 우리들의 삶의 목적은 무엇일까요? 우리는 그러한 삶에서 무엇을 얻기 위해 기어이 살아가는 걸까요? 우리들의 삶과 마음을 괴롭힌 고단하고 고통스러운 삶의 순간들은 왜 우리에게 오는 것일까요?

그 질문에 대한 궁금함을 한 번에 모두 해소할 수는 없습니다. 하지만 분명한 것은 우리는 늘 그 아픔 속에서 성숙해진다는 것입니다. 그 아픔이 있기에 철이 든다는 것입니다. 그 고통스러운 삶의 과정이 있기에 우리의 생각과 마음이 더욱 성장할 수 있다는 것입니다. 그래서 삶의 모든 아픔 속에는 반드시 소중한 삶의 의미가 담겨있다는 것입니다.

그것은 고통의 긴 굴을 지나면서, 자신의 아픈 삶을 되돌아보면서 우리는 우리 자신의 진솔한 모습과 마주하게 되기 때문입니다. 실의에 차 절망 속에서 그 아픔을 되새김하기도 하기 때문입니다. 그 속에서 후회의 눈물을 흘리기도 하기 때문입니다. 가슴을 치고, 머리를 쥐어뜯기도 하기 때문입니다. 그 아픔을 잊기 위해 더 아픈 상처를 내며 괴롭히고 혹사시키기도 하기 때문입니다. 한동안 그런 캄캄한 굴속에서 아픔을 잊기 위한 더 큰 고통을 자아내며 허우적거리기도 하기 때문입니다. 그런 고통의 시간에 고독한 자신을 만나기 때문입니다. 홀로 황량한 벌판을 미친 듯이 발버둥치고 난 뒤, 지친 자신의 고독과 만나기 때문입니다. 고독이 된 자신과 만나기 때문입니다.

그러고 나서 한참 동안 침묵이 흐릅니다. 눈물도 흐릅니다.

그렇게 그 아픔과 함께 고통의 굴을 지나고 나면, 어느새 빛이 보입니다. 이제는 더 이상 볼 수 없을 것 같은 빛이 보입니다. 너무 길어 도저히 끝을 볼 수 없을 것 같았던 절망의 캄캄한 굴도 어느새 뒤로 물러납니다.

그것이 인생이었습니다. 지독한 인생이었습니다. 그래도 이젠 살아야 합니다. 그렇게 아팠던 상처에 새살도 돋습니다. 그렇게 슬픈 기억도 아련해져 옵니다. 이젠 그렇게 살아야 합니다. 시련을 품고 피어나야 합니다.

그렇게 다시 살아야 할 이유를 간직합니다. 찬찬히 다시 봅니다. 나를, 세상을…. 그러고 나서 일어섭니다. 앞으로 어떻게 살아야 할지 다짐합니다. 그렇게 또다시 걷습니다. 자신의 삶을, 진정으로 살아야 할 자신의 삶을 걷습니다.

그렇게 다시 피어납니다. 슬프게 피어납니다. 절망을 이기고 홀로 아름답게 피어납니다. 꽃봉오리처럼….

우리의 삶은

그렇다.

만날 사람을 만나게 하고

만날 때를 가려 만나게 하고

만났던 사람을 또 만나게 하고

만나야만 할 사람을 만나게 한다.
어떤 만남도 이유가 없지 않아,
만나고 싶다고 만나지는 것이 아니다.
만나야할 사람은 꼭 만나고야 만다.

그러고 보니
다른 것들과도,
이별도, 두려움도, 아픔도,
모두.


그래서 하늘은 우리에게 딱 감당할 만큼의 시련만을 준다고 합니다. 하늘은 누구도 버리지 않는다고 합니다. 공평하다고 합니다. 깨달음을 위한 사랑의 선물이라고도 합니다. 그 아픔이, 그 고통이 우리들의 성장을 위해 예비한 은혜로운 선물이라고도 합니다.

만약 우리가 그 아픔 속에서, 그 절망 속에서 그것이 나에게 무슨 의미인지를 묻는다면, 그것이 나에게 어떤 이유인지를 이해한다면, 우리는 덜 아프지 않았을까요? 덜 절망스럽지 않았을까요? 더 슬기롭게 대처하지 않았을까요? 더 의미 있게 보낼 수 있지 않았을까요? 그 아픔과 절망의 시간을….

# 9

# 흰머리와
# 지게

옛날, 기로(棄老)라는 이름의 나라가 있었습니다. 그때 그 나라에는 몇 년 동안 계속 흉년이 들었습니다. 어느 해는 심하게 가물다가 어느 해는 또 큰 물난리가 나 농사지은 것들을 다 못쓰게 돼 버리곤 했습니다. 나라에서는 그때마다 기우제를 지낸다, 천제를 지낸다며 난리 법석을 떨었지만 아무 소용이 없었습니다.

점점 먹을 것을 얻기가 몹시 어려워졌습니다. 풀뿌리를 캐먹기도 하고, 나무껍질을 삶아 먹기도 했습니다. 그래도 굶어 죽는 사람이 부지기수였습니다. 급기야 일흔 살 넘은 노인을 산 채로 산속에 내다 버리는 풍습이 생겼습니다. 입 하나가 주니 살길이 생겼을지도 모르겠습니다. '흉년곡식은 남아돌고 풍년 곡식은 모자란다'더니, 그래서 그런 말이 생겼나 봅니다.

그날도 어떤 사람이 일흔이 넘은 아버지를 지게에다 짊어지고 집을 막 나서려고 했습니다. 마침 그 사람의 아들이 마당에서 놀고 있다가 그 사람을 보고 말했습니다.

"아빠, 어디가?"

"으응. 할아버지랑 꽃구경하러 산에 간단다."

"어, 그래요? 나도 갈래."

"어허, 안 돼. 아빠랑 할아버지만 가는 거야."

"왜? 나도 갈래."

아들은 막무가내로 같이 가고 싶다며 따라 나섰습니다. 그 사람은 하는 수 없이 데리고 갔습니다.

한참을 올라가니, 그 사람의 이마에선 땀이 뻘뻘 났습니다. 아들도 힘들었는지, 씩씩거렸습니다. 그 사람은 지게에서 할아버지를 내리고, 물통을 꺼내 물을 먹었습니다. 그러나 할아버지와 그 사람은 서로 아무 말도 하지 않았습니다. 아들은 아무 말도 하지 않는 아빠와 할아버지가 아무래도 수상했습니다. 무슨 일이 있는 게 분명했습니다. 하지만 아들은 모르는 척 왔다 갔다 두리번두리번 꽃구경만 하는 척했습니다. 그러다 아들이 그 사람에게 말했습니다.

"음, 아빠."

"…."

"아빠는 어째서 그렇게 머리카락이 하얘졌어요?"

"음. 우리 아들이 속을 썩일 때마다 한 움큼씩 하얀 머리가 생긴 거란다."

"아아. 그렇구나."

"…."

"그럼. 할아버지는 왜 그래?"

"뭐가?"

"아버지는 할아버지 속을 얼마나 썩였길래 저렇게 머리가 다 하얗게 된 거냐고요?"

그 사람은 아들의 말을 듣고 머쓱해져 아무 말도 하지 못했습니다.

'햐, 이놈. 말 한마디 잘못했다간 본전도 못 찾겠구만.'

잠시 후, 그 사람은 다시 지게를 지고 산을 올라갔습니다. 산을 오르고 또 올라 한참을 더 가 마침내 깊은 산속으로 들어왔습니다. 그 사람은 지게를 잘 받치고, 노인을 내렸습니다. 그리고 지게에 묶어 두었던 작은 보따리를 꺼내 노인 옆에 놨습니다. 노인과 그 사람은 그때도 아무 말도 하지 않았습니다. 서로 눈도 마주치지도 않으려고 했습니다. 어색한 침묵이 흘렀습니다.

"자, 이제 할아버지께 절을 하자꾸나."

그 사람이 말을 하자 한동안 흘렀던 침묵이 비로소 깨졌습니다.

"왜요?"

"오늘이 할아버지와는 마지막이란다."

아들은 그 사람의 말이 잘 이해가 가지 않았지만, 큰절을 귀엽게 했습니다. 노인은 '오냐오냐'하시며, 씁쓸한 미소를 지었습니다. 그 사람은 인사를 하자마자 아들의 손을 잡고 급히 내려가기 시작했습니다. 그때, 아들이 갑자기 그 사람의 손을 잡아끌었습니다. 그 사람은 잠시 멈춰 아들을 쳐다봤습니다.

"아, 잠깐. 아빠."

"왜?"

“지게 가지고 가야지.”

“어, 그냥 놔두고 가자. 버리는 거야.”

“왜요? 왜?”

“그럼 너는 뭐하게? 왜 가지고 가자고 해?”

“어, 나도 아버지 일흔 살이 되면 이 지게로 아버지 짊어지고 오려고.”

“…”

“그때까지 놔뒀다가 쓰지, 뭣하러 새로 만들어.”

아들의 말에 그 사람은 한동안 어이가 없었습니다.

“하하하. 이놈이 뭐가 어째? 하하하….”

아버지는 한동안 껄껄껄 웃으며, 다시 할아버지를 지게에 모시고 산을 내려가기 시작했습니다.

◆◆◆

물은 아래로 흐릅니다. 자연의 이치입니다. 그런데 물만 아래로 흐르는 것은 아닙니다. 인간도 자연이기에 삶도 자연의 섭리에 따릅니다. 과거가 현재로, 현재가 미래로 쌓여 갑니다. 생명도 부모로부터 자신에게, 자신에게로부터 자식으로 이어지고, 계속된다는 것을 의미합니다. 그 외의 모든 것도 이러한 섭리를 따릅니다.

그런데 우리는 어떻게 삽니까? 어떻게 생각하고, 말하고, 행동합니까? 자신의 멋대로, 입맛대로, 편한 대로 살고 있지는 않습니까?

세상을 핑계로 자신의 선택과 결정을 합리화하여 생각하고, 말하고, 행동하지는 않습니까?

얽매이지 않고, 자유롭게 살고자 하는 마음은 모든 만물이 다르지 않을 겁니다. 그 속에서 행복을 꾀하고자 하는 마음도 다르지 않을 겁니다. 하지만, 인간이 과연 자유로운 존재인가요? 아니, 모든 만물이 과연 자유로운 존재인가요?

아니라는 생각이 듭니다. 인간뿐만 아니라 모든 만물은 그저 주어진 시간과 공간에 잠시 머물러 있을 뿐입니다. 모든 만물이 일정한 한계를 가지고 변화와 발전을 통해 거듭나는 존재이기 때문입니다. 그러다가 한데 섞여 다시 새롭게 태어난다고도 할 수 있지만, 그것도 오직 꿈같은 한때일 뿐입니다. 그러니 인간뿐만 아니라 모든 만물이 영원하다고 할 수 없는 겁니다.

그렇기 때문에 인간은 물론 모든 만물은 자유로운 존재라 할 수 없습니다. 그 속의 행복도 아무것도 남지 않은 헛된 꿈일 뿐입니다.

하지만, 그렇다고 우리 삶의 자유와 행복을 포기해야 하나요? 삶의 의미는 전혀 없는 건가요? 아닙니다. 우리 삶의 자유로움과 행복을 위해서 우리는 우리 삶의 의미를 분명히 찾아야 합니다. 삶의 목적을 뚜렷이 세워야 합니다. 선한 지향을 꾸준하게 추구하며 살아가는 삶만큼, 그 어느 것도 우리 삶을 조금 더 자유롭고 행복하게 만들지는 못하기 때문입니다.

그리고 그것은 아래로 이어지고, 계속되고, 쌓여 갑니다. 일정한 한계를 가지고, 변화하고 발전하며, 새로운 존재에 의해 거듭나 전혀 의식하지 못할지라도 그 지향은 멈추지 않습니다.

이제 우리는 어떻게 살아야 할까요? 어떻게 생각하고, 말하고, 행동해야 할까요? 이제 우리는 우리가, 우리 삶이 자유롭지도, 행복할 것도 없는 삶을 살고 있음을 압니다. 그럼에도 불구하고, 그 안에서 우리 삶의 의미와 목적, 선한 지향을 추구하는 삶이 우리 삶을 더더욱 자유롭고 행복하게 만들 수 있음도 압니다.

이제 우리는 어떻게 살아야 할까요?

# 10

# 가지 꺾는
# 어머니

옛날, 어느 마을에 홀어머니를 모시고 아들 내외가 살고 있었습니다. 아버지를 일찍 여읜 아들은 늙으신 홀어머니를 정성스레 모셨습니다. 며느리도 아들을 따라 효성이 지극했습니다. 그런데 어머니 나이가 70이 되어 가자 아들 내외에게는 큰 걱정이 생겼습니다. 그 나라는 나이 70세가 되면 노인을 산속에다 버려야만 하는 법이 있었기 때문입니다. 결국 붙잡을 수 없는 하루하루가 무겁게 지나가고, 70세가 되는 날이 오고야 말았습니다.

아들 내외는 그날 밤, 하얗게 새웠습니다. 울음을 삼키며 뜬눈으로 보내고 말았습니다. 소리 내어 울지도 못했습니다. 하소연할 데도 없었습니다. 며칠은 아예 일이 손에 잡히지 않았고, 밤잠을 못 자고 홀딱 샌 날이 많았습니다. 한동안은 그랬습니다. 어머니를 생각하니 전혀 일도 할 수 없었고, 잠도 제대로 잘 수 없었던 겁니다. 그래도 그날은 기어코 오고야 말았습니다.

어머니는 그런 아들 내외의 마음을 알고 있었습니다. 날이 새기를 기다려 먼저 말했습니다.

"얘야, 가자."

"예?"

아들 내외는 눈이 휘둥그레져 어머니를 쳐다만 보고 어쩔 줄을 몰라 했습니다.

"아범아, 오늘이 그날이잖니."

어머니는 담담하게 말했습니다. 그러면서 마당에 나온 손주들을 말없이 번갈아 가며 꼭 안았습니다. 그런 어머니를 보면서도 아들 내외는 그저 멍하니 서 있을 뿐이었습니다. 아무 말도 할 수 없었습니다. 어머니는 그런 아들 내외를 또 말없이 꼭 안아 주었습니다.

"자, 아가. 가자꾸나."

"어머니, 죄송해요."

"아니다. 법이 그런 걸. 나이가 들면 다 그렇게 하는데 뭘."

"아니, 그래도 죄송해요."

"… ."

"아니다. 네가 죄송할 것 없다. 나라 법을 누가 어길 수 있겠니. 난 괜찮다. 걱정 마라."

어머니는 말을 끝내자마자 손주들과 집을 한번 죽 둘러보고 나서, 먼저 문을 나섰습니다. 아들 내외도 따라 나섰습니다. 그러자 아무것도 모르는 손주들도 따라나섰습니다. 어머니는 그것을 보고, 며느리에게 더 이상 따라오지 말라고 했습니다. 그렇게 몇 번을 듣고 나서야 며느리는 하는 수 없이 이제 가시면 돌아오지 않으실 어머니를 바라보며 큰절을 올렸습니다.

한참을 가다 아들은 어머니를 지게에 태우고 산을 오르기 시작했습니다. 어머니는 산을 오르는 내내 아들 걱정을 하였습니다.

"힘들지? 힘들면 쉬었다 가자꾸나."

"괜찮습니다."

"올해는 농사가 잘돼야 할 텐데."

"…."

"그래야 우리 새끼들 잘 먹일 텐데."

"잘되겠지요. 지난번에도 비가 제법 와서 물도 넉넉하고요."

"그래, 잘돼야지."

그러면서 어머니는 틈틈이 나뭇가지를 꺾어서 지나온 길에 장난치듯 던졌습니다. 재빠른 손놀림으로 꺾어 던지며 말을 이어 갔습니다.

"밥은 꼭 챙겨 먹거라. 응?"

"예, 어머니. 걱정 마세요."

"그래, 그리고 너무 힘들게 일하지 말고…. 몸 건강한 게 제일이다."

"예, 어머니."

그렇게 저렇게 산속 깊은 곳까지 도착한 아들은 어머니를 내려놓았습니다. 가지고 온 음식물들도 내려놓고, 어머니께 마지막으로 큰절을 올렸습니다.

"어머니, 죄송해요. 부디…."

아들은 말을 잇지 못하고, 끝내 울음을 터뜨렸습니다. 어머니는 그런 아들을 토닥이며 담담히 말했습니다.

"네 잘못이 아니지 않니. 죄송할 것 없다."

"… ."

"엄마를 위해서라도 네가 잘 살아야 한다. 응? 알았지?"

"예. 어머니."

"내가 하늘에서라도 지켜볼 테니까 잘 살거라. 내가 바라는 것은 그것뿐이다. 네가 잘 사는 것뿐이다. 자식들 잘 키우고. 행복하게 알았지? 응?"

"예, 어머니."

아들은 어머니의 재촉에 못 이겨 산을 내려가기 시작했습니다. 그때 어머니는 아들을 다시 불러 당부했습니다.

"잘 살아야 한다. 응?"

"예, 어머니. 걱정 마세요."

"아, 그리고 내려갈 때 길 잃어버릴 것 같으면, 꺾어진 생나무가 지를 따라가거라. 응?"

"예, 어머니. 알겠습니다."

아들은 다시 한번 크게 말하고, 어둑해지는 산길을 서둘러 내려 갔습니다. 길에는 어머니 말처럼 생나무가지가 간간히 놓여 있었습 니다. 그것을 따라 내려가니 간신히 헤매지 않고 산을 내려올 수 있 었습니다. 다행이었습니다. 하지만 아들은 더 이상 발을 뗄 수 없 었습니다. 도저히 집으로 갈 수 없었습니다. 눈물만 하염없이 흘러 내릴 뿐이었습니다.

"어머니!"

하며, 푹 주저앉고 말았습니다.

"흑흑흑, 흑흑흑. 어머니!"

한참을 울고 난 아들은 겨우 집으로 들어갔습니다. 들어가 산에서 있었던 일들을 아내에게 말하며 다시 흐느꼈습니다. 아내도 생나무가지를 꺾어 놓으신 어머니의 마음을 생각하면서 눈물을 흘렸습니다.

또 한참을 울고 난 후, 서로 마음이 통했는지 아들 내외는 횃불을 들고 산을 오르기 시작했습니다. 어머니께서 놓은 생나무가지를 따라가면서 아들 내외는 굳게 마음을 먹었습니다. 붙들려 가는 한이 있더라도 절대로 어머니를 버리지 않겠다고 말입니다. 그렇게 아들 내외는 내려가지 않겠다고 완강히 버티는 어머니를 부둥켜안고 내려왔습니다.

그다음 날부터 조심스런 하루하루가 시작됐습니다.


그렇게 며칠이 지난 어느 날이었습니다. 마을 어귀에 '방'이 붙었습니다. 당나라에서 우리나라를 시험하기 위해 문제를 냈는데, 그 문제를 해결하는 사람에게 큰 상을 내리겠다는 내용이었습니다. 신하들도 어려워 풀지 못했나 봅니다. 문제는 구멍이 아홉 구비나 되는 구슬에 실을 꿸 수 있는 방법, 둘레가 일정한 통나무의 위아래를 구분하는 방법, 코끼리의 무게를 재는 방법 등이었습니다.

'방'으로 인해 온 나라가 들썩거렸습니다. 가는 곳마다 서로 그 해결 방법을 찾느라 머리를 쥐어짜내고 있었습니다. 하지만 아무도 알아내지 못했습니다. 아들도 며칠을 생각해 보았지만 하나도 해결할 방법을 찾을 수 없었습니다. 그러던 참에 혹시나 하는 생각에 골방에 숨어 있는 어머니께 여쭤보았습니다. 아들 내외는 함께 어머니와 밤참을 먹으며 얘기를 꺼냈습니다.

"어머니, 방이 붙었는데요. 온 나라가 들썩여요."

"그래? 뭔 내용인데?"

"호호, 어머니, 큰 상도 준대요."

"오, 그래?"

"어머니, 구멍이 아홉이나 되는 구슬에 실을 꿰어야 한대요. 글쎄."

"어, 그거야 간단하지."

"예? 간단하다고요?"

"그럼. 아주 간단하단다."

아들 내외의 귀가 '쫑긋' 세워졌습니다.

"구멍이 아홉 구비나 되는 구슬에 실을 꿰려면, 개미 한 마리를 잡아 허리에 실을 묶은 후, 구슬 한 구멍 쪽에 꿀을 바르고, 반대 구멍에 개미를 밀어 넣으면 개미가 꿀을 찾아가면서 꿰어진단다.

부부가 될 청소년과 청년을 위한
옛이야기 산책

그렇게 하면 된단다. 허허허."

"…."

"그리고 둘레가 일정한 통나무의 위아래를 구분하려면, 물위에 띄워 보면 된단다. 나무는 밑동과 가까워질수록 무겁단다."

"하하하. 그렇군요."

"이야, 어머니, 대단하시네요."

"호호호. 뭘."

아들 내외는 감탄했습니다.

"아, 그리고요. 어머니. 어서 말씀해 주세요."

"어허, 보채지 말아요."

"아 그래, 코끼리의 몸무게를 재려면 말이다, 배에 코끼리를 실으면 된단다."

"그래서요?"

"아 그래서 배가 가라앉으면 물이 닿는 곳에 선을 그어 표시한 다음에, 코끼리를 내리고, 그 배 위에 추를 실어 표시한 선만큼 가라앉으면 된단다. 그리고 나서 그 추의 무게를 재면 되지. 알겠니?"

"아, 그러면 되겠군요. 하하하."

"호호호. 그렇게 하면 되겠군요."

"이야 어머니 대단하시네요."

다음 날 아들은 관가에 가서 사또께 자신 있게 말했습니다. 그러자 많은 사람들이 깜짝 놀라며, 이 소식을 임금님께 전했습니다. 임금님께서도 무릎을 딱 치며 "옳거니"라고 하면서 기뻐했습니다. 그래서 임금님은 급히 파발을 보내 아들을 불러드렸습니다.

"네게 큰 상을 내리겠노라."

"예, 임금님. 감사합니다."

"너의 소원을 말해 보거라. 다 들어주겠노라. 하하하."

아들은 곰곰이 생각했습니다. 무엇을 말할 것이지 망설였습니다.

"어허, 어서 말해 보거라. 무엇이냐? 너의 소원이."

"… "

아들이 말할 듯하며 말을 못하자 임금님을 재촉했습니다.

"어서 말해 보래도. 무엇이든 다 들어준대도. 하하하."

그제야 아들은 간신히 입을 열었습니다.

부부가 될 청소년과 청년을 위한
옛이야기 산책

"임금님, 제 소원이 하나 있긴 있습니다만."

"그래, 어서 말해 보거라."

"예. 다름이 아니라, 우리 어머니와 함께 살게 해 주십시오. 그것이 제 소원입니다."

"엉? 아니 그게 무슨 말이냐? 어머니와 함께 살게 해 달라니?"

"…."

"어허, 어서 말해보거라. 어서."

"예. 어머니가 70세가 넘어 산속에 버려져야 하온데, 그렇게 하지 못했습니다."

"뭣이?"

"아이고. 임금님, 죽을죄를 지었습니다. 그렇지만 도저히 그렇게 할 수 없었습니다. 그리고 방법을 찾은 것은 우리 어머니였습니다."

"…."

"아이고, 임금님. 부디. 굽어 살펴 주십시오."

잠시 후, 임금은 그동안 있었던 일들을 아들에게서 찬찬히 들었습니다. 그러고 나서 신하들하고 상의를 했습니다.

한참이 흘렀습니다. 고심 끝에 임금님께서는 다시 아들을 불러 놓고 말씀하셨습니다.

"여봐라. 아들의 효심이 갸륵하구나. 그리고 노파의 지혜야말로 놀랍고 훌륭하구나. 조금 어렵고 힘들다고 이 땅의 지혜로운 어버이들을 쓸모없다고 버리는 것이야말로 잘못된 일이구나."

"…."

"이제부터 노인을 버리는 법은 폐지하라."

◆◆◆

사랑 중에 제일은 어머니의 사랑입니다. 비교할 수 없는 것이 사랑이지만, 우리가 가장 크게 느끼는 것도 어머니의 사랑입니다.

어머니의 사랑은 당신을 위해선 아무것도 바라지 않는 사랑입니다. 자식이 잘되기만을 바라고, 자식 잘되면 그것으로 족한 마음이 어머니의 사랑입니다. 당신이 배곯아도, 당신의 슬픔이 아무리 크고 괴로워도, 당신의 삶이 아무리 고단해도, 늘 한곳만 바라봅니다. 그래도 어머니는 배부르고, 행복하고, 평안합니다. 자식들 불룩한 배를 슬쩍 쓰다듬으면서, 뛰놀며 즐겁게 웃는 얼굴을 보기만 해도, 쌔근거리며 자는 숨소리만 들어도 늘 그렇습니다. 투정도 반항도 자식 걱정에 아플 뿐입니다.

그런 사랑이 어머니입니다. 우리가 나이가 들어 나이든 자식이 있어도 한결같은 어머니의 마음입니다. 그런데 우린 어떻습니까? 이젠 늙어 버린 어머니께 어떤 마음입니까? 어떻게 행동합니까? 이제 나이 들어 쓸모없어진 것 같은 어머니께 어떻게 합니까?

우리는 핑계를 댑니다. 귀찮아합니다. 자신과 의견이 맞지 않을 땐 못마땅해하고 답답해하기도 합니다. 하지만 어머니는 그것마저도 품습니다. 묵묵한 안타까움으로 자식의 마음만을 헤아립니다.

시간엔 처음과 끝이 없습니다. 다만 구분할 뿐입니다. 하지만 모든 인간은 늙습니다. 인간이면 누구나 태어나서 성장하고, 늙으면 당연히 죽습니다. 태어나자마자 죽음을 향해 달려갑니다. 그렇게 인생은 무한한 시간의 흐름 속 한 구간을 잠시 머물러 시간과 더불어 흘러갑니다.

그렇지만 '늙음'에 대해 누구나 똑같은 생각과 마음을 가지고 있진 않습니다. 똑같은 삶의 과정을 겪지는 않기 때문입니다. 그렇기에 자신이 늙었다는 것에 대해서도 사람마다 같지 않을 겁니다. 자신에게 주어진 삶에 대한 자신만의 생각과 태도에 따라, 그리고 삶의 경험에 따라, 깨달음에 따라, 저마다 다른 생각과 마음이 있을 겁니다.

분명한 것은 '늙는다는 것'과 '늙음'에 대한 모든 생각과 마음이 상대적이고 주관적이라는 겁니다. 절대적이지 않다는 겁니다. 나이를 무시할 순 없지만, 지위와 역할에 따라, 경험에 따라, 배움에 따라, 깨달음에 따라 각기 다르게 느끼고 생각하고 행동한다는 겁니다. 예를 들면, 초등 1년생보다 고등 3년생이, 대학 1년생보다 군제대 후 복학생이, 막내보다 첫째가, 그리고 경험이 적은 사람보다 경험이 많은 사람이, 배움이 많은 사람이 깨달음이 많은 사람이 등등 더 '늙었다'고 느끼고 생각하고 행동할 가능성이 높다는 겁니다.

하지만 더 중요한 것은 나이 들어 '늙는다'는 것과 '낡는다'는 것이 다르다는 겁니다. '낡는다는 것', '낡음'은 세월이 지나 닳아 쓸모없어져 버리는 것이나 시대에 뒤떨어져 새롭지 못함을 의미합니다만,

'늙는다는 것', '늙음'은 자신의 삶을 성찰하고 통합해 나가는 과정으로 지혜로움에 이른다는 것을 의미하기도 합니다.

　　그래서 더더욱 '늙음'과 '낡음'에 대해 우리는 예민합니다. 특히나 '낡음'이라는 의미로 자신을 늙었다고 하는 것에는 절대 동의하고 싶지 않을 겁니다. 왜냐하면 자신이 늙었다는 것을 느끼는 바로 그 순간, 마법처럼 '낡아' 버리는 것이 바로 늙음이기 때문입니다.

> 한 손에 막대잡고 또 한 손에 가시 쥐고
> 늙는 길 가시로 막고 오는
> 백발(白髮) 막대로 치려더니
> 백발이 제 먼저 알고 지름길로 오더라.

　　백운당 우탁 선생의 시조처럼 '늙음'과 더불어 '낡음'이 확 와 버리기 때문입니다. 그러므로 늙음이라는 것은 사람마다 다르게 다가오며, 시기도 그 충격이나 영향의 수준도 다르게 다가옵니다.

　　'늙음'을 부정적으로 보면 한탄, 외로움, 약함, 병듦, 쓸모없음, 무기력함, 죽어감 등 좌절감이나 부정적 자아감을 불러일으킬 겁니다. 특히 죽음이라는 것에 절실히 직면하기 시작하는 인생의 황혼기라 하는 65세 이후의 노년기에는, 신체적인 쇠퇴와 사회적 직위나 직업으로부터 은퇴, 형제자매나 친한 친구나 배우자의 죽음 등으로 인하여, 인생에 대한 무기력감을 느끼는 일이 많아집니다. 궁극적으로는 절망에 맞부딪히게 되는 경우가 많습니다. 이로 인해 외로움과 소외감, 우울증, 좌절감, 상실감, 증오, 원망, 분노, 초조, 두려움 등과 결합된 문제들이 나타난다고 합니다.

그러나 한편으로 '늙음'을 인생의 마무리 단계, 또는 특정 기간의 삶을 마무리하는 단계로서 탄생에서 죽음으로 가는 과정이며, 이를 인생의 완성을 위한 과정으로도 볼 수 있습니다. 자신의 삶을 되돌아보거나 성찰해 보며, 마지막 평가를 하는 숙고의 시간으로 볼 수도 있다는 겁니다. 그리고 이러한 시간들을 통해 자아 통합을 추구하는 시간으로 볼 수 있다는 겁니다.

대부분의 경우, 노년기에 들어서면 자신이 지금까지 살아온 생애를 돌아보면서 자신의 생애가 가치 있는 삶이었는지를 음미해 봅니다. 이러한 과정에서 스스로의 삶을 되돌아보고 자신이 인생의 성공과 실패에 대응하여 최선을 다해 잘 살아왔음을 이해하게 되면, 충족감과 만족감으로 자신의 삶을 긍정적으로 수용하여 자아 통합을 이루게 된다는 겁니다.

이렇듯 '늙음'을 자아가 통합되어 가는 과정, 완성되어 가는 과정으로 볼 수도 있습니다. 이러한 과정에서 자기 나름대로 인생의 의미를 찾고 보람을 느끼게 되면, 인생에 대한 관조와 통찰, 충족감, 초연함 등과 함께 참다운 지혜와 경륜, 자아 통합적 질서를 획득하게 됩니다. 이러한 지혜를 통하여 앞의 시기동안 이룬 소산을 거두어들일 수 있게 되며, 드디어는 보다 더 차원이 높은 인생철학으로 통합을 이루어 나가게 되는 과정이라는 겁니다.

그러므로 '늙음'은 '낡음'과는 전혀 다릅니다. 나이만의 문제가 아니라는 겁니다. 그리고 그것들 또한 우리들 자신의 선택이라는 겁니다. '늙음'을 선택하든 '낡음'을 선택하든 오로지 우리들 자신의 선택이라는 겁니다.

# 11
# 무수옹

　옛날, 어느 마을에 한 노인이 살고 있었습니다. 노인은 아들 열둘, 딸 하나를 두었는데, 자녀들은 모두 혼인하여 살고 있었습니다. 사람들은 노인을 '무수옹'이라 부릅니다. 이 이름은 노인이 아무 근심 없이 사는 사람이라는 뜻으로 지어 준 것입니다.

　그도 그럴 것이 노인은 열두 아들 집에서 한 달씩 살다가 윤달에는 딸의 집에서 즐겁게 살았고, 마누라와도 별 탈 없이 해로하며 살았기에 그런 이름이 붙을 만했습니다. 그렇다고 아주 넉넉한 살림은 아니었습니다. 노인에겐 마누라, 아들, 딸, 며느리, 사위가 전부였습니다. 그런데도 노인은 마냥 웃으며 행복해했습니다.

　그러던 어느 날, 임금님께서 아무 근심 없이 사는 노인이 있다는 소리를 들었습니다.

　"아무 걱정 없는 백성이 다 있다니, 이거 희한한 일이구만. 내가 일국의 임금으로 모든 것을 다 갖추고 만백성을 다스리는 몸인데도 근심 걱정이 많은데, 일개 시골 백성이 아무 근심 걱정이 없다니.

하하하.”

“….”

“하하하. 여봐라.”

임금은 신하를 시켜 무수옹을 불러들였습니다.

“그대는 어찌하여 근심 걱정이 없을 수 있소?”

“….”

“어서 나에게도 그 방도를 일러 주오.”

임금은 부드럽게 말하며, 무수옹의 이야기에 귀 기울였습니다. 무수옹은 잠시 생각하더니 공손히 말했습니다.

“임금님, 세상에 걱정 없는 사람이 어디 있겠습니까?”

“그게 무슨 말이오?”

“예에, 없는 사람은 없는 대로, 있는 사람은 또 있는 대로 걱정이 있다는 것입니다.”

“오호.”

“저도 사람인데 근심 걱정이 왜 없겠습니다. 게다가 살림이 넉넉한 편도 아닙니다. 하지만 무수옹이라고 불리는 것은 근심 걱정을 일삼지 않기 때문입니다.”

“오호, 근심 걱정을 일삼지 않기 때문이라.”

“예, 그렇습니다.”

“….”

“저는 아들, 딸, 며느리, 사위들이 모자라면 모자란 대로 한 가지씩 내놓으면 한 상 그득한 밥상처럼, 부족하면 부족한 대로 늘 만족

부부가 될 청소년과 청년을 위한
옛이야기 산책

해했습니다.”

“오호.”

“가장 행복한 것은 며느리들이 제가 제일 먼저 집는 반찬이 무엇인가를 두고 내기를 할 때입니다.”

“오, 그래요?”

“제가 가장 먼저 집는 반찬이 그날 일등 반찬이 되는 것입니다.”

“옳거니.”

“그렇게 저는 늘 즐겁고 행복할 수 있었던 것입니다. 그러니 근심 걱정도 자연히 제게서 떠날 수밖에 없었던 것입니다.”

임금은 고개를 끄덕였습니다. 무수옹의 말을 가만히 듣고 보니 과연 근심 걱정 없는 사람이었던 것입니다. 임금은 아주 장하다며 무수옹을 칭찬하고, 후한 선물도 주어 격려했습니다. 그런 다음 임금은 작은 주머니에 구슬을 넣어 주며 말했습니다.

“이것은 왕실의 보물이네. 가족들에게 구경시켜 주고, 잘 간직했다가 다음에 가져오라고 할 때 가져오게.”

“예, 알겠습니다. 임금님.”

무수옹은 아무 의심 없이 구슬이 담긴 주머니를 받아 품속에 간직하였습니다. 궁궐을 나온 무수옹은 집으로 가는 길에 나루터에서 배를 탔습니다. 뱃사공은 화려한 선물 보따리를 보고 말했습니다.

“어디를 그렇게 다녀오시기에 이렇게나 좋은 선물보따리를 가져가시오.”

무수옹은 자랑스레 임금님을 만나고 오는 길이라고 말했습니다.

임금님과 나눴던 얘기를 하면서 품속에 간직하고 있던 구슬 주머니를 보여 주었습니다.

"아, 그게 정말 임금님께서 주신 보물이요?"

"그렇다오. 하하하."

"어디, 어디 나 좀 보여 주시오. 부탁이오. 난생 처음 보는 것이라….."

무수옹은 망설였지만 무슨 일이 있겠냐 싶어, 기분 좋게 허락하며 건네주었습니다,

"이햐, 이것이 정말 임금님께서 주신 보물이란 말이오."

뱃사공은 믿기지 않는다는 듯이 신기해하며, 요리조리 살펴보고 만져보고, 쓰다듬어도 보고 그랬습니다. 무수옹은 조마조마했습니다. 하지만, 뱃사공은 무수옹이 걱정스러워 엉거주춤 서 있는 것도 아랑곳하지 않았습니다.

어, 그런데 역시나 그때, 결국 일이 터지고 말았습니다. 배가 갑자기 심하게 흔들린 것입니다.

"앗."

그 바람에 요리조리 살피던 뱃사공이 그만 구슬을 강에 떨어뜨리고 만 것이었습니다. 무수옹과 뱃사공은 깜짝 놀랐습니다. 무수옹과 뱃사공은 떨어진 곳을 뚫어져라 쳐다보며, 안절부절못했습니다.

"아이고, 이거 어쩌나."

"이거 큰일 났네. 이거."

"아이고, 이거 죄송합니다."

부부가 될 청소년과 청년을 위한
옛이야기 산책

"…."

"아니고, 아이고, 이거 어쩌나."

무수옹은 할 말을 잃고 바닥에 털썩 주저앉았습니다. 하늘이 노랬습니다. 하지만 무수옹은 잠시 후 태연히 말하며 뱃사공을 위로했습니다.

"어쩌겠소. 이미 저질러진 일인데."

"…."

"걱정 마시고, 건네주시오. 다음 일은 내가 다 알아서 하겠소."

무수옹은 대수롭지 않은 일이라는 듯이 말하고 나서 집으로 돌아왔습니다. 하지만 집으로 돌아온 무수옹은 예전처럼 편하지는 않았습니다. 그래서 돌아오자마자 이불을 깔고 드러누웠습니다. 무수옹도 애가 탔던 것이었습니다.

아들, 딸, 며느리, 사위들은 궁궐에서 돌아온 노인이 아무 말도 하지 않고 이불을 깔고 드러눕자 걱정이 되었습니다. 걱정이 된 며느리들은 노인이 맛있어 하는 반찬 한 가지씩을 해 와서 드리자고 약속했습니다.

그래서 큰며느리는 강에 가서 큰 물고기를 한 마리 사왔습니다. 갓 잡은 물고기였습니다. 그런데 이게 웬일입니까? 요리하려고 큰 물고기 배를 갈라 보니, 커다란 구슬이 있는 것이었습니다. 큰며느리는 신기했습니다. 무슨 좋은 일이 있을 것만 같았습니다. 큰며느리는 큰 소리로 말하며 노인에게 구슬을 가져다 보여드렸습니다.

"아버님, 물고기 배 속에서 큰 구슬이 나왔어요. 이거 보세요."

모두들 나와 봤습니다. 노인도 구슬이라는 말에 벌떡 일어나 나왔습니다.

"아이고, 이제 왔구나. 하하하."

"…."

"그럼 그렇지. 걱정한다고 될 일인가? 하하하."

"…."

"걱정해 봤자 제 손해지. 하하하."

모두들 어리둥절했지만, 노인이 기분 좋게 웃으니 기뻤습니다. 무슨 일인지는 몰랐지만, 다들 기분이 좋아져 한바탕 크게 웃었습니다. 얼마 후, 임금이 다시 무수옹을 불렀습니다. 무수옹은 구슬을 잃었다가 찾았던 그간에 있었던 일들을 말했습니다.

"하하하. 하하하."

"…."

"역시나. 그랬구나."

"어찌…?"

"하하하, 참으로 대단하오."

"과찬이십니다. 하하."

임금은 걱정을 주어 미안하다고 하면서 뱃사공이 자신의 명령에 따라 구슬을 강에 빠뜨렸다고 말했습니다. 무수옹은 아무렇지도 않은 듯 '괜찮다'고 하며, 구슬을 돌려드렸습니다. 임금은 무수옹에게 지난번보다 더 큰 선물을 내렸습니다. 임금은 무수옹이 가자, 무수옹의 말을 다시 생각했습니다.

'무슨 걱정이 없었겠습니까?'

'근심 걱정을 일삼지 않기 때문입니다.'

'다만 참고 있다 보면 이내 살길이 찾아질 것이라 믿었던 거지요.'

'흐음, 그렇지, 그렇고 말고, 참으로 복이란 그런 것이리라.'

결국 믿음대로 살아가게 되고, 살아가는 대로 삶이 이뤄지는 법인가 봅니다. 그게 복인가 봅니다.

◆◆◆

모든 것은 마음에서 비롯됩니다. 기쁨도, 슬픔도, 즐거움도, 괴로움도, 우울함도, 두려움도, 행복함도 마음에 달려 있습니다. 마음을 어떻게 먹느냐에 따라 달라집니다. 그 과정도 결과도 모두 달라집니다.

삶은 '새옹지마(塞翁之馬)'입니다. 좋을 때도 있고, 나쁠 때도 있습니다. 하지만 그것은 이내 지나가 버립니다. 기쁜 것도 슬픈 것도 그리 오래 머물지 못합니다. 기쁨도 슬픔도 모두 아침 이슬 같이 어느새 사라집니다.

한동안은 환희에 차 있고 싶습니다. 기쁨에 흠뻑 취해 있고만 싶습니다. 내일도 오늘과 같을 것만 같습니다. 더 이상 긴장하고 싶지 않습니다. 만사가 귀찮습니다. 그래서 앞을 보지 못합니다. 모든 것이 게을러집니다. 쉬울 것만 같습니다.

또 한동안은 슬픔에 젖어 있고만 싶습니다. 슬픔에 젖어 다음을 기약하지 않습니다. 더 이상 일어서고 싶지 않습니다. 노력하고 싶지 않습니다. 만사가 귀찮습니다. 내일의 희망마저도 또 나를 슬프게 할 것만 같습니다. 그때는 모든 것이 그렇게만 보입니다. 그렇게만 느껴집니다. 아니, 그렇게만 느끼고 싶습니다.

하지만 시간은 무심한 강물처럼 흐릅니다. 고요히 흐릅니다. 무작정 흐릅니다. 그렇게 흘러갑니다. 기쁨도 슬픔도 모두 흘러갑니다. 강물 따라 흘러갑니다. 그렇게 어느새 지나가고 없습니다. 잊혀집니다. 모든 것이 잊혀집니다. 잠시, 그때뿐입니다.

그렇게 또 시간이 흐릅니다. 삶도, 운명도 흐릅니다. 그렇게 늘 모든 것이 갑자기 닥칩니다. 슬픔도 기쁨도, 나쁜 것도 좋은 것도 모두 갑작스럽게 다가옵니다. 그리고 또 어느새 지나가 버리고 없습니다.

그러니 우리 삶엔 기쁠 것도 슬플 것도 없습니다. 모두 한순간입니다. 다만 그 안에서 진주처럼 지혜로움을 남깁니다. 깨달음을 남깁니다. 그것만이 기쁨이 주는, 기쁨 속에서 얻은 에메랄드입니다. 또 그것만이 고통 속에서, 고독 속에서, 가슴 아프고, 마음이 아파 낳은 자식 같은 진주입니다. '보석'입니다. '지혜'입니다. '깨달음'입니다.

삶은 우리를 위해 준비된 은혜로운 선물입니다. 축복입니다. 오히려 그것이 좋은 기회입니다. 그때가 바로 희망차게 움직일 때입니다. 용기를 가지고 도전할 때입니다. 주춤거리지도 물러서지도 말고 자신의 삶을 힘차게 살아낼 그때입니다.

사람이 마음먹으면 못해낼 것이 없습니다. '우공'도 그렇고, '마십'도 그렇습니다. 사람이 마음만 먹으면 못해낼 것이 없습니다.

"지성이면, 감천입니다."

"하늘은 스스로 돕는 자를 돕습니다."

믿음을 가지고 끊임없이 노력하면 반드시 이뤄집니다. 마음을 어떻게 먹느냐에 따라 우리 삶은 달라집니다. 마음 따라 이뤄집니다. 반드시 이뤄집니다.

비록 마음먹기가 그리 쉽지는 않지만, 그것은 오로지 나의 선택입니다. 자신만이 할 수 있는 절대 나만의 선택입니다. 그러니 용기를 가져야 됩니다. 자신을 믿고, 삶의 순수 의지를 믿고 희망을 가지면 됩니다. 꼭 이뤄집니다.

그런 사람에겐 하늘이 늘 함께 하기 때문입니다. 하늘은 늘 그런 사람을 믿습니다. 사랑합니다. 기뻐합니다. 그러니 모든 것은 믿음대로 이뤄집니다. 믿음대로, 믿는 만큼 꼭 이뤄집니다. 믿음을 가지십시오. 삶을 바라고 사랑하십시오. 그러면 그대로 이뤄집니다.

결국 삶은 믿음대로 살아가게 되고, 살아가는 대로 삶이 이뤄지는 법인가 봅니다. 그게 복인가 봅니다.

# 12
# 까마귀 날자
# 배가 떨어졌다

옛날, 아주 먼 옛날이었습니다. 어느 마을 근처 산기슭에 배나무 한 그루가 서 있었습니다. 따사로운 가을 햇살에 배는 맛있게 익어가고 있었습니다. 마침 산들바람이 불어 가지가 가볍게 흔들거리자, 잎들이 소란스레 떠드는 듯했습니다. 그날도 배나무엔 까마귀가 날아와 앉았습니다. 까마귀는 가만히 앉아 무엇인가를 찾는 듯했습니다. 갑자기 날아올라 갔다가 다시 돌아와 앉아 있곤 했습니다.

그때도 까마귀는 '까악까악'하며 날아올랐습니다. 무엇인가를 찾은 듯했습니다.

'푸드드득.'

까마귀는 힘차게 날아올랐습니다. 까마귀는 날아오르자마자 어디로 갔는지 이내 보이지 않았습니다. 그런데 바람 탓인지도 모르겠습니다.

'툭.'

커다랗게 익은 배 하나가 툭하고 떨어졌던 것이었습니다. 까마귀가 앉아 있던 바로 그 가지가 그날따라 더 크게 흔들렸기 때문이었습니다.

그런데 하필이면 배가 떨어진 무성한 풀 사이로 뱀이 한 마리 지나가고 있었습니다. 늘 지나다니던 길이었습니다. 뱀도 평소와 같이 무심히 지나가고 있었습니다. 위험하지도 않은 길이었습니다. 헌데 마른하늘에 날벼락이었습니다. 커다란 배가 자신의 머리에 떨어질 줄은 꿈에도 몰랐던 것입니다. 그렇지만 뱀은 그 자리에서 죽었습니다. 까마귀가 날자, 그 바람에 떨어진 배에 맞아 죽은 것입니다.

그렇게 세월이 흘렀습니다. 그리고 또 세월이 얼마나 흘렀는지 모르겠습니다. 자연은 늘 그렇듯이 아무렇지 않습니다. 세월을 통해 모든 것을 감춰 버립니다. 모든 것이 기억의 저편으로 잊혀져버립니다. 까마귀도 뱀도 모두 잊혀졌습니다.

모든 것이 잊혀진 뒤, 까마귀는 꿩으로 태어나고, 뱀은 멧돼지로 다시 태어납니다. 어느 날, 꿩은 산자락 풀숲에 둥지를 틀었습니다.

풀숲에 둥지를 튼 꿩은 얼마 전 알도 낳았습니다. 알을 품고 있는 꿩은 매일매일 분주했습니다. 아침 일찍 햇살을 따라 산을 내려가 먹이를 얼른 잡아먹고서는 다시 급히 올라와 알을 품고 있었습니다. 그래도 그날은 근처 모래흙 속에서 모래 목욕도 했던 흔치 않은 호사도 누렸습니다.

벌써 하루가 지나고 늦은 오후가 되었습니다. 꿩은 묵묵히 알을 품고 앉아 있었습니다.

"꿰엑 꿱!"

"… ."

"치익칙익칙익칙칙… ."

그때였습니다. 멧돼지 한 마리가 바위에다가 몸을 문지르고 있었습니다. 꿩의 둥지 바로 위였습니다. 어딘가가 가려웠는지 사정없이 바위에 몸을 문지르고 있었습니다. 바위는 멧돼지의 움직임에 따라 춤을 추듯 들썩거렸습니다.

"쿵-썩!"

"꿰엑 꿱."

"치익칙익칙익칙칙."

"쿵-썩!"

아슬아슬 구를 듯 말 듯 자못 위태로웠습니다. 멧돼지가 이렇게 바위와 한참을 씨름하고 있었지만, 꿩은 전혀 알지 못했습니다. 물론 멧돼지도 꿩이 위태로운지 전혀 알지 못했습니다. 다만 가려운 몸을 마냥 긁을 뿐이었습니다.

"빠지직. 쿵쩍. 쿵쩍!"

굉음을 내며 결국 위태롭게 있던 바위가 아래로 굴렀습니다. 바위는 거칠게 굴렀습니다. 다른 작은 바위들과 커다란 소리를 내며 부딪쳤고, 구르는 방향에 있던 마른가지와 잔 나무들은 모조리 부러져 버렸습니다. 그렇게 바위는 굴러 결국 꿩의 둥지를 덮치고 말았습니다. 영문도 모르고 꿩은 알과 함께 바위에 깔려 죽고 말았습니다. 하지만 멧돼지도 아래쪽에서 무슨 일이 벌어졌는지 알지 못했습니다. 바위가 구르면서 부딪치는 큰 소리에 놀라 멀리 도망갔을 뿐이었습니다.

그렇게 또 세월이 흘렀고, 모든 것이 또 잊혀졌습니다. 멧돼지는 다시 죽어서 사슴으로 태어났고, 꿩은 죽어서 사람으로 태어났습니다. 사람은 세월이 흘러 어느덧 소년이 되어 사냥을 하러 가기 시작했습니다. 소년은 어느 날 멀리 사슴이 풀을 뜯어 먹고 있는 모습을 봤습니다. 소년은 천천히 활시위를 당겼습니다. 숨을 죽이고 목을 겨누었습니다. 단번에 숨통을 끊을 셈이었습니다.

그때, 그때였습니다. 소년을 나지막이 부르는 소리가 뒤에서 들렸습니다.

"소년아."

"… ."

"소년아."

그래도 소년은 뒤돌아보지 않았습니다. 계속 사슴을 겨누고 그럴수록 더욱 정신을 집중하려고 하였습니다. 그러자 이제는 다급하게 소년을 부르는 소리가 연거푸 들렸습니다.

"소년아. 소년아."

몇 번을 더 부르는 소리를 듣고서야 소년이 뒤를 돌아봤습니다. 어디서 나타났는지 스님이 바로 뒤에까지 와서 소년을 부르고 있었던 것이었습니다. 소년이 돌아보자 스님은 나지막하면서도 엄숙하게 말했습니다.

"소년아, 여기서 멈추거라."

"….."

"쉴 새 없이 이어진 악연의 고달픈 삶의 길에서 이젠 쉬거라."

"….."

"여기서 멈춰야 하느니라."

소년은 스님의 말이 잘 이해가 되지 않았습니다. 하지만 스님의 간절하고 애절한 눈빛에 천천히 활을 내려놓았습니다. 소년이 활을 내려놓자, 스님은 손을 잡아끌어 소년을 안았습니다. 등을 '토닥토닥' 토닥거리며 스님은 한참 소년을 꼭 껴안았습니다.

그 후, 소년은 스님을 따라갔습니다. 소년과 함께 길을 가는 동안, 스님은 세월을 거슬러, 거슬러 올라가 물고기를 잡아먹다가 바위에 갈려 죽은 새끼 곰과 원통한 엄마 곰이 까마귀로 태어난 이야기로부터, '오늘 왜 이런 일이 벌어졌는지'에 대해 얘기해 주었습니다.

◆◆◆

우리는 가끔 예기치 않은 시기와 질투 또는 불이익, 미움을 받은 적이 있을 겁니다. 이유도 없이 괜히 시기하고, 질투하고, 불이익을 주고, 미워한 적도 있을 겁니다. 물론 그렇지 않은 사람도 있을 겁니다. 하지만 우리 인생살이 속에 다반사로 있는 일인 것은 사실입니다. 왠지 모르게, 왠지 모르게 그렇습니다.

왠지 모르게 거리감이 느껴지고, 꺼려지고, 동의하거나 인정하고 싶지 않은 사람도 있습니다. 마찬가지로 왜 그런지 모르게 우리 자신을 배척하고, 발목을 잡고, 누르려고 하고, 괴롭히기까지 하는 사람도 있습니다.

참 황당하고, 어이없는 일도 많습니다. 그리고 괴롭습니다. 왜 그럴까요? 왜 그랬을까요? 한참을 지나 다시 생각해 보면, 그 이유를 모르겠습니다. 그냥, 그냥이었습니다.

하지만 우리들의 삶의 하나하나가 어디 우연히 존재하는 법이 있나요? 우리들의 삶 어느 것 하나 그냥 일어나는 경우가 어디 있기나 하느냐 말입니다. 삶 구석구석에 깃든 우주의 섭리가 우리들의 탄생에서 죽음에 이르기까지 가득하지 않느냐 하는 말입니다. 하나하나, 한 생명 한 생명을 위한 우주의 섭리에 의해 우리 삶은 생명을 얻고, 자라고, 또 성스러운 죽음을 맞이하지 않느냐는 것입니다.

그러기에 끊임없는 생명, 우리 삶의 모든 것에는 그 이유와 목적이 반드시 있기 마련입니다. 어떤 우주적인 차원의 이유와 목적이 있다는 것입니다. 끊임없이 반복되고, 소용돌이치는 삶의 질곡에도 그 이유와 목적이 있다는 것입니다. 우리 삶의 모든 경우가 단순히 각 개개인의 탓, 각 개개인이 책임져야할 몫만은 아니라는 겁니다. 각자가 본성에 따라 나름대로 그냥 열심히 살았을 뿐인데, 그 결과가 엉뚱하게도 우리의 생각과 마음, 뜻과는 전혀 다른 상황으로 전개되었을 뿐인 것입니다. 아무도 그렇게 될 것인지에 대해서도 전혀 예상하지 못했습니다. 아니, 나중에라도 알 수 있었던 것도 아닙니다. 아예 그렇게 되었는지도 몰랐습니다. 하지만 돌이킬 수 없는 일이 우리의 뜻과 마음과 다르게 벌여져 버렸던 겁니다.

바로 이야기 속의 까마귀처럼 말입니다. 까마귀도 단지 날아갔을 뿐이었습니다. 그때 잘 달려 있던 배가 떨어져버린 것일 뿐입니다. 그냥, 우연히 말이죠. 그런데 하필이면 뱀의 머리에 떨어졌던 것입니다. 재수 없게, 더럽게 재수 없게도 말입니다.

하지만 그렇게 되어 긴 인연의 고리는 연결되고 말았습니다. 까마귀와 뱀, 둘은 그것으로 옭아매어져 버렸습니다. 아니, 어쩌면 그 전부터 그렇게 얽혔었는지도 모르겠습니다. 꼬리에 꼬리를 물고, 자신들도 모르게 서로를 죽이고, 죽고, 상처 주고 상처받으며, 삶의 질곡의 소용돌이에 말려들고 말았는지 모르겠습니다. 어느 누구도 한 치의 양보 없이, 왜 서로를 죽이는 줄도 모르고, 상처 주는 줄도 모르고 그렇게 되어 버린 것입니다.


그런데 어쩌겠습니까? 이제 와서…. 누구를 원망하고, 누구를 탓하고, 누구를 대신하겠습니까? 자신이 이 삶의 주인인 것을, 이 삶의 질곡의 주인인 것을…. 오직 자신만이 이 삶의 질곡의 소용돌이를 멈출 수 있는 것을….

그러니 이젠 선택해야 합니다. 우리가 직접 선택해야 합니다. 이 질곡의 영원한 소용돌이 속에서 허우적대기만 할 것인지, 아니면 이젠 벗어날 것인지를 선택해야 합니다. 피할 수도 없는 쳇바퀴 같은 소용돌이에서 내려와 이 질곡의 속박과 굴레에서 자유롭고 행복하기 위해서 우리는 이제 선택해야 합니다.

그러면 이제 우리는 삶의 자유로움과 행복을 위해 무엇을 어떻게 하면 될까요? 자못 막막할 수도 있지만, 이야기는 소년이 되어야한다고 말합니다. 결정적인 순간 눈을 질근 감고 참았던 소년처럼, 꼭 한 번은 참아 내야 한다고 말하고 있습니다. 아니, 끊을 수만 있다면, 이 질곡의 소용돌이에서 벗어날 수만 있다면, 두 번 세 번이라도 용기를 갖고 도전해 봐야 한다고 호소하고 있습니다. 이를 악물고, 젖 먹던 힘까지도 쏟아내어 버티어도 보고 멈추려고도 해 보라고 부탁하고 있습니다. 하지만 그렇게까지 할 만큼 어렵거나 힘들지 않다는 것을 보여 주고 있습니다.

왜냐하면, 그 모든 것이 한순간 우리들의 선택에 달려 있기 때문입니다. 마음먹기에 달려있기 때문입니다. 마음만 잘 먹으면 너무도 쉽게 풀릴 수 있기 때문입니다. 물론 마음먹기가 제일 어려운 것도 사실입니다. 하지만 여기서 멈출 것인가? 아니면, 계속 질곡의삶을 살 것인가? 끝도 없는 소용돌이에서 허우적거릴 것인가? 그것은 단지 우리들의 선택에 달려 있습니다. 한순간의 마음을 어떻게먹느냐에 달려 있습니다. 모든 것이 지금부터 영원에 이르기까지, 한순간 먹은 당장의 우리 마음에 달려 있습니다.

믿고 바라고 사랑하십시오. 믿고 바라고 사랑하면 꼭 이뤄집니다. 믿음대로 바라는 대로 사랑하는 대로, 믿음만큼 바라는 만큼사랑하는 만큼 꼭 이뤄집니다.


가족은 사랑이고, 하나입니다. 부부와 함께 가족 모두가 행복하기를 진심으로 바랍니다.

부부가 될 청소년과 청년을 위한
옛이야기 산책